小学館文庫

駄犬道中おかげ参り

土橋章宏

小学館

目次

藤枝
島田
袋井
浜松
舞阪
荒井
白須賀
御油
岡崎

イラスト／涌井陽一

駄犬道中おかげ参り

一　本所深川

丁、丁、丁、丁、丁、丁、丁。

丁《ちょう》が七つ続き、辰五郎《たつごろう》は考えた。次はさすがに半が出るだろう。嫌なことが続けばきっといいことがある。禍福はあざなえる縄の如《ごと》し——。

誰もがそんな風に考える。

しかし、賭場では誰もが思うことに罠《わな》がある。ここで半と出れば気持ちいいだろう。実際、賭けられている駒札は明らかに半が多い。坊主も漁師もみな、いきりたって半に駒を積んでいる。

さっきからもう五回も半に張り続けている深川の芸者などは、着物の乱れを直すのもおろそかになり、乳房の上半分が八ツ口からゆがんでせり出してきていた。

辰五郎はそれを眺め、目の前の勝負から必死に気をそらす。

「ここが我慢のしどころよ……」

我知らずつぶやいていた。

「兄《にい》やん、なんだい。江戸っ子のくせに意気地がねえな。見てるだけか？」

三下《さんした》が挑発するように言った。

「見《ケン》」

辰五郎は、いなせに短く答えた。

十五のときから二十年、博打《ばくち》で飯を食ってきた辰五郎はそんじょそこらの素人《トウシロ》ではない。

じっと壺《つぼ》を見た。どうか丁であってほしい。

この一連の勝負のように片方の目だけが続くことを〈ツラ〉という。

丁半博打の面白みは、この〈ツラ〉にあるといっていい。

勝負には流れがあり、波がある。潮目の変わるのはどこか。

辰五郎はそれを必死になって測っていた。

「勝負！　四六《シロク》の丁！」

壺振りの抑揚のない声を歓声と悲鳴がかき消した。またも丁が出て、これで八回連続だ。

半の駒は無情にかき取られ、丁に張った者の顔が火照る。

坊主が悪態をつき、芸者の頬がくぼんだ。

（張りたい）

辰五郎は唇を噛《か》んだ。貧乏揺すりが止まらない。

だが、今夜はどうしても負けるわけにはいかなかった。

家賃も半年払ってないし、金は方々から借り尽くした。鍋から炬燵《こたつ》まで家財道具のほとんどは質屋に入っている。

分厚い駒を握る手が震えた。

危ない筋から借りた金、十両（約六十万円）をすべてつっこんだ駒札である。返す期限は夜明けまでの烏金《からすがね》。もはや辰五郎の命といっていい。

カラカラと良い音を立てて壷が振られ、声がかかった。

「さあ張った張った。半はないか？」

みなが我を忘れ、駒を畳に打ちつけた。今夜、最も熱い場となっていた。

そのとき、芸者が立ち上がった。

「種切れだよ、ちくしょう！」

悔し涙が目を赤くしている。財布の底をはたいたようだ。

「丁半駒揃《そろ》いました」

中盆《なかぼん》が仕舞いかけたとき、

「半！」

気合い声を出して、辰五郎は持ち札の全て、四十枚の大駒を張った。

中盆の目がきつくなった。

「丁ないか？　丁ないか？」

再び声がかかる。しかしさすがに受ける者がない。

勝負を取り仕切る中盆が貸元を見た。

貸元がうなずく。駒の揃わぬ分は博打の元締めが受けることになる。

「勝負！」

辰五郎が奥歯を噛みしめた。全精力で念を込める。

「……五二《グニ》の半！」

どおっという歓《よろこ》びとも悲しみともつかぬ声が響いた。ついに流れが変わりツラが割れた。大勝負の熱狂が過ぎ去り、穏やかな余波へと変わっていく。

辰五郎の前に、八十枚の大駒が積まれた。重ねていた我慢が解き放たれ、快感となって胸に押し寄せる。

勝負所はあの芸者だった。あのとき最もツキがなかったのは、むきになって張り続けていた女であり、その種銭が尽きたということは、次に出る目はまず半である。それが博打の理《ことわり》だ。ツキのない奴はとことん負けて裏目を引くことになっている。

辰五郎は両手で駒を持って立ち上がった。これで借金をかなり返すことができる。

家賃を払い、家財道具を受け出し、吉原《なか》に繰り出すか。いや、その前に熱い味噌汁《みそしる》と飯を――。

　そこまで考えたとき、辰五郎は三下に腕を取られた。

「このまま帰る気ですかい？」

　三白眼が下から見上げている。

「やっぱり駄目？」

「たのんます。察してくださいよ」

　辰五郎は三下に引きずり下ろされるように座った。

　つまり、「一発大勝負の勝ち逃げは許されない」という、賭場の暗黙の了解である。よほど大きな親分が背後についていればそんな振る舞いも許されようが、辰五郎は一匹狼《いっぴきおおかみ》だった。

　しかし、これは潮目だとも思い直した。ここ半年は煮え湯を飲まされ続けている。目黒にいた壺振りの女に、〈傷〉があるのに気づき、追いかけたのだが、さんざんな目にあった。

〈傷〉は丁を振るときに、片肌脱いだ胸の上の肉がかすかに震えるという癖だった。

　壺振りは、七割がたは思った目を出せる。そうしないと客を存分に喜ばせることができないからだ。勝ち負けを繰り返させ、終わってみれば少し負け。その按配《あんばい》がうまくいけば、客は毎日通ってくる。お互いに楽しい。生かさず殺さず、客の懐の金をはぎ取っていく。

壺振りの女の癖は出るときと出ないときがあったが、それでもその癖が出たときは、まず丁と出るのだから勝つはずであった。

しかし結果は負けだった。細かい勝ちをかさね、ここ一番の大勝負と、胸の上の肉が震えたとき、大金を張ったのである。

出目は四一《ヨイチ》の半であった。壺振りが丁と出しそこなったのか、はたまた、あの癖は誘いであったのか。今となってはわからないが、辰五郎は理にこだわりすぎた。流れのことをすっかり失念していた。

だが今ようやく深川の賭場で負けを取り戻したのである。

(この大勝はきっかけだ。これからの俺は連勝街道にちげえねえ)

気を取り直して辰五郎は座った。

少しの金でしばらく遊び、折を見て帰ればいい。なんせ今日の俺はついているのだから——。

そう思ったのをひどく後悔したのは半刻《はんとき》(約一時間)後であった。負けたつらさで廃寺の石段を這《は》うように下りながら辰五郎は呻《うめ》いた。

「くそっ。勝ったつもりが甘かった。俺はなんて間抜けなんだ……」

思えば、あの二十両はまだ金ではなく、ただの駒だった。金は家に持ち帰って初めて金であり、賭場にあるうちは、ただの木札である。次の勝負、ひょいと負けた一両を取り戻すために、ほとんどの持ち金をつるべ落としに失ってしまった。

いわば守りに入って負けたのだ。金に窮してないときの自分なら、あの二十両はそのまま半に置き続け、さらに倍にしていただろう。

（しかし不思議なもんだ。負けの理由は、負けた後に気づく。なんで途中でわからねえのか……）

よろよろと角を曲がると、先ほど賭場にいた芸者が柳の下で寂しげに立っているのに気づいた。

「おっ」

「あっ！」

互いに見合う。銭が尽きたあと、女は辰五郎が大勝ちしたのを見、逃げるように出て行ったのだ。

「ねえ、あんた。あんなに勝ったんだ。一つ私を買っておくれでないかい。おかあさんから預かった金を全部つかいこんじまったんだ」

哀《かな》しそうにせがむ女は、よく見ると辰五郎好みの体つきである。

勝負の余韻が下半身にたまってうずいたが、懐にはもう二分しか金がない。

「こんなところで夜鷹《よたか》の真似《まね》か。悪いことは言わねえ。帰って女将《おかみ》さんに謝りな。相手だって鬼じゃない。きっと許してもらえるさ」

「だって一分も残ってないんだよ。どんなに折檻《せっかん》されるか……」

女は魂の抜かれたような顔で言った。

「……。これを持っていきな」

辰五郎は二分をチャリンと放った。

「いいのかい⁉」

「そんななりで立ってたら、夜風が身にしみるだろう」

きりりと顔を引き締めて言った。

「ありがとうよ……。さすがにお大尽は違うね」

芸者は希望を取り戻し、とびきりの笑顔を見せて立ち去った。

辰五郎のほうはといえば見栄は張れたが、お大尽どころか素寒貧《すかんぴん》だ。

「ふ、ふ、高え笑顔だったなぁ」

辰五郎は笑った。

別に施したつもりはない。女を抱くなら、勝った金で抱く。勝負から逃れた金で女を抱くなど、博徒の風上にも置けない。捨てた方がましだ。

ともかく、負けてへこんだ気持ちはすっかり消えていた。

しかし、つもりつもった借金が利子を合わせて五十両。返す当てはまったくない。いよいよ年貢の納め時か。

貸元は浅草の香具師《やし》の元締めである。返済ができなければあっさり殺されるだろう。辰五郎は家へ向かった。立つ鳥、跡を濁さず。大家に別れの挨拶でもしよう。逃げて野垂れ死ぬか、捕まって死ぬかだ。

（しかし、俺の勘も鈍ったもんだ。ここが潮目とはっきり感じたんだが……）

ぶつくさ言いつつ、入谷《いりや》の長屋に帰ると、部屋にはもはや商売道具のなまくら刀と油壺だけしかない。夜逃げして、お得意の大道芸ガマの油で稼ぐのみか。

（嫌だなぁ。働きたくねえなぁ……）

辰五郎は暗い部屋で梅干しのような顔になった。

一日まじめに働いてもたかが三百文ほど。五十両とは桁が違う。あの興奮のあと、朝きちんと起きて真面目に働くのが嫌だった。しかし今や種銭すらない。芸者にやった二分すら惜しくなってくる。

ままよと外に出て井戸水を桶《おけ》からがぶがぶ飲み、大家の家に行った。

すると、中には長屋の住民たちがぎゅうぎゅうに集まっていた。

「辰さん！　何してたんだよ。今日は絶対に来てくれって言ったろ！」

隣の家の女房、お熊が辰五郎を見て叱った。

「え？　なんだっけか？」

「馬鹿だねえ。今日はお伊勢講の日だよ」

「ああ、あれか。あれね。まったく面倒だなぁ……」

　辰五郎は顔をしかめた。

　お伊勢講とは、貧乏人がみんなで金を出しあって、代表者がお伊勢参りに行き、ご利益をもらってくるという仕組みだ。誰が代表者になるかは、くじ引きで決められる。

　伊勢に行った者は、お守りや魔除《まよ》けを買って帰りご利益を皆に分ける。また、諸国の歌舞《かぶ》や着物の柄、品種改良した種籾《たねもみ》や農具など、流行の情報を持ち帰って広めるという一面もあった。

　伊勢には全国から人々が集まるので、いわば文化の集積地となる。死ぬまでに一度は行ってみたい、庶民の憧れの的であった。

　だが信仰とはもっとも縁遠いところにいる辰五郎に、興味のあるはずもなかった。博打で勝ったときにまとめて掛け金は出しておいたが、いくら出したかなどもう忘れている。

「何言ってるんだい！　今年はおかげ年だよ」

　お熊が叱った。

「なんだよ、そのおかげ年っていうのは？」

きょとんとした辰五郎にお熊がくどくどと説明しだした。

おかげ年とは伊勢神宮で遷宮のあった翌年のことで、六十年に一度の、大変ご利益があるとされる年のことである。

この年に行くお伊勢参りを特に〈おかげ参り〉と呼び、全国の庶民が束になって伊勢神宮に押し掛けた。

この庶民が大挙するお祭りのような伊勢参りは、江戸期を通して三度起こった。

おかげ参りの最大の特徴は、奉公人などが主人に無断で参詣したり、子供が親に黙って抜け出し、参ったりした例が多かったことである。

勝手に抜けるので、「おかげ参り」は「抜け参り」とも呼ばれた。伊勢神宮のお札などを持ち帰れば、店の主人も、親も、これを怒ることは許されなかった。

この年、文政十三年（天保元年、一八三〇年）もちょうど、おかげ年にあたる。

（能天気な奴らだ）

辰五郎は鼻で笑い、気にせず大家を探した。

住民たちはくじが引かれるたびに歓声を上げている。

そしてひときわ大きな声がした。それは悲鳴に近かった。

「辰さん！」

お熊が恐ろしい顔でまた呼んだ。

「な、なんでい」

「しっかりおし！」

今や、お熊は噛みつきそうな勢いであった。

「辰さん、あんたが当たりなんだよ！」

「へ？　俺はくじ引いてねえけど？」

「あんたが最後のくじだったんだよう！」

これが残り福というものか。最後に残された紙こよりのくじには、しっかり赤い印がついていた。

「げえっ！　こんなときだけ当たり目が出やがって！」

さっきの博打で当たってくれていたら、今頃粋な女と白河夜船である。

（なんてことだ！）

辰五郎は悔しがった。

しかし長屋の人々はもっと悔しがった。

「まさかお前が伊勢に行くのか!?」

「お前で大丈夫か？」

「神様に失礼だろ！」

住人たちが口々にわめく。

「俺だって行きたかねえよ。嫌だよ、そんな面倒なの！」

非難うず巻く中で辰五郎は叫んだ。

「あたしだって嫌だよ、あんたみたいな札付きの博打うちがなんでお伊勢さまに行くんだい⁉」

お熊は涙を浮かべていた。よほど行きたかったのだろう。

「だったら代わってやるよ。あんた行けば？」

辰五郎は気安く言った。

「ええっ」

お熊の顔から鬼気が消え、亭主にすら見せない神々しい笑みが浮かんだ。

「な、なんだよ、急に……」

「辰五郎さま！」

「あんた、いい男だねぇ」

お熊の頬が上気し、辰五郎の腕を取って胸に押しつける。ほのかに、ぬか味噌の臭いがした。

辰五郎も何かいいことをした気分になった。

「だろう？　俺はいい男なんだ」

とりあえず肩の荷は降りた。神様になんてかかわりたくない。

しかしこのとき、大家が人垣から出て来て首を横に振った。

「だめだ。くじに逆らったらご利益がなくなる」

「ええっ！」

「嘘《うそ》っ！」

辰五郎とお熊が同時に悲鳴を上げた。

「だってさ、こんな人が行ったら神様が気の毒じゃないか！　お宮が穢《けが》れちまう！」

お熊が叫んだ。

上げたり下げたり忙しい女だと思いながら辰五郎が唇を曲げたとき、

「きっと神様には何か考えがおありになるんだろう。さあ」

と、大家が辰五郎に巾着を差し出した。

チャキッという音がする。

「これは……」

辰五郎の背筋に予感が走った。確かに小判の音のような気がした。

「五両ある。みんなで出し合った金だ。これで伊勢に……」

「行きます！　行きまぁす！」

辰五郎は全力で答えた。五両とは気づかなかった。早く言ってくれればいいのに！

悪事千里を走るというが、五両もくれるなら伊勢までわずか百十四里（約四百五十六キロメートル）、すぐにでも行ってこよう。

しかし、庶民の金を貯《た》める力は恐ろしいものだと思った。

宵越しの金を持たない辰五郎にはその力がまぶしい。自分にはとてもできない。

「何であんたなんだよ……」

お熊が崩れ落ちた。

辰五郎は姿勢を正した。

「すまん、お熊。実はな、俺もずっと伊勢に行きたいと思っていたんだ」

「さっき、当たりを譲るって言ったじゃないか！」

「ついあんたがかわいそうになってな、伊勢を譲るなどと威勢のいいことを言ってしまった……。しかし神のご意思には逆らえまい。この辰五郎、命をかけて伊勢に参る！」

言うやいなや辰五郎は五両をしっかりと懐にしまい込んだ。

二　品川宿

翌日、三度笠《さんどがさ》をかぶり渡世人のような恰好《かっこう》をした辰五郎は、みんなに見送られ勇んで出発した。こそこそ夜逃げするはずが、今や長屋みんなの光である。

「達者でな。土産持って帰ってくるからな」

笑顔で手を振り、角を曲がった辰五郎はすぐさま全力で走った。

(江戸の敵を品川で討つ！)

品川宿は東海道五十三次、第一の宿である。

品川ほど大きな宿なら賭場は朝から開帳しているはずだ。

昨日はカツカツの金で打ったから負けたのだ。しかし今日は余裕の金で打つ。今こそ、玄人《くろうと》技の冴《さ》えを見せてくれる！

そう思ったのをひどく後悔したのは二刻ほど後であった。

気がついたときには五両がきれいに消えていた。

（三十両を超えたところでやめておけばよかった……。残していたら、あの金で何が買えたか）

さすがに長屋のみんなの顔が心に蘇《よみがえ》ってきた。毎日の貧しい暮らしの中、伊勢参りだけを夢見て爪の先に火を灯《とも》すように貯めた祈りのかたまりである。

その金をきれいさっぱり使いきってしまった。

（だめだ。死のう）

辰五郎は思った。

死んで詫《わ》びるしかない。

また、それとは別にこみあげてくる感慨があった。

ついに博打の神様が自分を見放した、ということだ。

親に捨てられ、物心ついたときには見世物小屋で玉乗りをしていた辰五郎に優しくしてくれたのは、ガマの油売りのおっちゃんと博打だけだった。

冷たい世間と違って、賽《さい》の目はいつも裏切らなかった。生まれ育ちの不運を埋め合わせるように、運はいつも辰五郎に味方した。博打はいい。大尽にも貧乏人にも目は公平に出る。

しかし、今や大負けし、降ってわいたような五両も尽きた。二十年来、こんなことはなかった。思えばもう齢《よわい》三十五である。女房も子もなく、からっ風が身を刻む。若い頃はなんとも思わなかったが、歳《とし》をとるにつけ孤独は心に沁《し》みた。

「困ったときは歩け。犬も歩けば棒に当たる」

ガマの油売りのおっちゃんの、そんな言葉を思い出した。

(せめて伊勢に向かうか。それで行き倒れたら面目は立つ)

辰五郎は立ち上がった。

(そうだ。まずは神社で賽銭《さいせん》でも頂くか……)

なんせ伊勢に行くのだから、神様から借りて、神様に返せばいい。金は天下の回り物という。だったら回してなぜ悪い。

決意した辰五郎が品川稲荷《いなり》社の長い石段を登ると、賽銭箱の前から慌てて逃げていく影があった。

「泥棒!」

辰五郎は怒鳴った。影は素早く、やぶの中に消える。

賽銭箱をのぞいたらすっかり空だった。

「罰当《ばち》たりめ!」

罵《のの》ってみたがもう遅い。一歩の差で出遅れた。まだガミを食っているらしい。

「浜の真砂《まさご》は尽きるとも、世に盗人の種は尽きまじ」

欄干に片足をかけ、好きな歌舞伎の楼門五三《さんもんご》桐《さんのきり》の節を真似て、見得を切ってみたが、腹が鳴っただけだった。

　辰五郎は賽銭箱の上にある大鈴から垂れた麻縄を握り、ぶんぶんと振った。

「こらっ！　神様、出てこい！　このところお前はいつも俺に肘鉄ばかり食わしやがって。伊勢の元締めに言いつけるぞ！」

　縄を振り回すと、がらんがらんと大鈴が鳴った。しゃにむに鳴らしたものだから、鈴が取れて辰五郎の頭に落ちた。思わず、ぎゃっと叫ぶ。

「罰だけはしっかり当てやがって、この野郎！」

　辰五郎が頭を押さえたとき、目の前を白い影が横切った。

　背中のうぶ毛がそそけ立つ。

　お稲荷様か？

　まさかもっと罰を当てようとしているのか？

　辰五郎は怖くなった。

「いや、冗談だよ、冗談。人は誰でも失敗するじゃねえか。しょうがねえ。人ってのは大抵愚かなもんさ……」

　こわごわ後ずさると、踵《かかと》に、ふにゅっとしたものが当たった。

「ひえっ！」

「わんっ！」

辰五郎が飛び上がると、そいつも驚いたように吠《ほ》えた。

「なんだ、犬じゃねえか！　脅かすな」

振り返ると、白い熊野犬（紀州犬）がこちらを見ている。

首にしめ縄が巻かれ、そこには文字の書かれた札と巾着がぶら下がっていた。

「何つけてるんだ、おめぇ」

屈《かが》んで書き付けを読んでみると、〈お蔭《かげ》参り候《そうろう》……〉などと書いてある。

「なになに？　代参犬だと？」

じっくり読んだところ、どうやら人の代わりに犬が伊勢に参拝するとのことで、その路銀が巾着に入っているらしかった。

「いくらはやってるからって、犬まで伊勢に参るのか」

白い犬をまじまじと見つめた。

書き付けの末尾には犬の名らしき〈翁丸《おきなまる》〉という字が書かれている。

「おめえ、翁丸っていうのか？」

犬が嬉《うれ》しそうな顔をして尻尾を振る。

「よしよし。それは銭か？」

辰五郎はおそるおそる首の巾着を持ち上げた。ジャラッという感触がする。

やはり銭だった。

鴨《かも》が葱《ねぎ》を背負《しょ》ってくるのは聞いたことがあるが、犬が首に銭をぶら下げてくるのは初めてだ。

辰五郎は巾着をそろそろと開けてみた。いくら入っているかは、すぐにはわからないが、とにかくぎっしり銭が入っている。

指を入れると翁丸が横目で辰五郎を見た。

「てめえ、嚙むつもりか？」

おそるおそる横顔を見つめたが、つぶらな瞳がにっこりしたように見えた。敵意はまるで感じられない。

恐ろしく愛嬌《あいきょう》のある犬である。くるんと巻いた尻尾の振り方もかわいい。人を疑うそぶりすらみせない。かつてここまで辰五郎を無条件に愛した存在がいただろうか。

「これは功徳というものだよ、リン公。お前はとてもいいことをしようとしている」

言いながらも、巾着の中に入れた指が動かない。なぜなのか。辰五郎は戸惑った。

(これが仏心というものか？　俺にも良心があったのだろうか……)

辰五郎は犬を見た。足が泥で汚れている。それなりの道のりを歩いて来たのだろう。

(こんなことをするんだったら野垂れ死んだ方がましか)

迷ったが、辰五郎は犬の巾着を締めた。

「達者でな、ワン公」

「わんっ」

巾着の紐《ひも》をしっかり締めてやり、犬が楽しげに吠えたとき、

「泥棒！」

という声がした。

辰五郎は飛び上がった。

「代参犬の金を盗もうなんて罰当たりめ！」

叱咤《しった》が飛ぶ。

「盗んでないって！」

言いながらも、辰五郎は反射的に逃げた。しかし正面に翁丸がいてずっこけ、石段を一人と一匹で絡まりながら転げ落ちたのだった。

「大丈夫⁉」

深刻そうな声に、辰五郎が目をあけると、紺絣《こんがすり》の着物を着た子供がのぞき込んでいた。

「ああ、なんとかな……」

「おっさんに言ってんじゃないよ。こっちの犬さ」

子供は犬の様子を心配そうに見ていた。

「わんっ」

翁丸が嬉しそうに吠える。

どうやら怪我《けが》はないらしい。むしろ辰五郎の方が腰をしたたかに打っている。

「いつつつ……。びっくりさせやがって。岡っ引きかと思ったぜ」

「おっさん。こんなことしてたら、たたりにあうよ」

「馬鹿を言え。俺は犬とたわむれていただけだ。首の周りの蚤《のみ》を探してやったりしてな」

「知らない犬の蚤を？　怪しいなぁ……」

子供は辰五郎をじろじろ見た。

辰五郎は尻を手で払って立ち上がった。

確かに一度は盗もうとしたが、改心したのだから、咎《とが》められる筋合いはない。

「むしろ、お前の方が怪しいだろう。こんなところでガキが何してやがる？」

「おいらかい？　これからおかげ参りさ」

「は、お前も？」

「え？　まさか、おっさんも？」

辰五郎は頷《うなず》いた。

「なんでえなんでえ。猫も杓子《しやくし》もおかげ参りか」

辰五郎はそう言って犬を見た。

犬も杓子も、と言うべきであったか。

「おっさん。道はわかってるの？」

「東海道だろう？　馬鹿でも行けるだろう」

「へえ……」

子供が少しホッとしたように見えた。

「おめえまさか、道も知らねえのか？」

「まあね」

「ま、そりゃそうか。ガキだもんな」

「ガキじゃないよ、おいら三吉《さんきち》だ」

「ふうん。でも三吉よ、ちゃんと路銀は用意してきたんだろうな？」

「それは……」

三吉が口ごもった。

もしかしたら辰五郎を警戒しているのかもしれない。

辰五郎は肩を落とした。

三吉が金持ちの子供なら、案内料の一つでも取れるかと思ったが、無理筋なのか。

「ないよ。無一文さ」

「はあ？」

一文無しと聞いて、辰五郎は目を丸くした。

「こら三吉。おめえは旅をなめてるのか。宿代、飯代、川の渡し料と、いくらでも金はかかるんだぞ。そう、五両はねえと厳しいなぁ……」

失った金の重さを思い出し、辰五郎は顔をしかめた。

「でも、これがあるよ」

三吉は腰の帯に差した柄杓《ひしゃく》を抜いて見せた。

「そりゃなんだ。水だけ飲んで旅をしようってか？　すぐにへばるぞ」

「違うよ。わかってないね、おッさん」

三吉は辰五郎を階段の上から見下ろした。

「これがあればただで伊勢まで行けるんだ。街道のほうぼうでみんなが路銀を寄進してくれるんだよ」

「そんなことがあるのか？」

辰五郎が思わずうなった。

おかげ参りに柄杓を持っていくのが流行したのは、ちょうどこの年のことである。

人々は持っていった柄杓を伊勢の外宮《げくう》の北門において帰るのが習わしだった。

よって柄杓を持つことで伊勢への信心の旅とわかり、沿道の各所で施しを受けることができたのである。

ときには子供が無一文で行って寄付を集め、大金を持って帰ることもあったという。三吉に話を聞き、辰五郎は驚いた。世の中には奇特な人もいるものだ。

「よし、一緒に行くか。道がわからないなら、この辰ちゃんが連れて行ってやる」

「えっ？　いいの？」

「旅は道連れ、世は情け。いろはかるたにもあるだろう？」

言いながらも、辰五郎には、子連れならば寄進も多かろうという目算もあった。二人で集めた分を山分けすると言えばいい。

「かるたって何？」

三吉が不思議そうに聞いた。

「はあ？　おめえ、かるたも知らねえのか。賢いのか馬鹿なのかよくわかんねえ奴《やつ》だな……」

「知らないものは知らないよ！」

三吉は口を尖《とが》らせた。

「まあ、いいさ。俺もかるたより花札が好きだしな」

言いつつ辰五郎は品川稲荷社の石段をさらに降りた。その後に三吉が続く。

半信半疑ながらも、辰五郎はさっそく稲荷社の手水舎《ちようずや》から柄杓を拝借し、腰に差した。そのうち買って返せばいいだろう。なんなら二倍にして返してもいい。どうせ柄杓一つだ。

「おっさんも柄杓持っていくの？」

三吉が驚いて聞いた。

「俺はな、悪い奴に金を取られちまったんだ。閻魔《えんま》のような奴だった……」

辰五郎は香具師の元締め赤布の甚右衛門《じんえもん》の、鬼瓦のような顔を思い浮かべた。借金を返さなければどんな目に遭うか知れたものではない。聞いた話では、鉋《かんな》で顔を削られたり、簀巻《すま》きにされて江戸の海に生きたまま放り込まれた者もいたそうである。

「ふうん。おっさんも苦労してんだね」

「おっさんじゃねえ。一緒に行きたきゃ辰さんと呼びな」

「わかった。辰さんだね」

「そうよ。〈土壇場の辰〉とは俺のことよ」

辰五郎は見得を切ると街道へと踏み出した。

無一文で伊勢に行けるとしたら、なんとかなる。品川の賭場で聞いた話によると、伊勢では高額の賭場が立つという。おかげ参りに行く者は一生に一度の道楽でもあるから、大金を賭ける。柄杓で金を貯め、大一番で渾身《こんしん》の勝負をすれば、辰五郎も再び日の目を見ることがあるかも知れない。

無一文で捕まったら海に放り込まれ、青鱚《あおぎす》につつかれるだけだ。金を返せばなんとかなる。命まで取ろうとはいわないだろう。何か希望のようなものが見えてきた。

(窮地を好機に変えるとはさすが俺だな!)

辰五郎は嬉しくなった。

「よし、行くぞ!」

「うん」

「わんっ」

「ん?」

辰五郎が振り向くと、翁丸がしっかりとついてきていた。

「翁丸、おめえも一緒に行きてえってのか?」

翁丸はぶんぶんと尻尾を振って目尻を下げる。

「この犬、おきなまるっていうの?」

三吉が聞いた。

「ああ。首の札にそう書いてあったぜ」

「へえ」

翁丸の頭をおそるおそる撫《な》でた三吉の顔が、ようやく子供らしくなった。

街道に出た二人と一匹は元気よく歩き始めた。

品川から川崎までは二里十八町（約十キロメートル）である。半日もかからずついてしまう。

もうすぐ六郷《ろくごう》の渡しというところで、

「坊、おかげ参りかい？」

と、上等な着物を着た三十くらいの女から声をかけられた。どこか大店《おおだな》の女房のようだ。

直感が働いた辰五郎は素早く茶屋のすだれの陰に身を隠した。

景色を眺め、他人のふりをする。

「うん、そうだよ」

三吉が女に答えた。

「これを持っておいで」

女は財布から四文銭を十枚出すと、三吉に握らせた。

「ありがとう！」

三吉は頭を下げ、財布に入れた。にっこりと笑顔を向ける。

「あら……この子も一緒？」

女が犬を見た。翁丸は早くも尻尾を振っている。

「うん。代参犬なんだ」

三吉が言うと、女の顔がゆるんだ。

「しょうがないわねえ」

にこにこと微笑《ほほえ》んだ女は再び財布を出して、翁丸の巾着に一文銭を落とした。

翁丸のタレ目がますます下がり、嬉しそうにわんと鳴く。

女が頭を撫でると、翁丸は道に転がって腹を見せた。

「あらあら」

女は功徳を満喫すると、楽しげに歩いて行った。

一部始終を茶屋の陰から見ていた辰五郎は大喜びした。

(すげえ！　犬と子供、すげえ！)

恐るべき集金力である。江戸と伊勢を何度も往復すれば、これだけで長者になれるかもしれない。沿道の人々は、本当に伊勢の参拝者を手厚くもてなすようだ。

「あの……」

振り返ると、白髪の爺《じい》さんが立っていた。肩には鍬《くわ》を担いでいる。近くの百姓なのだろう。

「あんた、おかげ参りに行きなさるのかい？」

「ああ、そうだけど」

辰五郎は腰に差した柄杓をさりげなくいじった。

「これは少ないですが……」

爺さんの手の平には四文銭が載っていた。

「私の代わりに、お伊勢さまに参ってくれませんか。女房が病で臥《ふ》せっておりまして」

「それはお気の毒な……。及ばずながら、この辰五郎が代わりに行ってさしあげましょう」

辰五郎は金を押し頂いた。

「よろしくお願いします」

爺さんは何度も頭を下げ、道を歩いて行った。

（こりゃ、打ち出の小槌《こづち》だ！）

笑いが止まらなかった。しかしそこは博徒ながらも義理堅い辰五郎である。矢立《やたて》を取り出し、紙に「六郷の爺さん」と書きつけた。伊勢のお宮さまで手を合わせたとき、神様によろしく言っておけばいい。あとは神様のつとめだ。せいぜい爺さんの女房を助けておあげなさい……。

「おっさん！　路銀が貯まったよ」

三吉の声がした。

「俺もだ。こりゃあ、いい旅になりそうだな」

「わんっ」

翁丸も巾着に銭を貯め、首のしめ縄が重そうである。

「翁丸。それじゃ歩きにくかろう。どれ、俺が預かってやるよ」

辰五郎が手を伸ばしたとき、

「だめだめ。おいらが預かるよ」

三吉が辰五郎の手を制した。

「このガキ。俺を信用できねえって言うのか？」

「だっておっさんは土壇場の辰って言うんだろ？　すぐ土壇場に追い込まれる人が金なんて持ってたら危ないよ」

「なるほどなぁ……」

思わず感心した辰五郎だったが、

「いやいや、こいつ！　口の減らねえガキだ」

と慌てて怒った。

「ふん」

「ならこうしよう。ワン公の銭を俺の大銭と替えてやる。そしたら軽くなるじゃねえか」

「うーん。まあそれならいいかな」

「よし」

辰五郎は台に座ると、足袋《たび》を脱いで振った。チャリンと大銭が三枚出てくる。まさかのときの金だった。

「なんか臭そうだね」

「馬鹿言え」

辰五郎は犬の巾着から一文銭を取り出し、大銭に替えて入れてやった。

「わん！」

翁丸も心なしか嬉しそうである。

「見ろ。喜んでるじゃねえか」

辰吾郎の方は財布が重くなり、大金が入っているような気になった。

「枯れ木も山の賑《にぎ》わいだな」

辰五郎は張り切って歩き出した。

三吉は辰五郎よりたくさん金をもらうだろうし、翁丸も巾着袋に次々と銭を入れてもらっている。豪華な旅とはいかないだろうが、子供と犬にたかれば、安心の道行きだ。

「次は川崎か。川崎大師のおひざ元だな」

辰五郎は陽気に言った。


一方、浅草では香具師の親分、赤布の甚右衛門が激怒していた。

「菊佐《きくざ》。辰五郎を追っかけろ。首を刈り取ってこい！」

割れ鐘のような声で手下に命じる。その迫力に皆、辰五郎の惨殺を予感した。

「赤布」とは人の皮のことである。かつて浅草の喧嘩《けんか》で相手の生皮を剝《は》いだことからつけられたあだ名であり、気性はすこぶる荒い。

「やるんですかい？」

菊佐が片目を光らせた。もう一つの目は、かつて勤めにしくじったけじめとして、自らくりぬいてしまいなくしている。

「烏金を踏み倒して、詫びも入れずに逃げるとはな。許したら俺の面目が立たねえ」

「へい」

鉄砲洲《てっぽうず》の菊佐と異名をとる殺し屋は旅姿になると、すぐさま辰五郎の行方を追った。

三　川崎宿

辰五郎と三吉、そして犬の翁丸の一行が川崎にさしかかる頃、大きな夕陽《ゆうひ》が山の向こうに沈みかけていた。

六郷の渡しもそろそろ仕事をしまいかけている。

「日が暮れてきちゃったね」

三吉はなんとはなしに心細くなってきた。

「おい、三吉。いくら持ってる？」

辰五郎が怪しい目をした。

「……他人の懐のことを聞くなよ」

「ふん。宿代があるのかと気になったのさ」

「宿代か」

三吉は思案顔になった。

初めての旅であるから、宿に泊まったこともない。宿の探し方も、振る舞いもよくわかっていなかった。

「まあいいやな。俺は俺で行きたいところがある。じゃあな！」

辰五郎がさっさと行ってしまうと、三吉はさらに不安になった。あたりはどんどん暗くなる。とにかく宿を探さねばならない。

街道筋をあちこち巡り、どうにか小ぎれいな宿を見つけることができた三吉は遠慮がちに声をかけた。

「あのう！　あのう！」

玄関先で声を上げていると、仲居らしき女が出て来た。

「なんだい、あんた」

子供一人でいることを、訝《いぶか》しんでいるようすである。

「これ……」

三吉は柄杓を見せた。

「ああ、おかげ参りかい。でもね、あんたに施すような金はないよ。帰んな」

「違うんです。おいら、ここに泊まりたいんです」

「泊まるって？　父ちゃんや母ちゃんはどこだい？」

仲居は見回した。

「いや……。おいら一人なんです」

「へ？　あんた一人？」

女はじろじろと三吉を見た。

「だめですか？」

「だめじゃないけどね……。あんた宿賃はあるのかい」

「あの、いくらですか？」

「四百文だよ」

「えっ！　四百文⁉」

三吉は驚いた。今日、施しでもらったのは百八十文である。これではとても泊まることはできない。

「どうするんだい？　別に無理にとは言わないからさ」

「えっと……」

三吉は考えこんだ。いっそ野宿でもするか。幸い初夏で暖かく、寺の軒下くらい探せばあるだろう。

「すみません。やめておきます」

「そうかい。じゃあ、どいとくれ」

仲居は水を撒《ま》き、旅籠《はたご》の玄関を掃除し始めた。

三吉は引き返すと再び街道に出た。後ろについていた翁丸が「くぅーん」と寂しそうに鳴く。

「大丈夫だよ、翁丸。いいとこ探してあげるから」

三吉は頭を撫でた。

しかし、翁丸は「わんっ」と一鳴きすると、三吉の手の下から逃れ、軽やかな足取りで走っていった。

「なんだ、お前も行っちゃうのかよ……」

三吉は唇を噛んだ。独り身では心細い。辰五郎は明日、約束通り一緒に発《た》ってくれるだろうか。

(でもいいや。どんなところでもあそこよりはましだ……)

三吉は江戸での住処《すみか》を思い出し、心を引き締めた。奉公先から黙って抜け出してきている〈抜け参り〉だった。あそこがまともな店ならばこんなことをしなくてもよかった。

三吉はどこか眠れそうなところを探しはじめた。

一方、辰五郎は宿に入ってすぐのところにある万年屋《まんねんや》に入っていた。さっそく、名物の奈良茶飯を注文する。

これは奈良の東大寺や興福寺で供された茶飯が始まりで、大豆や黒豆、焼き栗《やぐり》などを入れてほうじ茶で炊いた飯である。

辰五郎はかき込むようにこれを食べた。

口に入れると濃いほうじ茶の香りが口に広がった。ほんのり塩味の飯に埋め込まれた大豆が良い食感で弾《はじ》ける。付け合わせのしじみ汁とも実によく合った。

おかわりしようかと思ったが、残念ながら、そんなに持ち合わせはない。しじみ汁の最後の一滴まですすり、後ろ髪を引かれる思いで店を出た。

辰五郎は宿のど真ん中、客引きの女が密集しているところに足を向けた。

（おう、いるいる）

辰五郎の鼻息が荒くなる。名物もいいが、男の旅の楽しみは飯盛り女とねんごろになることだ。宿の方でも旅の男を引き込もうと待ち構えている。

「ねえ、泊まっていってよ」

「おいでよ、兄さん！」

猫のような甘え声が両耳に飛び込んでくる。

（か〜、こたえられねえ。よりどりみどりじゃねえか！）

辰五郎の足は弾んだ。

もっとも辰五郎には金がない。柄杓で得た金を合わせても百文足らずだ。

（壺で増やすか？）

思ったものの、さすがに博打は懲《こ》りた。負け癖がつきすぎている。ここは伊勢での大勝負までしっかり運を溜《た》めるべきだろう。

辰五郎は目の保養だけにして、通り過ぎることにした。鰻《うなぎ》の匂いで飯を食うようなものだが、負けの大波が来ているときは、おとなしくしているに限る。負けるときは負けておいてこそ、勝つ日も来る。

目を皿のようにして歩いていると、

「兄さん！　うちへおいで」

と、客引きに後ろから袖をつかまれた。

おそろしく強い力である。

「あいにくだな。俺は金がねえ」

辰五郎は腕を振って引き離そうとした。しかし、女の手はしっかり袖をつかんだままだ。

むしろ辰五郎の着物が脱げそうになる。

「何しやがる！」

振り向くと、まず女の腕が目に入って驚いた。

太い。しかもうっすらと毛まで生えている。

相撲取りのような腕だった。

「なんだこりゃ？」

女の顔を見ると、腕に負けないくらい大きい。しかも丸かった。やはり力士なみだ。

「あんた、私を見て金がないと言ったね！」

女が見当違いに怒っている。これはやっぱりツキがない。

「知らねえよ！　ほんとに金がねえんだ」

「あんた、川崎の女の怖さを知らないと見えるね」

言うやいなや、女は袖を引いたまま宿に歩いた。

「ちょ……待てってば！」

抗《あらが》っても無駄だった。辰五郎はふんばったが力ずくで引きずられていった。袖をつかんだ手が放れない。

ふとまわりを見ると、同じように引きずられている男たちがいる。蜘蛛《くも》が獲物を搦《から》め捕るがごとく、男たちは宿屋に引っ張り込まれていった。

これぞ川崎のすっぽん女郎である。

「助けてくれ！」

辰五郎は叫んだ。金がない上に、こんな女にのしかかられたのではたまらない。猿《さる》蟹《かに》合戦で臼につぶされる猿だ。しかしどんなに抵抗しようと蟻地獄《ありじごく》のごとく、ぐいぐい引きずられていく。

「頼む、許して！」

なかば女のような声で叫んだとき、

「きゃっ！」

という声がして、袖を握る力がゆるんだ。

「南無三！」

辰五郎は必死に袖を振り離し、逃げ出した。振り返ってみると、動き回る白い尻尾が見える。おかしなことに、大きな女の後ろから尻尾が生えていた。

「きゃははは！　くすぐったい！」

相撲女が暴れている。

よく見ると、翁丸が女の着物の中に後ろから首を突っ込んでいた。

「よくやった、ワン公！」

辰五郎が喜んだ。

「この助べえ犬っ！」

女が尻を振り回し、ようやく翁丸を振り払った。

翁丸はびっくりした顔をして辰五郎の方に逃げてきた。

「ざまあみろ、大関め！」

「わ、わんっ！」

一人と一匹はそそくさとその場から退散した。

「いやあ、恐ろしかったなぁ。あんなのに捕まったら、これからの道中ずっと嫌な思い出になるとこだったぜ」

「くぅ〜ん」

翁丸もどうやら辟易《へきえき》しているように見える。

「よし。まずはお前のおまんまを手に入れてきてやるとするか！」

辰五郎が言うと、翁丸は先に立ってとっとと歩き出した。

「なんだ？　おめえ、あてでもあるのか？」

ついていくと、翁丸は古寺の境内に入って行った。

するとその縁の下から子供の足がのぞいている。

「あれ？」

「わんっ」

翁丸が吠えると三吉が這い出てきた。

「あ、おっさん」

「おめえ、こんなところで何やってるんだ？」

「見りゃわかるだろ。野宿だよ」

「銭はあっただろう？」

「それが、一晩四百文もかかるんだってさ。そんなにはないよ」

「はあ？　そりゃどこの本陣だよ？」

辰五郎は呆《あき》れて聞いた。武士が泊まろうものなら確かに四百文は取られようが、町人はせいぜいその半分がいいとこである。

「えっ？」

「このあたりの宿は二百文と相場が決まっている。お前、足元を見られたんじゃないのか？」

「……そうなの？」

怒ったのか、三吉の顔が少し赤くなった。

「ったく、おめえはどこのおぼっちゃんだよ……」

だがしかし、と辰五郎は思う。このあたりの宿は飯盛り女が客につくことが多い。つまり、子供が泊まっても女をあてがえないから、あまりありがたくないのだろう。

もしかしたら、子供を泊めないために高い宿賃を吹っかけたのかもしれない。

「よし。この辰ちゃんが一緒に探してやる。こんなとこから野宿してたら伊勢まで体が持たねえぞ」

「……。子供は損だね」

三吉は悔しそうに言うと、うっすらと目に涙をためた。

「だからまっとうな大人の言うことを聞かなくちゃならねえんだ。行くぞ」

辰五郎は三吉を、女のいない宿に連れて行った。〈富屋〉と書かれた旅籠の玄関に入り、手代《てだい》に声をかける。

「よお。泊まりてえんだがな、いくらだい？」

「二百二十文だよ」

手代が答えた。

「だろうな」

辰五郎は頷くと三吉を見た。

三吉もなるほどと頷いている。

「二人だといくらだい？」

辰五郎はさらに聞いた。

「はあ？　二人だと四百四十文に決まってるよ、そりゃ」

「そこをなんとか負けてくんねえか？　三百文くらいにさ」

「馬鹿言うな。こっちも部屋割りがあるんだ。家族連れなら六百文に負けてやらないこともないが……」

「ふうむ、一人二百文か」

辰五郎は玄関口にとって返した。

「ボウズ、泊まっていきな。二百二十文ならなんとかなるだろ？」

「無理。百八十文しかないよ」

「えっ？」

「辰さんは、何文あるの？」

「そりゃあおめえ……」

ここで奢《おご》ってやれれば格好がいいが、持っているのは百文足らずだった。

「ねえ、言ってよ。何文なんだよ！」

「石川五右衛門、かな？」

せっかくおどけたのに三吉が暗い顔をした。

「あんまり持ってないんだね」

「おめえ鋭いな」

「どうするんだよ？」

「どうしたもんだろうな」

言いながら、自分の百文を三吉に渡せば少なくとも一人は泊まれると思ったが、それではなんともわびしい。それは最後の手段にするとして、何か手はないのか。

そのとき、辰五郎はひらめいた。二人は駄目でも三人ならどうだ？

「三吉。いい手を思いついたぜ」

「なんだよ」

「今言ってたじゃねえか。家族連れなら安くなる、ってな」

「うん」

「もう一人探そう。カカアみたいなやつがいいな」

「女の人？」

「そうだ。俺が父ちゃん、お前が息子。あとはカカアだ」

「そんな人、都合よくいるかなぁ……」

「なあに。意外に多いぜ、女の一人旅は」

辰五郎は請け合った。

かつて入り鉄砲に出女といって、移動には厳しい制限があったが、この年はおかげ参りの年でもあり、女の一人旅も多かった。

「俺に任せときな。なぁに、すぐ連れてくるから」

辰五郎は張り切って街道へと飛び出した。

しかし道行く女に何度声をかけても、ちっとも捕まらない。

「おかしいな。こんなに頼んでるのに……」

辰五郎は首をひねった。

もっとも、辰五郎の風体にも問題がある。渡世人風の恰好は、おかげ参りとしては少し浮いている。しかもさっきから美しい女ばかりに声をかけていた。中には男連れの女もいて、怒鳴られたりもした。

（こりゃいかん。まじめにやろう）

辰五郎は、手堅く行こうと巡礼の年増女《としま》に声をかけた。

「よう。ちょいと俺らと一緒に泊まってくれませんか。安い宿があるんだ」

年増女は辰五郎を見て顔色を変えた。

「寄るな！」

手に持った杖《つえ》を辰五郎に対して向け、構える。

「ちょ……なんだよ、そこまですることないだろ！」

「罰当たりめ」

言い捨てると女はすぐに立ち去った。

「なんだよ、冷てえなぁ」

辰五郎はがっかりした。思い切って妥協したのにこの始末では、もはや誰もうんとは言わないだろう。

日は完全に暮れ、道行く人々も減ってきた。これでは二人とも野宿するしかない。

「おっさん！」

「ん？」

振り向くと三吉が立っていた。

「もうちょっと待ってろ。今日は少し調子が悪い」

「ねえ、あっちによさそうな人がいるよ」

「ほう……。でもうまくいくかな。どうやら今日は仏滅だ」

「とりあえずやってみたら？」

「うーん、おめぇがそれほど言うなら試してみるか……」

もはや夜まで時もない。宿の風呂に入って布団にもぐりこめたらどれだけ幸せか。

辰五郎はままよと三吉の見つけたという女のところに向かった。

「ほら、あそこだよ」

三吉が指を差す。

女は六郷川近くの岸にいた。柳にもたれ、ざわめく水面《みなも》を見つめている。

黒髪はほどけて乱れ、うつむいていた。年の頃は二十代の半ばか。

「幽霊じゃないのか？」

どうも雰囲気が暗い。辰五郎はたたらを踏んだ。翁丸もしっかりと尻尾を股の間に挟んでいる。

「でももう他に女の人なんていないよ」

「いや、あんなのはだめだ。明らかにツキのない顔をしている。典型的な貧乏神だ。

関わったらとんでもない目に遭うぞ」

辰五郎の勝負師としての勘が逃げろと告げていた。

「あ、動いたよ！」

「どうするつもりなんだ？」

見ていると、女はそのまま川に近づき、履き物を脱いだ。

「うわー」

辰五郎は思わず後ろを向いた。

「三吉。見ちゃなんねえ」

「えっ、助けないの⁉」

「死にたい奴に関わるとろくなことがない。死なせてやれ」

「かわいそうじゃないか！」

辰五郎は耳を塞《ふさ》いだ。

（これ以上、ツキを落としてたまるもんか）

ここは見ざる聞かざる言わざるに徹するのが吉だ。なまじの情けは身を滅ぼす。

しかし三吉の声はキンキンと耳にひびいた。

「辰さん。足首まで入ったよ。死んじゃうよ！」

「気晴らしに水浴びしてるだけかもしれねえだろ」

「だって手を合わせてる！」

「ごちそうさまをし忘れたんじゃないか？」

「腰まで浸《っ》かったよ！」

「いちいちうるせえな！」

「やっぱりこんなのだめだよ！」

三吉が走り出した。

「おい、待てってば！」

しょうがなく辰五郎も追いかけた。

三吉は女の手をつかむと、必死に引き止めた。

「おばちゃん！　死んじゃ駄目だよ！」

「放して！」

川の中で二人がもみ合う。

「わんっ」

翁丸が辰五郎を見て吠えた。

いつもは愛嬌のある顔がちょっとばかり哀しそうにくもっている。

「おめえにそういう顔されちゃなぁ……」

辰五郎は口をへの字に曲げると、ざぶざぶと川に入り、三吉と女を助け上げた。

「なんで助けるの！」

女が怒鳴る。

「ほら、これだ。助けたのに説教だよ。だから助けるなっていうんだ……」

「おばちゃん、このおっさんはいい加減な人だからね、気にしなくていいよ。助かってよかったね」

「いい加減ってなんだよ！」

「お願いします。死なせてください……」

女は泣き出した。

「どうぞどうぞ。川もちょうどいい湯加減だし、誰も見てませんから。三途《さんず》の川につながってたりしてね」

「辰さん！」

三吉が睨《にら》んだので、辰五郎はしぶしぶ慰《なぐさ》めてみた。

「ま、あれだ。死んで花実が咲くものかっていうやつだな。生きてればいいことがあるよ、きっと。多分。万が一に。いや、ねえかなぁ。どうだろう……」

「知った風なこと、言わないでください！　あなたに私の何がわかるんですか！」

女がまた怒った。

「ま、興味ねえしなぁ。だが、一つだけわかってることがある。あんたは今、簡単に死ねないほどツキがねえんだ。ここはあきらめて次の勝負にしな。とりあえず今夜は泊まろうぜ……って、おい、ワン公！」

辰五郎は驚いた。翁丸が女の荷物に口を突っ込み、水でふやけた饅頭《まんじゅう》を食べていた。

「卑《いや》しいな、お前は……」


しばらくたった後、旅籠〈冨屋〉の手代は、家族だと言い張るおかしな三人連れに首をかしげた。

渡世人のような男と利発そうな子供、そして雰囲気の暗い幽霊のような女がいる。

「あんたたちが家族ですって？」

「ああ。水入らずだ」

「うーん……」

手代は唸《うな》った。水入らずどころか、みんなびしょ濡《ぬ》れである。

「三吉よ。眠いだろう？」

辰五郎が目配せする。

「うん、おっさん……じゃなくて、父ちゃん」

「こんなところで立ってたら家族みんなで風邪をひいちまう」

女がうらめしそうに手代を見た。

と思ったのだろう。

手代は奥に声をかけた。面倒くさいことになるより、金さえ払ってもらえればいい
「……。おーい！」

「見ろ。なんとかなったろう？」

風呂上がりのふやけた顔をぴしゃぴしゃと叩《たた》きながら部屋に入ってくると、辰五郎は先に上がった三吉に言った。

女はまだ風呂にいるようだ。

「宿代は大丈夫なの？」

「見ろよ、これ」

辰五郎は女物の財布を三吉に見せた。

「たっぷり入ってるぜ。あの女、『私にはもう必要のないものですから』なんて言って俺に預けやがった」

辰五郎はほくほくと笑った。暗い女だが、銭を持ってるなら幽霊でも構わない。世の中、金を持ってるやつが楽するようにできている。

「これで小田原の透頂香《とうちんこう》と外郎餅《ういろうもち》、鞠子《まりこ》のとろろ汁も食えるってもんよ」

「お伊勢さまに参拝するんじゃなかったの？　いったい何しに来たんだよ、辰さん」

三吉が呆れる。

「おめえ、そりゃなんだ？」

「えっ？」

「その短冊だ」

三吉の行李《こうり》の荷物の中に、打雲紙《うちぐもがみ》の小短冊がまざっており、そこには〈蛤《はまぐり》の〉という字が見える。

「俳諧だよ」

「ほう、粋だな。おめえ歌なんか詠むのか？」

「おいらじゃないよ。父ちゃんのさ」

「ああ、そりゃそうか。ガキに歌はわからねえ。ちょっと見せてみろ」

辰五郎は厚紙をさっとつかんで引っ張り出した。

「だめだよ！」

「いいじゃねえか、ケチケチすんな。なになに、『蛤の　ふたみにわかれ　行く秋ぞ』か。へえ。なんか下手くそだなぁ」

辰五郎はさっさと小短冊を三吉の行李に戻した。

「……そうなの？」

三吉が哀しそうな顔をした。

「俺みたいな通になるとな、俳諧の良しあしだけじゃなく、詠んだときの情景まで浮かんでくるもんだ。おめえの父ちゃんは秋に蛤の味噌汁でも食ってたんだろう。しかし貧乏だったんだろうなぁ。蛤を食べ尽くしてしまって、汁に残るは殻ばかり。がっかりしたんだ。そもそも味噌汁に入ってる貝の具なんざ出汁《だし》のためだからな。金持ちは貝の身まで食わねえ」

「そう……」

「で、父ちゃんは達者なのかい？」

「父ちゃんも母ちゃんもどこに行ったかわからないんだ。小さい頃奉公に出されたきりで便りも届かないし」

「ふうん」

「そうなると盆の休みも帰るところがないから、困るんだよね」

辰五郎は三吉を見つめた。やたらとこまっしゃくれてはいるが、それはさびしさの裏返しなのかもしれない。

「まあ生きてりゃ会えるさ。俺なんざ、物心ついたら見世物小屋で玉乗り小僧だ。親もどこの誰だかわからねえ。それでも見ろ、こんなに立派に育ったじゃねえか」

「辰さんみたいになりたかないや。おいらには姉ちゃんもいるしね」

「なんだ、身内がいるのか」

辰五郎はほっとして肩の力を抜いた。

「心配して損した。詫びに三十文よこせ」

「嫌だね。子供にたかるなんてそれでも大人なの？」

「まあこれを見な」

辰五郎は〈東海道名所図会〉と題された冊子を三吉に開いて見せた。そこには東海道五十三次の宿場のさまざまな名物が書かれている。

「そんなの、いつの間に買ったの？」

「風呂場に落ちてたんだ」

「へー」

三吉は疑わしそうに見た。

「ま、旅の楽しみは参拝じゃねえ。飯と、おんな……いや、飯と風呂だ。三十文の案内料で俺がとっくりと楽しいところに連れて行ってやるよ」

「おいらは参拝するだけでいいんだ。一人で行けば？」

「つれねえやつだなぁ……」

「それにしてもあの人、遅いね。大丈夫なの？」

三吉は廊下の方を心配そうに見た。

「女の風呂は長いと相場は決まっている。じっと心して待て」

「でもさ、風呂に身を投げて死なないかな?」

「顔が熱いから無理だろう。だいいち死神がいったん離れたんだ。しばらくはそう簡単に死にゃあしねえよ」

辰五郎は博打で負けて死にかけた奴をよく知っている。一時の気の迷いがほとんどで、次の日にはもうあっけらかんとしているものだ。

「だといいけど」

三吉が言ったとき、女が帰ってきた。

「いいお湯でした……」

障子をあけて入ってきた湯上がりの女が浴衣《ゆかた》姿で座る。ほわっといい匂いがした。

「おめえ……まさか、お菊か⁉」

辰五郎はあんぐりと口を開けた。お菊とは、辰五郎の初恋の女の名である。

「いいえ。私は沙夜《さよ》と申します」

「なんだ……。別人か」

辰五郎の心《しん》の臓は未《いま》だ高鳴っていた。身ぎれいになると恐ろしくお菊と似ている。

「辰さん、播州皿屋敷じゃないんだから」

「三吉。この人を幽霊みたいに言うんじゃねえ」

辰五郎が厳粛に言った。

「えっ？」

「粗相のないようにな」

辰五郎の胸は弾んだ。

初恋の女にふたたび巡り会ったような気がした。しかもその女とは結局うまく行かなかったという経緯《いきさつ》もあり、なおさら嬉しい。失敗だらけの人生を、ここからやり直せるかもしれない、などと思った。

「おい、飯食おう、飯！　おーい！」

辰五郎は機嫌のよい声を上げ、やってきた仲居に晩飯の膳を運んでくるように言った。

宿に入ったのが遅かったので、用意されたのは白飯と納豆、つみれ汁に漬け物といった質素な飯だったが、暖かい部屋で誰かと食う飯はことさらうまい。

「沙夜さんよ、いったい何があった。よかったら話してごらん」

「……」

沙夜は押し黙ったままだった。

「なぁに。言いたかなければいいんだ。きっとあんたの心は傷だらけで物言うことすら億劫《おつくう》なんだろうな。だらけきった俺なんかが聞く話じゃないかもしれねえ……。でもな、あんたみたいなべっぴんさんが世をはかなむなんて馬鹿らしいぞ。この宿場には一目散に死んだ方がいいような醜女《しこめ》がゴマンといるぜ。川の流れが止まるほどにな」

　辰五郎は相撲女を思い出して口をゆがめた。

「辰さん。人のこと言えるのかよ?」

「言える。生きてるからな。でも死んでみろ。悪口も恨みごとも言えなくなっちまう」

　辰五郎は沙夜を見た。

「どうせあんたを傷つけた奴がいるんだろう。だったら悪口を言えばいい。何も言わないで死んじまったら浮かばれねえじゃねえか。それでな、悪口言ってるうちに思うんだ。ああ、なんで私はこんな馬鹿のために死のうとしたんだろう、ってな。悪いことは言わねえ。一つここは俺たちとおかげ参りの旅を楽しもうじゃねえか」

　辰五郎はつみれ汁をうまそうに飲んだ。

「そうだよ、おばちゃん。こんな辰さんだって生きてるんだ。死ぬことないよ」

「おばちゃんって言うな、三吉。沙夜さんと呼びな。まあ、この宿ではおっかさんだが……。さ、母ちゃん。遠慮しないで飯を食いなよ」

「えらそうに」

　三吉が辰五郎を睨んだ。ここの旅籠代は、ほとんど沙夜の財布から出ている。

納豆飯をかき込んだ辰五郎は、さっそくお櫃《ひつ》からおかわりをした。

三吉も腹を減らしていたので負けじと食べる。

沙夜も二人に食欲を刺激されたのか、ようやく飯を少しだけ口にした。

「おいしい……」

「だろ？　腹が膨れりゃ大抵のことはどうでもいいことさ」

辰五郎が言ったとき、

「わんっ」

という声が庭から聞こえた。

「ん？」

辰五郎が障子を開けると、翁丸が尻尾を振っていた。

「おお、ワン公。忘れてたぜ。今日はご苦労だったな」

辰五郎が手に飯を載せて差し出すと、ぺろりと食べてしまった。

「おいおい、手まで食う勢いだな。腹減ってたのか」

それを見た三吉が同じように飯を差し出すと、翁丸はそっぽを向いた。

「あれっ、なんで？」

三吉が不思議そうな顔をする。

「見ろ。畜生すら俺のありがたみがわかる。そこがおめえとの年季の違いってやつよ」

　辰五郎は高笑いした。

「あっ、わかった！」

　三吉が声を上げた。

「何がわかったんだ？」

「翁丸が辰さんになつく理由だよ」

「えっ？」

「ほら、見てよ。翁丸は納豆ばかり食べてる」

　見ると確かに、翁丸は納豆のついた飯を選んで食べていた。

「どういうことだ？」

「つまりね」

　三吉はおかしそうに笑った。

「翁丸は臭いものが好きなんだ。おっさんの匂いなんか特に」

「はあ⁉」

　怒鳴りそうになった辰五郎だったが、思い出した。確かに翁丸は、相撲女の尻にまっすぐ突進していた。

「なあ。お前と俺は臭い仲なのか？」

辰五郎が聞くと、翁丸は嬉しそうに尻尾を振った。

それを見た沙夜が少しだけ笑った。


その夜――。

辰五郎はじりじりとしていた。部屋の奥からは沙夜の規則正しい寝息が聞こえる。

(早く寝ろ三吉！)

辰五郎は待ち兼ねた。死にかけていたとはいえ沙夜はかつての想い人《おもびと》、お菊に似た女である。なんとなく情がわいた。隣に行き、傷ついた心を慰めてやりたかった。そしてあわよくば……。

「辰さん。今何刻《なんどき》だろう。なんか眠れなくて」

三吉のささやくような声が聞こえた。

初めての旅で高ぶっているのだろう。しかもそばには今日知り合ったばかりの他人が二人いる。考えてみると、安心できるはずもない。

(でも、おめえが寝てくれなきゃ夜這《よば》いできねえんだよ)

辰五郎はこわばった体の力を抜き、また寝返りを打った。

「もう丑三《うしみ》つ時だろうぜ。早く寝な」

「うん」

「よし、眠れないなら一つ面白い話をしてやろう。昔あるところに平家と源氏という侍たちがいてな。合戦になったときの話だ」

辰五郎はうたうように語りだした。

「祇園精舎《ぎおんしょうじゃ》の鐘の声、諸行無常《しょぎょうむじょう》の響あり。沙羅双樹《さらそうじゅ》の花の色、盛者必衰《じょうしゃひっすい》の理《ことわり》をあらわす……」

見世物小屋にいた琵琶法師《びわほうし》くずれが、よく寝入りばなに聞かせてくれた話である。

「祇園精舎ってなに？」

「さあな。祇園の神社じゃねえか？　とにかく、おごれる者は久しからずって話さ」

「よくわからないよ」

「まあつまり、ツキはいつまでも続かないってことだな。平家も調子に乗ってたらインケツ引いちまって持ち金全部負けた、とこういう話だ」

そういえば自分も平家のようなものかもしれない。勝てると信じて借金を抱え、今や壇ノ浦であっぷあっぷあっぷである。

辰五郎はうろ覚えながら、さらに三吉へ話してやった。武将の名前は太兵衛とか三九郎とか思いつくままであるが、筋は大体合っているはずである。難しい話をしているのだから、とにかく早く寝て欲しい。

「でな、平家は女も子供もみな死ぬわけよ。弥陀《みだ》の浄土へ参りましょう、波の下にも都があるからってな。義経は舟をぴょんぴょんと八艘飛《はっそうと》びして平家の反撃をかわしたってわけだ」

「へえ。子供まで死なせるなんて馬鹿な親だね」

「まあな。侍ってやつはいろいろ面目があって不自由なんだろう」

語るうちにまぶたが重くなってきた。三吉を眠らせるはずが、今や、自分が波間に溺れそうである。

これはまずい。親指と人差し指で必死に目を開いていると、かすかな寝息が聞こえてきた。寝息が二つ。ついに三吉が寝たようだ。

（いざ鎌倉！）

行灯《あんどん》一つの薄明かりの下、辰五郎は息を殺し、畳の上を四つん這いでゆっくりと進み始めた。

沙夜は部屋の奥、辰五郎と三吉の布団から少し離れて眠っている。たどり着いて顔を覗《のぞ》き込むと、疲れが濃いのか頬が落ち込み、寝息も深かった。

（見れば見るほど似ていやがる）

髪をまとめてみれば、やはり辰五郎の初恋の女、お菊とそっくりだ。

お菊は色気と愛嬌があり美しかったが、渡世人の大親分の娘であり、親を恐れて誰も近づかなかった。しかし十七だった辰五郎は怖いもの知らずで真っ向勝負し、二つ上のお菊に言い寄った。

「あんた、馬鹿だねぇ」

最初、お菊は笑った。肝試しにでも来たのかという風情だった。しかし辰五郎の本気を知り、お菊も少しずつ心を開いていった。毎日言葉を交わし、たまに一緒に飯を食う。そんなことだけで辰五郎は満足だった。

辰五郎とて博徒である。十五のときから遊郭に行って女も抱いていたし、芸者とも遊んだ。しかしお菊にはそれら玄人の女とはまったく違う気品のようなものを感じた。

しかし、感極まった辰五郎が夫婦になろうと迫るとお菊はとたんに冷たくなった。

「遊びだから。あんたは」

そう冷たく言い残したのが最後だった。いくら連絡《つなぎ》をしても返事はなかった。

お菊が嫁いだと聞いたのはそれからわずかひと月後である。

相手は大店の次男坊だった。

辰五郎は浴びるように飲み、博打で大勝負を打った。一晩中勝ち続けたが、心は躍らなかった。博打で勝って嬉しくなかったのはあのときだけである。

そのとき辰五郎は反省した。奥手にならず、やっちまえば良かったのだと。

大事に行き過ぎると勝負事は大抵負ける。

一時は博徒をやめ、堅気になることまで考えて、思い詰めた辰五郎だった。

相手の美しさにひるまず、力ずくで自分のものにしていればよかったという後悔の念が今も残っている。

(俺もみっともねえ男だった)

辰五郎は自分を嘲笑《あざわら》った。今こそ恋のかたき討ちだ。

しかしお菊に似た面相を前にすると怯《おび》えた。未だに残る心の傷がうずく。やはりあのとき力ずくでものにしなくてよかったのだという気持ちも湧いてくる。

恐ろしい――。

しかし、駒を張らねば勝負は始まらない。

手をこまねいたまま別れたら死ぬまで苦しむ。今こそ積年の苦しみを解き放つときと布団に分け入った。

きっと情は後からついてくる。

辰五郎は布団に手を突っ込んだ。

沙夜のなだらかな女体が手の下に温かく息づいている。

浴衣の裾の合わせ目を指先に感じたとき、女のつぶやきがかすかに聞こえた。

「あなた……」

「！」

「すみません。勘忍して……」

気づかれたか、と辰五郎は警戒した。

しかし、沙夜は、

「私もせいいっぱい努力したのよ」

と苦しそうに顔を歪《ゆが》ませたかと思うと、頰に一筋の涙がつたって落ちた。

（寝言か）

辰五郎は手を止めた。少なくともこの女はお菊ではない。よくわからぬが重い事情を抱えているのだろう。女の哀しげな涙を見てしまうと、煩悩はすっかり消えてしまった。

辰五郎は再び四つん這いの姿で布団に戻るとため息をつき、天井の節穴をじっと見つめた。

翌朝は見事に晴れた。先を急ぐ旅人たちは早朝だというのにもう草鞋《わらじ》を履いている。

辰五郎が障子をあけると、青い富士が見えた。前途を祝うように空には雲一つない。雲雀《ひばり》がどこかで鳴いている声が聞こえる。

辰五郎は朝餉《あさげ》の膳の前にどっかり腰をおろした。おかずは鰺《あじ》の干物である。浅蜊《あさり》の味噌汁も舌を焦がすほど熱い。東海道の宿は海に近いのでこういった海の幸が膳によく上がる。

「やっぱり旅はいいなあ」

辰五郎はのびをした。博打で大勝ちしたとき、二度ほど東海道を歩いて熱海《あたみ》へ行ったことがある。湯につかり芸者を呼んでどんちゃん騒ぎした記憶がよみがえった。あのときは実に楽しかった。

しかしふと横を見ると、三吉は飯を前になぜか箸も手に取らないでいる。

「どうした三吉。腹でも痛えのか？」

「だってこれ、米だよ。昨日も今日も」

「なんだおめえ、米を見たこともねえのか？」

「あるよ。けど、それは旦那さんたちが食べるものだし」

「旦那さん？　ああ、お前はどっかの奉公人なんだっけ？」

「うん。おいらたちはいつも麦飯さ。味噌汁もすっかり冷めてぬるかったしね」

「ところがどっこい、今のおめえは旅籠のお客さまだ。遠慮することはねえ。腹いっぱい米を食え。なんならお櫃をもう一つ頼んでやる。俺のおごりだ！」

「沙夜さんのおごりだろ？」

「いやまあ、それは……」

辰五郎はおそるおそる沙夜の方を見た。今金を返せと言われたらとても困る。

だが、予想をはるかに超えて沙夜は暗かった。うつむいてぼそぼそと飯を口に運んでいる。米を一粒一粒つまんでいるような按配だ。自ら話をしようという気持ちは少しも見受けられない。これなら「金を返せ」と言われた方がまだましだった。

女の暗い調子を撥《は》ね返すように、辰五郎は明るい調子で言った。

「どうだ姉ちゃん。熱い飯がうめえだろ。生きてるっつうのはそういうことだ。見ろ、あの富士を。空のど真ん中にどうどうと青首を突き上げてやがる。誰の意見も聞かねえ。だから粋なんだ。なんせ一富士二鷹《たか》三なすびだぜ？」

沙夜はうつむいたまま返事をしなかった。どこかここことは別の世にいるような様子である。

(辛気臭え！)

辰五郎は思わず肩を払って縁側に出た。

「わん！」

「うわっ！」

白いかたまりが辰五郎の股間に頭を突っ込んでくる。

「よ、よせ。くすぐってえじゃねえかワン公」

辰五郎は翁丸を引き離すと、浴衣を整えた。

「よし。お前は元気だな。よかったよかった」

「わんっ！」

翁丸はいつものとおり、すこやかに吠える。

辰五郎の気分もからりと晴れた。

「待ってろよ、ワン公。朝飯を食わせてやる」

辰五郎はお櫃から米を手によそうと、丸めて握り飯にした。

「ほー、あちちち。塩ねえかなぁ。ああ、この昆布でいいか」

握り飯に細切りの昆布を散らし、縁側にいって翁丸に差し出した。

翁丸は一口でほおばると飲み込むように食べ、またすぐに辰五郎を見た。

目が期待に光り輝いている。

「おかわりか。よしよし」

辰五郎が引き返すと、お櫃はほとんど空だった。

「おい！」

見ると三吉が猛烈な勢いで飯を食べている。

「おめえ素早いな」

「今度いつ食えるかわからないからね」

唇の端に飯粒をつけた三吉はもう鯵の干物にとりかかっている。

翁丸にもう一つ小さな握り飯を作って食べさせてやると、辰五郎は皆が食べ終わるのを待った。なにか妙な心持である。

（あ、そうか。今まで人の食い終わるのなんぞ待ったことがねえや）

辰五郎は退屈な自分を持て余した。江戸にいるときはいつも、博打場の横で流しこむように食った。飯なんて腹がふくれればそれでいいと思っていた。勝てば遊郭に行き酒の肴《さかな》を食うが、負けたときは空腹を抱いて一人寝る。

一人で生きて、一人で死ぬ。それで上等だと思っていた。

（なるほど。家族連れとはよく言ったものだ）

辰五郎は久しぶりに団欒《だんらん》のような雰囲気を味わっていた。幼い頃、見世物小屋で暮らしていたときの飯は貧しかったが、ガマの油売りや軽業師《かるわざし》と一緒に食う飯はにぎやかなものだった。

「お前ら、これからもきっちり道案内してやるからな。しっかりついて来いよ」

辰五郎は威張って声をかけた。

「辰さんについていくなんて、なんか不安だけどね」

「うるせえ。子供は大人の言うこと聞いてりゃいいんだ」

「そうだ、おいらは沙夜さんについていくよ」

「……わたし？」

いきなり話を振られた沙夜が目を丸くした。

「そうだよ。沙夜さん、二人で伊勢まで行こう」

「でも……」

沙夜が困った顔をした。

「三吉。沙夜さんはな、言葉にできないようなつらい思いをしたんだ。お前のおもりなんてできねえ」

辰五郎は寝床で見た沙夜の涙を思い出した。

「えっ、そうなの沙夜さん？」

「いいのよ三吉さん。気にしないで。私なんてどうなってもいいんだから」

「沙夜さん……」

三吉が不安そうに沙夜を見た。

「いいや、どうだってよくねえ」

辰五郎は言った。

「あんたが一緒に来てくれれば、この先も俺と子供と犬が一匹、夜露に濡れずにすむんだ。どうせ一度は死んだ命、力を貸してくれねえか」

「力なんて私、持ってないわ」

「あるある。旅は道連れっていうだろ。行くなら楽しく行こうぜ。うちの長屋の連中なんか、伊勢に行きたくてしょうがねえんだ。みんな目ぇ血走らせてくじ引いてたからなぁ」

そのくじが見事に、自分に当たった。お熊の悔しそうな顔を思い出すと笑いがこみあげてくる。

「大丈夫だよ、沙夜さん。辰さんが夜這いしてきてもおいらが守るからさ」

「なに⁉」

辰五郎は血の気が引いた。

「へへん。知らないとでも思った？」

三吉がにやりと笑った。

「おめえ……寝たふりをしてやがったな？」

「沙夜さん、やっぱり二人で行った方がいいよ」

「待て。誤解だ。あれは夜の見回りだったんだ」

辰五郎が狼狽《ろうばい》したとき、

「いいのよ、夜這いしたって」

と、沙夜がぶっきらぼうに言った。

「え？」

「ええっ？」

辰五郎と三吉が同時に声を上げた。

「私はね、そうされてもいい女なの」

沙夜は肩をふるわせると、嗚咽《おえつ》をもらした。

三吉が困った顔をした。

「みろ。死にたいような奴を助けたら苦労するんだ」

辰五郎は小声で言った。

「だって、ほっとくなんてできないよ」

「この人はどうやらな、亭主に追い出された女らしい。いろいろと捨て鉢になってるみたいだ」

「ふうん。かわいそうだね」

「まあなぁ……。泣き止《や》んだら出立《しゅったつ》しよう。どうせ今の俺にはツキがねえ。矢でも鉄砲でも持ってこいってんだ」

辰五郎はいきりたった。

四　神奈川宿〜藤沢宿

飯を食い終わると、辰五郎たち一行は翁丸を連れて宿を出た。

川崎を出て神奈川宿を抜け、帷子川《かたびら》にかかる新町橋を渡ればすぐ保土ヶ谷宿に至る。参勤交代で下る大名行列は大抵ここで宿泊するため、本陣や脇本陣がいくつも並んでいた。

にぎわう町並みを出て、さらに進むと大きな坂が見えてくる。

坂の途中で三吉は息を荒らげた。

「辰さん。この坂はきついね」

「ああ。権太《ごんた》坂っていってな。きつすぎて坂の途中で死ぬ奴もいる」

「えっ？　嘘でしょ」

「死んだ奴は坂の横に投げ込まれるんだ。嘘だと思うなら探してみな。骨があるから」

「い、嫌だよ！」

三吉は青い顔をして足を速めた。気味が悪くなったのかもしれない。

さらに進み、柏尾川《かしお》にかかる大橋をこえると戸塚宿だった。矢部町に入り、左側に折れると鎌倉に至る道がある。沙夜も坂越えで疲れを見せていたため、日が暮れる前にここで宿に泊まった。

江戸から伊勢までおよそ十日あまり。一日に宿場を三つか四つ通り抜けることになる。

戸塚宿を発ち、一行は藤沢宿へ着いた。

行く手に見える大きな鳥居を指さして三吉が聞いた。

「辰さん、あれは何？」

「ああ、あれは江の島弁財天さ。べっぴんな福の神様だぜ」

「へえ」

「あっちの道を行くと江の島に行けるんだ」

「ちょっと行ってみたいな」

「島の向こうは洞穴がいくつもあって薄気味悪いんだがな」

辰五郎は昔、博打仲間と島に烏賊《いか》を釣りに来たことを思い出しながら言った。

このあたりの街道には座頭の列が絶えない。これは元禄《げんろく》の頃、杉山検校《けんぎょう》が弁財天のご利益で鍼灸《しんきゅう》の術を極めたからだという話である。

「そろそろやるか」

「うん。稼ぎに行かなくちゃだね」

「よし。沙夜さん、あんたはそこの茶屋で待ってなよ」

沙夜に声をかけると、辰五郎と三吉は柄杓を持ってあたりをぶらぶらし始めた。

沙夜は言われた通りおとなしく茶屋に座ってぼんやりとしていた。既に辰五郎に財布を預け、何が起こっても動じない様子である。

辰五郎と三吉は信心深そうな金持ちの前をさりげなく通り過ぎた。あたりを見てみると他にも柄杓を持ってぶらぶらしている貧しい姿の者たちがいる。

(油断ならねえ奴らだ)

辰五郎はふんどしを締めなおした。

だが時が経《た》つにつれ、三吉との差は歴然とし始めた。三吉は次々と伊勢参詣の寄進を集めるのに、辰五郎はてんで駄目である。渡世人っぽい三度笠が悪いのかと、旅人風の姿に変えてみても寄進はいっこうに集まらない。

そんな辰五郎を三吉が見て笑ったような気がした。これは捨ててはおけぬ。子供に負けて男といえようか。

「よし!」

辰五郎は決意すると、行李から商売道具を取り出した。つまり油と懐紙である。

弁財天の参道に進み出た辰五郎は腕をまくり、声を張り上げた。

「さあさあ、お立会い、御用とお急ぎで無い方は見ておいで、手前ここに取りいだしたるは『ガマの油』でござい！」

何事かと人が集まってくる。中には、〈ガマの油売り〉を知っている者もいるのだろう。名人芸を期待しているような顔で辰五郎のそばに来た。

翁丸が励ますように辰五郎の横で見ている。

「ガマといったってそこらにいるものとはわけが違う。これは『四六のガマ』といって前足の指が四本、後ろ足の指が六本の珍しいガマの油だ。おめでたい四六の丁だよ！」

寄ってきた客が多いのを確かめると辰五郎はいよいよ声を張り上げた。

「さて、お立会い。このよりすぐりのガマから油を搾るには、四面鏡張りの箱の中に放り込む。するってぇとガマは己の醜い姿が四方の鏡に映るからたまらぬ。逃げたいが逃げられない。自らに恐れをなして油汗をタラーリタラリと流す。これを下の金網からこし取って、三七は二十一日の間、トローリトロリと煮たきしめ、椰子《やし》油を混ぜ合わせてこしらえたのが、このガマの油だ」

「おい兄さん、そりゃ何に効くんだ？」

調子のいい辰五郎の口上に釣られて、見物人から声が上がる。

辰五郎はきたきたと笑みを浮かべて続けた。

「慌てなさんな。これから話すところじゃねえか。さて、お立会い、今この苦み走った顔の旦那が聞いたガマの油の効能は、がんがさ、あかぎれ、しもやけの妙薬。まだあるよ、前にまいれば陰金田虫《いんきんたむし》、後ろにまいれば脱肛《でじ》、痔核《いぼじ》、その他、切り傷一切。大の男が畳の上を七転八倒して苦しむ虫歯の痛みも、ガマの油を歯に塗れば、熱いよだれがタラリタラリと出て痛みはピタリと止まる。さらに驚けとっておき、刃物の切れ味をも止めてみせる」

辰五郎が刀を抜くと、翁丸がキャンと跳び上がって尻尾を丸めた。タレ目の情けない顔をする。客たちも翁丸の臆病さにどっと沸いた。

「さてお立会い、手前ここに取りいだしたるは、我が家に伝わる伝家の宝刀、正宗が裏庭で鍛えたという代物だ。実によく切れる。えいっ！　抜けば玉散る氷の刃《やいば》。ここに、ちょうど一枚の紙があるから、切ってお目に掛けよう」

辰五郎は懐紙を刀に当てた。

「一枚の紙が二枚、二枚の紙が四枚、四枚の紙が八枚、八枚が十と六枚、十六枚が三十と二枚、三十二枚が六十四枚、六十四枚が一束と二十八枚。ほれこの通りよく切れた。ふっと散らせば、比良の雪、嵐山には落花の吹雪でござい。さてお立会い、これ程よく切れる天下の名刀でも、ひとたびこのガマの油をつけると、たちまち切れ味が止まる。どうだ、押しても引いても切れやしない」

辰五郎は刀を左腕にあてるとごしごしと斬ったが、傷一つできない。

惨劇に目をつぶりそうになった客がどよめいた。

そのときちょうど近くに寄ってきていた三吉の目も丸くなった。

「さあてお立会い、これ程効き目あらたかなこのガマの油、いったい一貝いくらだろうというお方があるかも知れないが、本日は、はるばる江の島弁財天まで出張っての大安売り、男は度胸、女は愛嬌、山で鳴くのはホーホケキョ、清水の舞台からまっ逆さまに飛び降りたと思って一貝が二百文というところ、半額の百文ではどうだ！　旅のお方も道中ケガをしたらかなわないだろ？　東海道は狐《きつね》も狼も山賊も出る。どうだ！　俺はこの後、おかげ参りに行くからますます霊験《れいげん》あらたかだ。遠慮は無用、寄進のつもりで買ってきな！」

刀を納めた辰五郎はここぞとばかりに柄杓を抜いて差し出した。

「買った！」

客たちが次々と柄杓に銭を入れた。薬だけなら買う気のない客も、面白い大道芸を見た上に、お伊勢さまへのご寄進にもなるとなれば、気軽に財布へ手が伸びた。一生に一度の道楽である。楽しまなければ損といった雰囲気に沸いた。

辰五郎は柄杓がいっぱいになると片っ端から帯や着物の間に挟み込んだ。

客が散り、辰五郎が境内の太い神木の裏で帯をとくと、銭がぼろぼろと落ちた。一文銭から四文銭、一朱金などしめて六百二十文ほど。辰五郎は笑いが止まらなかった。今まで商売した中でも最高の上がりである。各地から来た旅人は江戸の町民のようにすれておらず、ガマの油の芸当におどろいた。加えて、伊勢参りへの寄進という思いつきも良かったらしい。

「辰さん、やるね！」

三吉が声をかけてきた。

「だろう？　お前たちにたかろうなんて、俺はこれっぽっちも思っていねえ」

辰五郎は銭差しを作りながらうきうきして言った。

「でももうガマの油がなくなっちゃったじゃないか」

「馬鹿だねえ、お前は……。なけりゃ作ればいい。ちょいと手伝え」

辰五郎は三吉を連れ、近くの海岸に降りていった。翁丸もトコトコとついてくる。

海は穏やかで、波間に日の光がいくつも輝いていた。

「まずは容器《いれもの》、すなわち浅蜊《あさり》の貝殻だ。おめえ、潮干狩りはしたことあるか？」

「潮干狩りって何？」

三吉が首を傾《かし》げた。

「かーっ、物を知らねえなぁ、おめえは。浅蜊ってのはな、砂の中に埋まってんだ」

辰五郎が波の引いた砂浜を手でかくと、ゴロリと浅蜊が出てきた。つやつやと縞模《しまも》様《よう》が光っている。

「な？」

「すごい！」

「おめえもやってみろ」

「うん！」

子供らしい顔になった三吉は砂浜を手で引《ひ》っ掻《か》き始めた。しかしなかなか浅蜊は現れない。

「辰さん、ないよ？」

「やたらめったら掘りゃいいってもんじゃねえ。潮干狩りにはコツがあるんだ。浅蜊ってのはツノを出して息をするから砂に小さな穴が開く。よく見てみろ」

辰五郎は浅蜊の作ったと思われる穴を指さし、その下を掘った。

すると浅蜊が重なって出てきた。

「うそ、二つも⁉」

「今のところは砂が少し山になってたろう？　そういうところには浅蜊が固まってるんだ。あとは……」

「待って。言わないでいい！」

三吉は目を皿のようにして砂浜の小穴を探し、無心に掘った。

「あった！　あったよ」

三吉は獲《と》った浅蜊を天に突き上げて喜んだ。

「上出来だ。縞模様のやつがうめえから取っといてくれ。黒いやつは泥っぽいから、海に戻しときな」

「うん！」

三吉は再び探し始めた。コツをつかんだようで、また浅蜊を掘り当てる。どんどん夢中になっていった。

翁丸も三吉と一緒になって探そうとしたが、うっかり海水を飲んでしまったようで、ひきつった顔をしている。

潮干狩りを三吉に任せ、辰五郎は流木の上に腰を下ろした。沖では鷗《かもめ》が群れて飛び、時おり海めがけて突っ込んでいる。鰯《いわし》の群れが来ているのだろう。

「あの跳ね方は鱸《すずき》だな。鯖《さば》じゃねえ」

辰五郎は釣竿《つりざお》が無性に恋しくなった。

博打で大勝ちしたときなどは、辰五郎はツキを整えるために勝負から離れ、道楽に凝った。博打場で知り合った分限者《ぶげんしゃ》に誘われるまま、江戸三大道楽である園芸、釣り、文芸などにも付き合った。

庭づくりにはちっとも興味が湧かなかったが、釣りと書物は辰五郎の気質にはまった。特に釣りには凝り、深川洲崎《すさき》の沙魚《はぜ》釣りに始まって、中川に舟を浮かべては女衆と鱚《きす》を釣り、しまいには伊豆へ泊まりで出かけ、石鯛《いしだい》を釣るために磯を巡ったりした。

（あそこに舟を出せば入れ食いなのになぁ）

鷗を見ながら辰五郎は焦った。竿の向こうで鱸が首を振る感触を思い出し、身震いもする。鱸の大きさが三尺（約九十センチメートル）にもなると、海に引きずり込まれそうになって面白い。

「辰さん、いっぱい獲れたよ！」

三吉が絣の着物をからげて走ってきた。持ち上げた着物の裾には貝がどっさり入っている。蛤もちらほら混じっていた。

「よくやった。これでまた油を売れるぜ」

「辰さんが言うと怠けるみたいだね」

「馬鹿言え。働かざる者食うべからずだ」

辰五郎は胸を張った。

「辰さん、この貝は食べるの？」

「それもいいけどよ。浅蜊を餌にすりゃ魚も釣れるんだぜ」

辰五郎はひらめいた。陸からでも釣れる魚がいるではないか。

「ほんとに？」

「ああ。おめえ、父ちゃんに釣りに連れて行ってもらったことねえのか？」

「うん……」

「そうか。奉公に出されたんだっけな」

　辰五郎は三吉の身の上を思い出した。

　辰五郎はといえば、自分も親には縁薄かったが、ガマの油売りのおっちゃんがよく鮒《ふな》釣りに連れて行ってくれたものだ。鮒が池の中をまわってくるまでの釣れない間は、退屈しのぎにおっちゃんのガマの油売りの口上をよく真似したものである。

「でも三吉よ、小僧仲間と遊びに行ったりはするんだろう？」

「そんな暇ないよ。朝から晩まで働いて、あとは寝る時間くらいだもん」

「そうか、ならおかげ参りに来てよかったじゃねえか。長い休みをくれるなんて、おめえの店の旦那もいいとこあるな」

　三吉はうつむいた。

「旦那さんには、言ってないんだ」

「ええっ？」

　辰五郎は驚いた。それでは夜逃げではないか。

「お前、そんなことしたら二度と店に戻れねえぞ？」

「ううん、抜け参りだからいいんだよ」

「どういうことでい」

「伊勢参りのために抜けたならね、黙って出て来てもいいことになってるんだ。帰って伊勢のお札を見せれば許してくれるんだって」

「へえ、そんな決まりがあるのか……。だったら全員で抜けりゃいいのに」

「そんなことしたら店がつぶれちゃうよ！」

「確かにな。ふふ、でもお前、抜けると言ったら、周りのやつにやっかまれたんじゃないか？」

「……」

「おいおいおめえ、店の仲間にも黙って抜けてきたのか？」

「言い出しづらくってさ」

三吉は言葉を濁した。

「そりゃいけねえ。黙っていなくなったら残された奴が大変になるじゃないか」

「……どうしても抜けなきゃいけないわけがあるんだよ」

「なんだよ、わけって」

「姉ちゃんが岡崎で祝言《しゅうげん》をあげるんだ。だからどうしても行きたくって」

「岡崎？　あの三河のか？」

辰五郎は〈東海道名所図会〉を頭に思い浮かべた。確か矢作川《やはぎ》のそばにあったはずである。伊勢の少し手前の宿だ。

「うん。文が来たんだ。祝言に出てくれって。これが最後になるかもしれないし。二人きりの姉弟だし」

「店の旦那は許してくれなかったのか？」

「一度奉公に出てきたんだから、年季が明けるまでは家のことは忘れろってさ」

三吉が下を向いた。小僧仲間への罪悪感もあるのかもしれない。

「しかし、ずいぶんとつめてえ旦那だな、そいつは。下手したら親の死に目にも会えねえじゃねえか」

「まあ親は居所もわからないしね」

「……」

何も言えなかった。あたりには波の音だけが響いている。

「覚悟を決めたからには是が非でも行かなきゃなんねえな」

かすれた声で辰五郎が言った。

「うん」

三吉の絣の着物の裾からしずくがぽたりぽたりと落ちていた。貝をためたところがびしょ濡れになっている。

「よし、魚を釣るか。楽しいぞ。俺が教えてやる」

「ほんとに？」

「待ってろ。道具を借りてきてやる」

辰五郎がひとっ走りすると、平塚の港に庄五郎丸という漁船がつながれていた。網を繕っていた漁師に五十文出して釣りの道具を借り受ける。漁師も暇なときは舟の上で小物釣りをするのだ。


「針に浅蜊をつけて、海に入れろ」

辰五郎は桟橋に三吉を連れて行くと、刀から抜いた小柄《こづか》で器用に貝を割り、身を取り出した。

「でも、ぬるぬるするよ」

「水で洗え。ぬるが落ちるから」

木桶に入れた海水で辰五郎は手本を示すように軽く握った浅蜊を洗い、針につけた。

「見てろよ」

辰五郎が竹竿を握っていると、穂先がぴくぴくと揺れた。

ゆっくり竿を持ち上げると、手の平くらいの大きさの魚が上がってくる。

「なにこれ？」

「鮍《かわはぎ》だ。うめえぞ」

にやっと笑って辰五郎は魚籠《びく》に獲物を放り込んだ。

「辰さん！　おいらも釣れたよ」

三吉は青と緑の色鮮やかな魚を釣り上げて歓声を上げた。

「なんだ遍羅《べら》じゃねえか。そいつは外道だから逃がせ」

「えーっ」

三吉は残念そうな顔をした。

「小骨ばっかりでうまくねえんだ、そいつは。上方《かみがた》あたりでは食うらしいがな」

「いいよ。逃がすよ」

三吉は小魚を海に放った。

その後、辰五郎はさらに三匹の鮍を釣り上げたが、三吉には雑魚ばかりが来て、不平を漏らした。

かつて鮒釣りではどうしても油売りの師匠にかなわなかったから、辰五郎にはその気持ちがよくわかる。

辰五郎は秘訣《ひけつ》を教えてやった。

「見ろ、この浅蜊のツノに針を刺すだろ。そのままベロに刺して、肝に針先を入れて仕上げる。これがコツだ」

「なんだか面倒くさいね」

三吉は腹立たしそうにいったが、手は素直に動いた。負けず嫌いなのだろう。

「小さく丸めろ。鮍は口が小さいからな」

ものも言わないで三吉は仕掛けを海に落とした。

沖に群れていた鷗はいつのまにか空に帰り、気持ちよさそうに空を滑っている。

「来た！」

三吉が竿を上げると、穂先が細かく叩かれていた。

「ゆっくりだぞ」

三吉が苦労して頭上まで竹竿を上げると、手の平の大きさをはるかに超える鮍が上がって来た。

「すげえじゃねえか。尺（約三十センチメートル）に近いぜ」

「うん……」

火照った顔で荒い息をついていた。

「よし、帰るか」

「やだよ。辰さんの方がもっと大きなのを釣ってたじゃないか」

「まあ、あれは確かに尺を超えていた。でも俺は年季が違うんだから……」

「まだ釣りたいよ」

「しつこいねぇ……。こりゃ、まずいやつに釣りを教えちまったなぁ」

「あっ！　また来た」

三吉が再び鮍を釣り上げた。

「やるじゃねえか。これは尺を超えてるだろう」

「嘘だ。ないよ」

「あることにしとけよ。癪《しゃく》にさわるやつだな」

「辰さん、浅蜊がもうなくなっちゃう」

「よし。じゃあ帰ろう」

「おいら掘ってくる」

三吉は駆け出しそうになった。

「ま、待て。そんなことしてたら時がかかるじゃねぇか。しょうがねえなぁ、俺が掘ってくるよ」

辰五郎はしぶしぶ砂浜に降りた。

なんで俺がこんなことを……、と辰五郎が思ったとき、

「釣れた！　これは尺超えだよね⁉」

と、三吉の声がした。

この際、釣れていてくれると助かると思って見ると、桜色の魚がかかっていた。

「鮍じゃなかったよ……」

「ばか、それは鯛《たい》だよ！　一番いい魚だ。尺も超えてるし、こりゃ立派だ」

鯛の目の上には鮮やかでくっきりとした青い筋が入っている。

「やった！　これで帰れるね」

「しかしここで鯛が釣れるのか。ううむ……」

辰五郎も鯛を釣りたくなった。何度も竿を叩く鯛の感触をしばらく味わっていない。

「どうしたの？　早く帰ろうよ」

「ちぇっ。まあここは我慢のしどころか……」

三吉と歩いて浜を上がりながら、ふと辰五郎は微笑んだ。

油売りの師匠も自分に釣りを教えるとき、こんな気持ちだったのだろうか。

悪くはなかった。


茶屋で待っていた沙夜と合流し、街道沿いの小ぎれいな一膳飯屋に入っていくと、辰五郎は板前に頼んで、鯛と鮍を煮魚と刺身にしてもらった。江戸ではすっかり醤油《しょうゆ》がはやりで、それにつれて刺身を出す店も増えてきている。

「三吉、醤油をつけて食ってみろ」

「うん」

三吉は脂ののった鯛の刺身に手を伸ばし、小皿の醤油につけて口に入れた。

「うまい！」

三吉は目を見開いた。

「こっちも食べてみな」

三吉は皿が透き通って見えそうな薄桃色の刺身にも箸を伸ばした。

「これもいいね。味が透き通ってる」

「だろう？　でもなこの肝を醤油にといて、つけて食ってみろ、さらにうまいんだ」

刺身の横に置かれた真っ白な肝を辰五郎は醤油でといた。

三吉が鮍の刺身を醤油につけて口に運ぶ。

「うわっ！　なにこれ？」

「鮍の肝醤油よ。ま、俺が考えた食い方だが」

「へえ、すごいね」

掛け値なしの尊敬のまなざしに、辰五郎はいい気分になった。

「そうだろう、そうだろう。遊び人ってのはな、遊んでるように見えて、実はそうじゃねえんだ。道楽を極めているのよ。ほんとは厳しくてつらい道なんだぞ」

「ちっともつらそうに見えないけど……」

「馬鹿言え。そのあたりの坊さんよりよほど励んでるさ」

「ねえ、翁丸にも魚あげていい？」

三吉の腰掛の下から翁丸がひょっこり顔だけ出していた。

「ああ。でも骨がついてるやつは駄目だぞ。のどに刺さるからな」

「うん」

三吉が鮍を煮たものを箸で割り、その身を手に載せて差し出すと、翁丸はぺろっと食べた。うまかったのか、妙に鼻息が荒い。

辰五郎は皿の刺身を右半分、ずずっと箸でまとめ取って口に入れた。上品な甘みが広がり、肝が舌の上で淡雪のように溶けた。

「やっぱりうめえな」

辰五郎は舌鼓を打った。酒も飲みたいところだったが、これから先、道はまだ長い。

「先を急ごうじゃねえか。三吉も姉ちゃんに早く会いたいだろうし」

「うん」

「沙夜さんも、食べなよ」

辰五郎が言うと、仕方なしにといった風に沙夜は刺身を口にした。

しかしその瞬間、沙夜の顔の血色がよくなった。うまかったらしい。心は沈んでいても体は正直なものだ。

「釣れたての魚だ。まずいはずがねえ。まあ冬じゃねえから、肝は小さいがな。ふわふわっとするだろう？」

沙夜が小さく頷《うなず》く。

「沙夜さんよ、あんた急ぐ旅かい」

辰五郎がさりげなく聞いた。

沙夜は無言で首を振った。

「あんたがいてくれると客引きのゴツい女にも捕まらねえし、泊まり賃も安い。この先も一つ頼むぜ」

「あの……」

「なんでい？」

沙夜がおどおどして口を開いた。

「ご迷惑ではないですか？」

辰五郎は小さくため息をついて箸を置いた。

「あのな。あんたは知らねえみたいだが、迷惑ってのは、人の間で飛びまわってるもんなんだよ。俺なんざ、かけた迷惑の数じゃあ右に出る者はいねえ」

「わかる。わかるよ、辰さん」

三吉が何度も頷いた。

「うっせえ、てめえは黙ってろ。つまりだね、え、お嬢さん、この三吉も店を黙って抜けて来て迷惑をかけてるし、俺も不義理を重ねて旅に出た身だ。口を開けたら相手に息がかかる。迷惑なんてその程度のもんよ。気にするねえ」

「でも……」

沙夜がうつむいた。

「迷惑を　かけた量より　恩返し、てな。それでいこう」

「辰さん、その俳諧、季語がないんじゃない？」

「そりゃあ……、今のは川柳だからいいんだ。俺は俳諧と川柳を使い分ける男よ。二天一流宮本武蔵さ。ま、とにかくだ、沙夜さんには金も出してもらってる。感謝してるよ。楽しく行こうぜ。旅は道連れだ」

「わんっ」

翁丸も賛成するように吠えた。

沙夜がやや目を潤ませて小さく頷いたとき、辰五郎の顔色が変わった。

「おい、三吉。ここでお別れだ」

「えっ？」

「俺は逃げなきゃなんねえ」

辰五郎は口の中が乾くのを覚えた。

「何言ってんだよ⁉　話がめちゃくちゃじゃないか」

「まずいのが追って来やがったんだ……」

街道の人波にちらりと見えたその顔は忘れもしない、鉄砲洲の菊佐であった。

「誰？」

「しつこい借金取りだ。このままじゃおめえたちに迷惑をかけるかもしれねえ」

「さっき迷惑は息みたいなもんだって言ってなかったっけ？」

「いや、あいつは洒落《しやれ》にならんやつだ。下手をしたら死んじまう」

菊佐という奴は残忍な男で、どんな貧乏人でも徹底的に痛めつけて金をむしり取る。金がなかったら、侍の試し斬りの材料だといって体を売らせるようなこともするらしい。浅草の香具師の親分、赤布の甚右衛門の懐刀だ。

「お前たちに万一のことがあれば俺は一生悔やむだろう。だからな、ここでお別れだ」

辰五郎は三吉に笑顔を向けた。思えばこいつのおかげで、ずいぶんと旅が楽しかった。

「沙夜さんについていってやれ」

辰五郎は立ち上がった。しかし裾がやけに重い。

「なんだ？」

足元を見ると、翁丸が裾に嚙みついていた。

「なんだよ、ワン公。着物に穴が開くじゃねえか！」

翁丸の目が何かを訴えかけていた。

「……ないでよ」

小さな声に振り向くと、三吉が泣いていた。

「えっ」

「置いてかないでよ！」

「だっておめえ……」

「もう嫌なんだよ、勝手に置いていかれるのは！」

「ば、馬鹿。あの借金取りはほんとにやばいんだって！」

「嘘つけ！　おいらのことが足手まといになったんだろ？　嫌いになったんだろ！」

「おいおい、違うって言ってんじゃねえか……」

「父ちゃんも母ちゃんも体《てい》よくおいらを捨てたんだ。その証拠に文もよこさないんだ……」

「まあ大人にはいろいろ事情ってもんがあらあな。文を持った飛脚が馬に蹴られて川に落ちたのかもしれねえしな」

「もう四年だよ？　こっちからいくら便りを出しても返事は来ない。捨てたんだ！　おっさんもおいらを捨てるのかよ！　人でなし！」

「ちょ、ちょっと待てって……」

辰五郎は頭を抱えた。こんなところで騒いだら菊佐に見つかってしまう。

三吉は目が据《す》わり、じっとこっちを睨んでいる。

沙夜も悲しそうな目で辰五郎を見つめていた。

（ひえー、貧乏神が二人になりやがった！）

辰五郎はひとまず落ち着こうと茶を飲んだ。番茶はすっかり冷めている。

「おい、ワン公。こうなったら歌でも歌え」

足元に声をかけると翁丸はおらず、隣の座頭の団体客に団子をもらって嬉しそうに食べていた。

「気楽な奴だなぁ……」

辰五郎はため息をついた。

「まあ三吉よ、お前はいいとしても沙夜さんは困るだろう。ここはやっぱり……」

「私もいいです」

沙夜も答えた。

「ええっ？」

「あなたが助けた命ですから。私はあそこで死んでもよかった……。巻き込まれて死んでもそんなに変わりありません」

「おいおいおい……」

辰五郎は再び頭を抱えた。鉄火場で命知らずには数々出会えど、こんなやつらは初めてだ。

「決まったね、辰さん。それに家族連れの方が借金取りに見つかりにくいんじゃないの？」

「うーん、まあ、そりゃそうだがな……」

確かに菊佐は旅籠を探して回るとき、一人旅の男に目をつけることだろう。理屈は通っている。

辰五郎はあきらめた。どうにでもなれ、だ。

「じゃあおめえさんたち、覚悟はいいだろうな？」

「うん」

「はい……」

「ま、辰さんはとんだ旅の貧乏神だね」

「やかましい！」

腰を据えるつもりになって酒を頼んだ。菊佐は辰五郎がもっと先に進んでいると思っているだろう。

たっぷりと時をかけて飯を食い、辰五郎たちはまた歩み出した。

五　平塚宿～大磯宿

平塚の宿を過ぎ、高麗山《こまやま》を眺めつつ大磯に至ると、夕陽に染まる小余綾《こゆるぎ》の磯が左手に広がる。

穏やかな風が吹き、翁丸が砂浜へ走っていくと、薄茶色の鳥の群れが鮮やかに飛び立った。

「あの鳥はなに？」

「おめえ、何も知らねえんだなぁ。ありゃ鴫《しぎ》だ」

「鷺《さぎ》じゃなくて？」

「鷺はもうちょっと白いだろ」

「ふうん……」

三吉は景色を珍しそうに眺めているが、辰五郎はどこかで菊佐が待ち伏せていないかと冷や冷やし通しだった。とにかく、人のいないところを歩くのは危ない。万が一見つかったとしても、人ごみの中にいれば急には襲ってこないだろう。

さらに進むと、目の前に酒匂川《さかわ》が広がった。この広大な川を越えると小田原宿である。

「この川、どこにも橋がないね」

三吉がきょろきょろしながら言った。

「ここは江戸を守る堀みたいなもんでな。人足でしか渡れねえんだ」

「えっ、お金がかかるの？」

三吉は鼻にしわを寄せた。

「なあに、肩車で行きゃあそんなにかからねぇ。たしか五十文ほどだったはずだ」

「そんなに？」

「今はまだ水かさが少ねえからいいが、増水したらもっと高いんだぞ。下手すりゃ川止めになって泊まりで何日も待たなきゃならねえ。今日は運がいい方だ」

「そっか。しょうがないね」

「待ってろ。切符を買ってくる」

辰五郎は川会所《かわかいしょ》に行き、切符を買った。この日の水量は少なく、肩車は四十六文ですんだ。

「じゃあ行くか」

「翁丸はどうするの？」

足元では、翁丸がにこにこと見上げている。

「おめえ、泳げるか？」

「わん！」

何やら自信たっぷりである。

「まあ今は上げ潮だ。川の流れも止まってるから大丈夫だろ。犬かきでちゃんとついて来いよ、ワン公」

辰五郎は川岸でたき火をしていた人足に声をかけて切符を渡した。

段取りが終わると、辰五郎と三吉は肩車でかつがれ、水に入っていく。

「ちょ……怖いよこれ、辰さん！」

「慣れりゃ大丈夫さ。楽しくなるぜ」

「沙夜さん平気かな……。あっ！」

三吉が後ろを見ると、人足四人が担ぐ梯子《はしご》型の平輦台《ひられんだい》に沙夜は乗っていた。

「辰さん！　沙夜さんの乗ってるあれ、なんだよ？」

「川の駕籠《かご》さ。女に肩車なんざ、さすがにかわいそうじゃねえか」

平輦台には渡し賃が二百七十六文もかかったが、辰五郎はガマの油の稼ぎから払ってやっていた。

「おめえも男気ってやつがないといけねえぞ」

「あっ、翁丸も！」

「えっ？」

辰五郎が振り向いてよく見ると、沙夜の膝の上にちょこんと翁丸が乗っていた。

「あのワン公、ふてえ野郎だ。泳げって言ったのに！」

「犬には渡し賃かかるの？」

川の深いところにさしかかり、今にも水につかりそうな三吉が震え声で聞いた。

「いや、ありゃ荷物だろ。もし金を取られるようならあいつの首の巾着から払わせてやる！」

「いいよ、いいよ」

辰五郎の足の下から人足が声をかけてきた。

「犬くらいただで連れてってやるよ、旦那。おかげ参りで散々儲けさせてもらってるからな」

「ほう、景気がいいのか」

「まあな。それにありゃ代参犬だろ？」

「おっ。あんた知ってるのか？」

「今までも何匹かただで乗せたよ。おかげ参りのご利益がわしらにも来るようにってな」

「へえ。俺も犬になりてえな」

「馬鹿、こんな重い犬があるか」

人足が苦く笑った。

「まあ待ってな。伊勢でたっぷり稼いで、帰りは大高欄輦台《だいこうらんれんだい》に乗ってやるよ」

「負けて土左衛門《どざえもん》にならないよう気をつけるんだな」

「三途の川の渡し賃は六文銭だろ？　そっちのが安いぜ」

「へっ、言ってろ」

人足と軽口をたたき合っていると、すぐ対岸に着いた。

三吉や沙夜も後から続く。沙夜が輦台から降りるときは、手を取ってやった。

沙夜の手がほんのりと汗ばんでいるのは、きっと恐ろしかったからに違いない。

翁丸はさっさと岸に降り、舌で鼻先を舐《な》めている。

「大丈夫かい？」

「ええ……。こんなのは初めてです。ゆらゆら空を飛んでいるみたいでした」

「この先、まだ大井川もある。楽しみにしてな」

微笑んだ辰五郎の顔を三吉がにやにやして見ていた。

「なんだよ」

「別に」

辰五郎は三吉の頭をつかんで髷《まげ》をくしゃくしゃとつぶした。

「やめろよ」

「この、ませガキめ！」

辰五郎は酒匂川の砂州を歩み出した。二人と一匹の足跡がその後に続く。

ゆく手には遠く、箱根の山が見えた。

六　小田原宿

小田原宿は江戸から東海道を歩んで初めての城下町である。辰五郎たちが着いたころにはすっかり日が暮れ、名物の蒲鉾《かまぼこ》屋の並びも店じまいを終えていた。

歩きながら辰五郎は宿を探した。江戸から東海道を行く者は大抵ここを二日目の宿とする。翌朝、足の元気なうちに箱根を越えたいという思いがあるのだろう。

街道を進んでいくと、安い宿はすぐ見つかった。親子と称している三人連れなので話は早い。ましてや柄杓を持ち、おかげ参りに行くとあれば優遇してくれる。客引きの女も寄ってこず、歩きやすいことこの上ない。

辰五郎たちは旅籠に入ると庭のそばの部屋をとり、荷物を解いた。

「翁丸、来てるよ」

縁側の障子をさっそく開けた三吉が嬉しそうな声を上げた。

「どれ……」

辰五郎がのぞいてみると、翁丸が庭で寝そべっていた。辰五郎の一行を旅の道連れと決めたらしい。

「おいワン公。もうちょっとで飯だからな」

辰五郎が言うと、翁丸は鷹揚《おうよう》に頷いた。

食事をすませると辰五郎はそわそわして立ち上がった。

「俺はちょっと買い物に行ってくる」

「どこに行くの？」

「ちょいと薬を買いに行くのさ」

「辰さん、どっか悪いの？」

「なあに、腹痛の薬さ。沙夜さんとおとなしく寝てるんだぞ」

そう言い置いて辰五郎は財布だけ持つと、いそいそと旅籠を出た。

小物屋で小田原提灯《ちょうちん》を買い込み、灯《あかり》をつけて街道を行くと、夜空には星がうっすらと見え始める。

「さて、と……」

辰五郎は宿場町の奥へと入っていき、赤提灯の屋台に座った。

「おやじ、酒。あと透頂香《とうちんこう》ある？」

「あるよ。旦那、今夜はあっちですか？」

酒屋のおやじは笑って、丸薬よりやや小さい銀色の粒を小皿に盛った。

別名、外郎《ういろう》ともいわれる万能薬で強壮剤としての効能も持つ。

「そうだとも。日野屋って知ってるか？」

「旦那、まさかあそこへ行きなさるのかい⁉」

「博打の仲間がよ、教えてくれたんだ。最高のもてなしをしてくれる女がいるって」

辰五郎は笑みを浮かべた。小田原に行ったなら必ず寄れと何度も言われていた。

「いい趣味してるねえ、旦那」

おやじがうすく笑った。

「その道じゃ玄人よ。で、場所はどこなんだ」

辰五郎は透頂香を酒でぐっと喉に流し込んだ。胃の腑《ふ》が熱くなってくる。

「ここから先に行ったところの二番目の角を右だよ。太い蠟燭《ろうそく》が店先に立ててあるところだ」

「ほう。ありがとよ」

代金を払うと、弾むような足取りで辰五郎は教えられた道を行った。

遊郭をなしている一角の旅籠の間口には、若い娘たちが並んでいる。中には格子越しに着物の尻をめくる娘もいて、引き込まれそうになった。

しかし辰五郎は筋金入りの道楽者である。いつも最高のものを手に入れるまで妥協することはない。

強い意志を持って角を曲がると、百目蠟燭が一本立っている店があった。

（ここだな、天女のいるというところは！）

辰五郎がめくるめく裸体を想像した途端、へその下が熱をおびてきた。

「きたっ！」

突き上げてくるのは富士の火山か。

思えば一昨夜、沙夜の床に忍んだものの、夜這いには失敗した。無念と情念は大河のごとく体内に渦巻き、今、奔流になってあふれ出ようとしていた。

のれんを撥ね上げて辰五郎は店に入り、

「たのもう！」

と、道場破りのごとく声をかけた。

「らっしゃい」

低い声で迎えたのは四十がらみの太った男だった。

「人から聞いてきたんだがね。ここの女たちはとにかくすごいって」

辰五郎は鼻息が荒くなるのを感じた。噂《うわさ》に聞く房中術というやつかもしれない。

男はじろりと辰五郎を見た。

「まあ普通の女じゃねえことはたしかだねぇ。あんた、ここがどういうところかわかってるのかい？」

「へっ、素人《トウシロ》扱いしてもらっちゃ困る。江戸は深川名物、土壇場の辰五郎とは俺のことよ」

辰五郎は歌舞伎の弁天小僧のごとく見得を切った。

「なるほど、わかってるようだな。気に入った、めいっぱい遊んでいきな」

「おおよ！」

「おい！」

男は奥に声をかけた。

「出てきな」

「あーい」

次々と声がして女が出てくる——はずであった。

辰五郎は目をむいた。

桃色や緋色《ひいろ》、鮮やかな着物の裾から太い毛ずねが見えている。

目の前にいるのは女の姿をした男たちであった。

「おい……。女はどこなんだ？」

「馬鹿言うな、女なんて不純な者はここにはいやしねえ。ここは男専門だぜ」

そういうと素早く辰五郎の腕をつかんだ。

（どうしてこうなった！）

辰五郎は唇を噛んだ。仲間の髭面《ひげづら》を思い浮かべる。

（そうか。あいつ、こういう趣味か。あの野郎、俺に色目を使っていやがったな）

辰五郎は無性に腹が立った。もしかしてこの道に引き込もうとしたのかもしれない。

「放しやがれ！」

「おい。逃げようってのかい」

つかまれた腕の骨がみしみしと軋《きし》んだ。川崎にいた力士のような飯盛り女も力が強かったが、今度はさすがに男の力、逃れようがない。手籠《てご》めにされる女の気持ちが少しだけわかった。

（お助け！）

辰五郎はもがいた。こんなことなら三吉たちとおとなしく旅籠で寝ているのだった。浮わついたらすぐこれだ。

「おめえも男なら覚悟を決めな。叩っ殺すぞ！」

「わかったよ……。もうヤケだ！」

辰五郎は抗《あらが》うのをやめた。こうなったらどうにか隙を見て逃げ出すしかない。

「やっと素直になったか」

男が辰五郎を見て優しく笑った。

「で、誰と部屋に行きゃいいんだい」

「その前にな、出すものを出してもらおう」

いわれて辰五郎は一筋の光明を見出した。金さえ出せば、おとなしく帰してくれるのか。金は惜しいが、つらい思いはしたくない。

辰五郎は財布を叩きつけた。

「いくらか知らねえが、持ってきやがれ！」

「お前さん、何を勘違いしているんだい」

「……は？」

「珍宝だよ。早く出せ。ここで品定めするのが決まりだ。さ、着物を脱ぐんだ」

「う、嘘だろ？」

「大きすぎると、うちのむすめたちが困るからな」

「げえっ！」

気が遠くなりそうだった。さすがの辰五郎もそこまで玄人ではない。

しかし同時に、この店は相手が女役なのだと気づいた。

（それならなんとかなるか？）

一瞬思ったが、激しく首を振った。やはりそれはない。一緒に寝るならやはり女の柔肌《やわはだ》がいい。

辰五郎は着物の襟をしっかりと合わせた。

「そうはいっても、こいつは箱入り息子でね。どうも人見知りしやがるから……」

「うるせえ！」

男が乱暴に辰五郎を抱え上げた。そのまま強引に帯をほどかれそうになる。

「お前は特別に俺がかわいがってやる」

「嫌だ！」

全力で暴れたとき、男の脇の下が偶然眼《め》に入った。そこには毛が全くない。

（こいつは本気だ）

一瞬、男の純情に気がいったとき、帯を抜き取られ、着物の前が割れた。

（くそっ、こうなったら最後の手段しかねえ）

辰五郎は下っ腹に力を入れた。

「へあっ！」

「こ、こいつっ！　漏らしやがった！」

辰五郎はくるりと回転して土間に降り立った。

「俺は土壇場の辰五郎でい。なめんなよ！」

辰五郎は表の道に向かって駆け出した。

しかし店のむすめたちの動きはもっと早かった。

とっさに辰五郎の着物の裾をつかんで放さない。別のむすめも、たなびくふんどしをつかんで引っ張った。

このままでは地獄の土俵に連れ戻されてしまう。

「助けてくれっ！」

辰五郎は悲鳴を上げた。

そのとき、目の前をひらりと白いものが飛んだ。

「わんっ！」

翁丸が辰五郎のふんどしをつかんだむすめの腕に噛みついた。

体がふわりと自由になる。

「おおっ、ワン公！」

辰五郎は裸のまま路地を走った。

先ほどの飲み屋のおやじが目を丸くして、こっちを見ている。

辰五郎は素早く物陰に隠れた。

「あーあ、着物が台無しだ……」

後から翁丸が追いついてくる。

「まさかおめえ、俺の匂いをつけてきたのか？」

「わんっ」

翁丸が嬉しそうに吠えた。

辰五郎は翁丸の頭を撫でた。

「間違いねえ。お前は神の犬だ。八犬伝の神犬八房《やつふさ》だろ？」

辰五郎は貸本屋で借りて夢中になっている南総里見八犬伝のことを思い出していた。曲亭馬琴作で第六輯《しゅう》まで読んでおり、仁・義・礼・智《ち》・忠・信・孝・悌《てい》の文字のある数珠《じゅず》の玉を持った八犬士が活躍する話である。

「牡丹《ぼたん》の形の斑《ぶち》がどこかにあるんじゃねえか？」

辰五郎は翁丸の体を撫でまわした。しかし尻に小さな禿《は》げがある以外、どこといって普通の犬と変わりない。

はたで見ていた飲み屋のおやじが感心したようにつぶやいた。

「男の次は犬か。確かに玄人だな」

辰五郎は星明かりの下、とぼとぼと旅籠に帰った。

「しかしとんだ牡丹灯記だったぜ……」

裸のまま垣根を越え、庭から部屋に戻る。

障子を開けると三吉と沙夜が寄り添うように眠っていた。

「ただいま」

ささやいて布団に寝転ぶと、泥のような眠りに落ちた。

七　箱根宿

翌朝早く、小田原城を背にして、街道に踏み出した辰五郎たちはいよいよ東海道最大の難所、箱根にさしかかった。

〽箱根八里は馬でも越すが、越すに越されぬ大井川

道を行く馬子《まご》たちが歌いながら峠をのぼっていく。峻嶮《しゅんけん》な箱根の頂までを東坂といった。

石畳の登り道を辰五郎たちは歩み続けた。

「保土ヶ谷の権太坂も苦しかったけど、ここはもっときついね」

三吉が息荒くあえいだ。

「『苦しくて　どんぐりほどの　涙こぼる』ってな。おい、沙夜さんは大丈夫かい？」

辰五郎は顎の先に汗のしずくをためている沙夜に声をかけた。

「ええ。歩くのにもだいぶ慣れてきました」

沙夜の声は思ったよりも明るかった。たくさん歩いて汗とともに心の毒も出たのだ

ろうか。

「ま、江戸ばかりが都じゃねえな」

辰五郎は明るく言った。遠く離れてみると江戸での大借金も忘れ、楽しくなってきている。天気は晴れて景色もよい。辰五郎一行の先頭を行く翁丸も小気味よく尻を振っている。

きつい斜面を一歩一歩踏みしめて登っていると、やがて笈《おい》の平《たいら》に着いた。そこは、上り坂の中ではいくぶん平坦《へいたん》なところで旅人たちが景色を眺めつつ足を休めている。高所にあるためか、小田原よりもひんやりしていた。

旅人の疲れを見越したように、多くの茶屋で甘酒が売られていた。甘いものを飲んでさらに登っていく力をつけようというわけである。

辰五郎たちも切株に座って一息ついた。

「よし。一杯やるか」

陽気に声をかける。

「甘酒ってお酒なの？」

「えっ、知らねえのか三吉？」

「うん」

「甘酒も飲んだことがないとは貧しいなぁ。いいか、甘酒ってのは炊いたご飯に糀《こうじ》を入れて発酵させたもんだ。酔っ払いやしねえ」

「へえ。じゃあ飲もうかな」

「よし、甘酒三つ！」

茶屋の女に威勢よく声をかけると辰五郎は沙夜の財布から銭を出した。

「あ、また！　昨日油売って儲けたんだろ？」

「それがよう、買い物に行ったら、悪い奴に取られちまったんだ。小田原ってのは恐ろしいところだぜ」

辰五郎は男まみれの色宿を思い出して身震いした。

「何やってんだよ……」

「なあに金は天下の回りもの。また稼げばいいさ。こいつもあるしな」

辰五郎は柄杓を得意げにくるりと手で回した。

休憩を終えた辰五郎一行は、ようやく峠を越えた。間近に見えるようになった芦《あし》ノ湖《こ》の水面が細かく陽を跳ね返し、輝いている。

芦ノ湖の湖畔にある箱根権現で辰五郎はまた商売をすることにした。さすがに女の財布ばかりあてにしていては男がすたる。

「さあさあ、お立会い、御用とお急ぎで無い方は見ておいで、手前ここに取りいだしたるは『ガマの油』でござい！」

辰五郎は派手に声を上げ、熱心に売り込みを始めた。

しかし今度はなかなか金を出す者がない。箱根の関所を前にして、気が引き締まっているのだろうか。それとも湯治に来て金を使い果たしたのか。

辰五郎は刀を抜き、気合いで顔を真っ赤にして腕を切る芝居を見せた。

だが見る者はちらほらといるが、やはり財布の紐は緩まない。

（何故だ？）

訝しんでいると、声が飛んだ。

「それ、さっき見たよ！」

「二回目じゃなあ」

野次馬たちが笑う。

（そうか、同業の奴がいやがったのか！）

辰五郎はほぞをかんだ。ガマの油売りは地方によってさまざまだが、やって見せることは大体同じだ。

「どうした、動きが止まってるぜ！」

客が野次を飛ばして、また笑った。

「おかしいな。油が固まっちまったかな？」

辰五郎がごしごしやっていると、三吉がやってきた。

「ほんとに斬れないの？」

不思議そうな顔をしている。

一瞬、面食らった辰五郎だが、すぐに三吉の意図を飲み込んだ。

「ボウズ、おっちゃんを信じな。これさえあれば喧嘩も怖くないぜ」

辰五郎はにやっと笑った。

この刀、先っちょは斬れるが根元の方が斬れない仕掛けだと宿で説明してやった。

それだけを聞いてこの芝居を打つとは、三吉の奴、なかなかやるではないか。

「ほんと？」

「見ろ、こうやって油を塗るだろ」

辰五郎は膏薬《こうやく》を三吉の腕に塗り、刀を構えた。

「さあ、抜けば玉散る氷の刃。これで斬ったらどうなるか……」

「やめてよ！　怖いよ！」

三吉の顔が恐怖に歪んだ。

(三吉。いいぞ！)

内心喝采を送りながら、刀の根元の方を三吉の腕に当て、ぐっと力を入れた。

女客から小さな悲鳴が上がる。

「どうだ！　こんなに斬りつけても斬れねえ！」

「うわぁ、すごい！」

三吉が目を丸くした。

「ちょうだい！」

「おおよ。じゃあ子供だから半額だ。五十文でいいや」

「わーい！」

「ほら、ここに入れな。喜捨すればおかげ参りの御利益にもなるよ」

そこで辰五郎が差し出したのは、かなり大ぶりの柄杓だった。先の油売りで味をしめた辰五郎は、こっそり箱根権現から特大のものを拝借していた。賽銭箱に借り賃を入れておけばいいだろう。辰五郎は人生で初めて神様に感謝した。

辰五郎と三吉の入神の演技を見せられると見物人も嬉しくなって柄杓に金を入れる。そもそも伊勢参りの旅は一世一代の娯楽だから、楽しいものには金を惜しまない。楽しまなければ旅に出る意味もない。

柄杓がずっしり重くなり、辰五郎はにんまりした。

（もしかして東海道をずっと往復するだけで食えるんじゃないのか？）

それぞれ宿場の名物飯もうまいし、海辺の景色も美しい。東海道に飽きたら中山道《なかせんどう》でも商売はできそうだ。

辰五郎は三吉を木陰に呼んだ。

「三吉、あそこに立ってるおじちゃんにこれを渡してきてくれ。ほら、あの頬に傷のあるおじちゃんだ」

辰五郎は銭を数えて百文を握らせた。

「うん、いいけど」

三吉は首を傾げつつ金を渡しにいった。

「は〜、やれやれ。甘酒をもういっぱいいくか」

辰五郎が茶屋に向かって歩み出したとき、

「おい、試し斬りを、この刀でやってみせてくれ」

と、さっき油売りを見物していた浪人から声をかけられた。

「嫌だね。もう出し物は終わったんだ。帰んな」

「そうはいかん。わしも買ったのだからな」

浪人は手に持ったガマの油を見せた。

「さあ、もう一度やってみろ」

浪人はにやりと笑った。

（ははあ、こいつは種を知ってやがるな）

辰五郎は直感した。難癖をつけて金をとる野良浪人だろう。思わず顔をしかめた。

浪人は薄笑いを浮かべ、

「おい、皆の衆。こいつが嘘をついてないか確かめてみよう。さ、わしの刀で腕を斬ってみろ」

と声を上げた。野次馬はなんだなんだと集まってくる。

浪人は辰五郎の手をつかみ、

「五百文」

と、小声で脅した。

「さあ、腕を出して油を塗れ。わしが試しに斬ってくれる」

「断る。あんたの刀は嫌いだ。反りがないし品もない。よほどの業《わざ》ものじゃないとガマの油とは勝負にならん」

「なに？」

見物人から笑いが湧いた。

「とにかくだ。俺のことを信用できないなら薬を返してもらいたい。十文返す」

「十文？　百文で買っただろう！」

「だってあんた、もう使っちまったかもしれねえだろ？　そんなもの商品になるか」

「少しも使っておらん！」

「ははあ、あんたまさか中身をすり替えたんじゃないか？」

「なに？」

「それで斬れないものを斬れるといって、金をふんだくるつもりか。そうだろう?」

「馬鹿な! 斬れるか斬れないか、お前の持ってるガマの油でやればいい」

「残念だったな。油はもう売り切れだ。じゃあな」

辰五郎が立ち去ろうとすると、浪人が抜き打ちで辰五郎の小荷物を斬った。

石畳に貝殻が散らばる。

「あるではないか!」

「いや、それは仕込み中の油でね。三七は二十一日の間、煮たきしめねえと……」

「黙れ」

浪人は辰五郎の首筋に刀を当てた。ひやりと冷たい感触がする。

「言い逃れは許さん。それがさっきまで売っていた物なのは皆わかっている。さあ油を塗って腕を出せ」

辰五郎は切羽詰まった。これはタカリである。ガマの油をやっていると、時おりこういう奴が現れて困る。

「どうした? お前が一番脂汗をかいてるじゃないか」

浪人のおちょくりに見物人が沸いた。

人の輪の外から三吉が心配そうに見ている。

「ここが我慢のしどころよ……」

辰五郎はつぶやいた。

「さあ、腕を出せ！」

浪人が迫ったとき、群集のすき間から翁丸の顔がのぞいた。

（おお、神の犬だ！　跳べ、翁丸！）

心の中で叫んだが、翁丸はぷいと横を向き、走っていった。その先には茶色い柴犬《しばいぬ》がいて、二匹でじゃれ合い始めた。同じ代参犬同士で気が通じ合うのかと思ったが、翁丸が後ろにまわるのを見ると、どうやら相手は雌らしい。

（役立たずめ！）

罵ったものの、しょせんは犬。熱心に雌の尻を追いかけている。

こうなったら飛びかかろうかと足に力を込めたそのとき、

「おい、誰の許可を得て商売やってんだ！」

ドラ声がして香具師《やし》の一団がやってきた。

その険悪な雰囲気に見物人がさっと散る。

「ちょっと来い！」

香具師の一人が辰五郎の首根っこをつかんだ。

「な、なんだよ！」

「俺らの縄張りを荒らすとは太え奴だ」

辰五郎は乱暴に連れて行かれた。

目の端で浪人が舌打ちしたのが見えた。

境内の隅まで引っ張って行かれると、香具師がおかしそうに笑った。

「あんた、危なかったな」

「へっ、助かったぜ」

礼をいうと辰五郎は三百文を香具師に渡した。

香具師たちは肩をそびやかして帰っていく。先頭の男の頬には刀傷があった。

先ほど三吉が金を渡した相手である。

「あの人たち、何なの？」

「このあたりを縄張りにしている香具師だ。さっきお前が払いにいってくれたろ？

あのショバ代で用心棒になってくれたってことさ」

「ふうん……。なんか損だね」

「商売やってりゃそれなりに損はする。年貢みたいなもんよ」

辰五郎が肩を怒らせて歩き出すと、翁丸が照れくさそうに饅頭をくわえてやってきた。

「おい、ワン公！　今ごろ遅えんだよ。肝心な時にあそんでやがって」

「くぅ〜ん」

翁丸はバツが悪そうな顔をして辰五郎に饅頭を差し出した。

「馬鹿。お前のよだれのついた饅頭なんて食えるか」

辰五郎が言うと、翁丸は嬉しそうに饅頭を食べはじめた。

遺恨はこれで終わりというように尻尾をぶんぶん振っている。

「さて、この先はいよいよ関所だな」

「おいら、沙夜さん呼んでくるよ」

「おお、頼む」

三吉が茶屋で休んでいた沙夜を連れてきて、辰五郎たちはふたたび街道に戻った。芦ノ湖沿いに進むと、すぐに箱根の関所が見えてくる。

辰五郎は歩を緩めた。

「辰さん、どうしたの？」

「いや、沙夜さんが通れるかと思ってな」

辰五郎は頭を掻いた。

「通れないことなんてあるの？」

「入り鉄砲に出女といってな。江戸を出る女には関所が厳しいんだ。大名とか偉い武士の妻が逃げるかもしれないって」

「でも、沙夜さんは普通の人でしょ」

「そりゃそうなんだが……。おい、沙夜さん」

「はい……」

蚊の鳴くような声で沙夜が返事をした。

「あんた、往来手形は持ってるのかい？」

「一応は」

「ふうん。てことは最初から江戸を出る気だったのか」

「……」

「いいんだ、いいんだ。わけは聞かねえ。伊勢まで一緒に行ってくれりゃ、こっちは助かるからな」

沙夜は頷いた。

「まあ、一か八《ばち》かだ」

辰五郎は腕を組んだ。

「辰さん、心配ないよ」

三吉が言った。

「どういうことでえ？」

「あれ見て」

三吉の指さす方を見ると、関所の前には黒山の人だかりができていた。

「げっ！　なんだありゃ？」

「みんなすいすい通っているよ」

「本当だ……。どうなってんだ、いったい？」

不思議に思いながらも、長蛇の列の後ろに並んでみた。

長いと思われた列もすぐに関所に飲み込まれ、気づいてみればあと十人ほどとなる。

関所の役人の方に目を凝らすと、誰もが皆「おかげ参りです」と言い、面倒くさそうな顔をした役人がうなずいて次々と通していた。

「これ、みんなおかげ参りに行くのか……」

いよいよ辰五郎たちの番となったが、役人たちは辰五郎が口を開く前に持っている柄杓を見て、

「通れ」

と言った。何やら拍子抜けした思いである。

「これでも関所かよ！」

誰のために怒っているのかわからなかったが、辰五郎は憤然とした。少し前はここを通るのに根掘り葉掘り聞かれ苦労したこともあったのだ。

「でもさ、一人一人調べてたらここでみんな詰まっちゃうもんね」

「いいかげんなもんだな」

おかげ参りのこの年、箱根の関所だけで二百万人以上の参拝者が通り抜けている。

「あっ、翁丸も来たよ」

駆け寄ってきた翁丸の首を見ると、巾着が膨らんでいる。列に並んでいる間に、寄進を集めたらしい。

辰五郎は〈東海道名所図会〉を広げた。

「よし。次は三島か。名物は鼈《すっぽん》だな」

辰五郎はにんまり笑った。その効用は試したことがある。

「鼈って？」

「亀みたいなやつさ。顎の力が強くて、噛みついたら雷が鳴るまで放さねえ」

三吉が怖そうな顔をした。どのような生き物を想像しているのだろうか。

「噛まれた指を引っ張ったら指がすっぽんと抜ける。それでその名がついたのさ。蝮《まむし》と鼈だけには噛まれたくねえな」

「へえ……」

でたらめを教えて楽しんでいたが、よく考えれば日の高いうちから鼈は食べたくない。

「ま、そんな怖いものはやめて先を急ごう」

「うん」

八　三島宿〜原宿

三嶋大社の鳥居が霧に煙る中、辰五郎たちはさらに道を進んだ。

狩野《かの》川にかかった橋を渡ると駿河《するが》の国、沼津宿である。宿場を通り抜け、海沿いの道を行くと、松林が見えてきた。富士のふもとを埋めるように、松並木はどこまでも連なっている。

「きれいだね！」

三吉が声を上げた。沙夜のいつもの暗い顔ですら、わずかに赤味がさしたように見える。翁丸は早くも松の間を走り回っていた。

「これが千本松原よ。その昔、どこかの坊さんが衆生済度《しゆじようさいど》の大願をかけて五年も植え続けたっていう由緒正しい松なんだぜ」

辰五郎たちは心地よい潮風を頬に受けながら進んだ。原宿を抜けても松並木は続き、吉原宿へと向かう道中では、田んぼの中を松の連なりもうねうねと進む。今まで右に見えていた富士はここでいっとき左に見える。名所と名高い「左富士」である。

一緒に歩いている翁丸はきょろきょろと前後を見ていた。

「さっきの雌犬が気になるのか、お前？」

辰五郎が聞いた。

「わんっ」

翁丸が駆けだした。

「おい、どうした？」

翁丸はあぜ道を走っている。まるで「ついて来い！」という風に。

「ちょっと待ってろ」

三吉たちに言い置くと、辰五郎は翁丸の後をついていった。水のまんまんとたたえられた用水池のそばまで行くと、水面をのぞく。そこには翁丸自身の姿が映っている。

「どうした翁丸。身だしなみでも整えるつもりか？」

息をつきながら街道の方にふと目をやったとき、辰五郎は背筋が凍った。鉄砲洲の菊佐が三吉と話しているのである。

（あいつ、こんなところにいやがった！）

辰五郎はさっと松の木の後ろに隠れた。

非情の借金取りである菊佐は先に行ったはずだったが、もしかしたら戻って来たのかもしれない。いったい何を頼りに自分を探しているのか……。

しばらくして菊佐は箱根の方へと進んでいった。そのまま江戸に帰ってくれればいいが……。

「ありがとうよ、ワン公。助かったぜ。お前、危難を知らせるために……」

去っていく菊佐を見ながら、辰五郎は感謝した。

「きゃん！」

「ん？」

振り向くと翁丸が暴れまわっていた。

「ど、どうした？」

跳ね回る翁丸を見ると、鼻にいざり蟹（ザリガニ）がついていた。

「待て！　止まれ！」

翁丸を押さえつけ、いざり蟹をつかむ。大きな鋏《はさみ》はしっかりと翁丸の鼻障子《はなのしょうじ》を挟んでいた。

「お前、こんなもん食うつもりだったのか？　じっとしてろよ。一度にやった方が痛くねえからな」

辰五郎はいざり蟹を思い切り引っ張った。

「ぎゃんっ！」

翁丸は鳴いた後、反射的に辰五郎の手を噛んだ。

「痛えっ！」

辰五郎が手を引いた。

ぽろりと白いものが落ちる。

「馬鹿。助けてやったのに噛む奴があるか」

辰五郎が白いものを拾い上げると、それは翁丸の歯だった。

「なんだおめえ、歯が弱えのか？　意外と年寄りだったりしてな。翁っていうくらいだし……」

辰五郎は翁丸を従えて三吉たちのところへ戻った。

「おい、さっきのやつは何か言ってたか？」

「ガマの油売りを見なかったか、って。知らないって言っといたけど……」

「なんだって⁉」

辰五郎は青ざめた。自分のやっている商売で探されているとは気づかなかった。箱根では多くの者が辰五郎の姿を見たはずだ。すぐに引き返してくるだろう。

「もう油は売れねえか……」

辰五郎はがっかりした。柄杓でもなんとかなりそうだが、金がなくては名物が食えない。芝居も見られないし、博打の元手も貯まらない。困ったことになった。

「先のことを考えてもしょうがねえ。田子《たご》の浦《うら》にうち出《い》でてみるか」

辰五郎は歩き出した。

「そろそろ宿を探す？」

三吉が聞いた。一行は吉原宿にさしかかり、日も暮れてきている。菊佐が近くにいるなら急ぎたいところだが、女子供連れでは無理もできない。

「そうだな。今日はかなり歩いたし」

言うと、三吉と沙夜がほっとした表情を見せた。箱根を越えてさすがに疲れたらしい。翁丸もぐったりしている。犬のくせに。

（そうか。俺もこの中では一応、父ちゃんだもんな）

辰五郎は少し誇らしい気分になって、安い宿を探しにかかった。どこからか香ばしい匂いが漂ってくる。

九　吉原宿

旅籠に入ると、さっそく女中が晩飯を運んできた。

「お待たせしました。箱根を越えて来られたなら、さぞかしお腹《なか》がすいたでしょう」

膳を並べ始める。

「ほう、ざる蕎麦《そば》か」

「できたてですよ」

「いいな。しゃれてるぜ」

街道を行くと名物を食べるか、それとも旅籠でゆっくり食事を取るか、そんなところにも迷うのだが、辰五郎は外の屋台で二人に黙ってこっそり烏賊焼きを買い食いした後に、晩飯も食べる気だった。

「ではごゆっくり」

頭を下げて女中が部屋を出ようとしたとき、

「ちょいと待て。なんで膳が四つもあるんだ？」

「えっ？」

女中は目をぱちくりさせて辰五郎たちを見た。

「あら！　嫌だわ、三人しかおられませんね。確かに四人様と思ったのだけど……」

「何言ってんだ。俺たち家族は三人きりよ」

「父ちゃん、翁丸の分じゃない？」

「馬鹿、犬と人間を見間違う奴があるか」

「ええ、たしか……」

女中は思案顔をした。

「おじいさんがいたと思ったんですが」

「いねえよ。若いのばっかりだよ」

「あっ。もしかしてまたあれが……」

女中の顔が青ざめた。

「なんだよ、あれって」

「い、いえ、なんでもないんです。失礼しました」

女中は余った膳を一つ持って逃げるように出て行った。

「変な奴だなぁ……」

「ねえ、辰さん、お腹すいたよ」

「よし、食うか。蕎麦が伸びねえうちに」

「蕎麦って伸びるの？」

「細かいこと言うなよ」

辰五郎はやや緑がかった蕎麦をつゆにつけると一気に手繰った。喉をつるりと通り抜けるとき、蕎麦粉の風味がふんわり立ち上った。

「うめえ！　酒が飲みてえ！」

辰五郎は目を細めて悦に入った。ここの板前はなかなかできるらしい。

三吉もつゆを飛ばしながらずるずると蕎麦を手繰っていた。

「おい、三吉。蕎麦を全部つゆにつけるやつがあるか」

「えっ？」

「おめえも江戸っ子なら、すそだけ汁につけな。丸ごと泳がしたら香りが飛んじまうだろ」

「だってこの方がおいしいよ」

「お前は伊達《だて》ってものがわかってねえ。ほら、こうだ」

辰五郎は蕎麦の先、二寸（約六センチメートル）ほどをつゆにつけて食べて見せた。

「こう？」

三吉がやって見せた。

「げっ、あんまりおいしくないや」

「ふん、全部つけるのは女子供のやり方さ」

「おいら子供だからね」

「ったく、お前の親の顔を……」

見てみてぇといいかけたところで、慌てて辰五郎は口をつぐんだ。三吉はまだ物心のつかないときから奉公に出されている。

「三吉。それも食べてみろ」

辰五郎は小皿に盛られた薄切りの白身を三吉に押しやった。

三吉が箸で切り身をつまみあげた。

「これはなに？　茄子《なす》？」

「それはいるかのすましっていってな、要するにいるかの鰭《ひれ》だ。お前の減らず口もおとなしくなるってもんだ」

「どういうことだよ？」

三吉がおそるおそるそれを口に含んだ。目を丸くして何回も噛んでいる。

「なかなか噛み切れないだろう？」

三吉は返事もしないで熱心に噛んでいた。饒舌《じょうぜつ》な三吉が黙ると部屋は静かになる。

残されたのは寡黙な沙夜だった。しかも先日、夜這いをしくじっているだけに気まずい。

（三吉、早く食え！）

一転、辰五郎は祈った。しかし三吉は鰭を噛み切るのに悪戦苦闘している。なんとなく障子の開いた縁側の方に目をやると、雲の切れ間に月が見えた。

「おっ。いい月だな」

「……」

沙夜は首を少しだけねじった。まるで体を動かすのが惜しいとでもいうようである。

「どこですか」

「え？」

辰五郎が空を見ると月はすっぽり雲の裏に消えていた。

「あれっ、なくなったみてえだ。というか、やっぱり俺のツキも……」

残りの蕎麦を一気に食べると、頬を叩いて立ち上がり縁側に出た。

「おい、ワン公！」

「わんっ！」

翁丸が力強く答えた。

「よしよしよーし。お前にもいるかをやろう」

辰五郎がいるかのすましを手で放ってやると、ぱくりと空中でくわえた。そのまま三吉と同じように熱心に噛んでいる。

「ちょっくら湯に入ってくらぁ」

三吉がふくらんだ口をもごもごと動かしながら頷いた。

「ここらの湯はなかなかにいいんだぜ」

辰五郎は荷物から手ぬぐいを本出すと、風呂に向かった。


「いやぁ、さっぱりすんな」

岩風呂の湯につけた足先がぴりぴりした。十里以上を歩いた足はむくんだのか湯の中で大きく見えた。

「〽白雪の積もるも恋にたくらべて、解けぬ思いを浦里が……」

辰五郎は気持ちよくなって、新内節で〈明烏《あけがらす》〉を唸《うな》りだした。歌えば岩に声が響くから、ますます調子がいい。こうなったら酒だ！

台所に行こうと立ち上がったとき、風呂の戸ががらりと開いた。

「兄さん、いい声してるねえ」

入ってきたのは頭を丸めた初老の男だった。

「はは、聞かれちまったか」

「あっしもこれをやるんでね」

男は三味線《しゃみせん》を弾くような手つきをした。

「へえ、流しの芸人かい？」

「いえいえ、琵琶法師ですよ」

「じゃあ、あんた……」

辰五郎は心配そうに手を差し出した。

「大丈夫です。あっしは目明きなんで」

「そうか。まあ入りなよ。……そうだ、あんたも飲むかい？」

「まさか酒ですか？」

琵琶法師の顔が輝いた。

「あんたらは般若湯《はんにゃとう》っていうんだっけ？」

「ありがたい。あとで一曲さしあげます」

「おう。俺は萩《はぎ》の間だよ」

「萩の間ですって？」

「ああ、期待してるぜ」

辰五郎は台所に酒を頼むと、銚子《ちょうし》を二つ持って湯に帰って来た。

「ささ、一杯やんな」

「こりゃどうも。奇特なお人だ」

「ご老人は大切にしなきゃなぁ」

「そんなに年じゃねえよ」

「いいからいいから」

辰五郎は機嫌良く酒を注《つ》いだ。

「兄さん。あんた萩の間に泊まってるって言ったね？」

「言ったとも。親子三人水入らずさ」

「そうかい……」

「なんだよ、その思わせぶりな口ぶりは」

「実はね、萩の間はさ……。いや、やっぱりやめとこう。酒も奢《おご》ってもらったんだし」

「馬鹿言うねえ。それじゃ生殺しじゃねえか。言わないなら返せ」

辰五郎は銚子を琵琶法師から取り上げた。

「ちょ、ちょっと、それは殺生《せっしょう》な」

「ちゃんと言うか？」

「いういう。言いますよ、もう……」

琵琶法師は銚子を取り戻すと、用心深そうに背後の岩に置いた。

「萩の間はね、出るんだよ」

琵琶法師は両手を前に垂らし、小声で言った。

「なに？　本当か？」

「ああ。借金取りに追い詰められた爺が首くったのさ」

「おいおい。尋常じゃねえな」

辰五郎は湯の中だというのに思わず震えた。同時にたっぷりとある自分の借金まで思い出して嫌な気持ちになった。

「それ以来、夜明け前になると、ばさっと布団の上に乗ってきて、『払いは待ってくれぇ』とうらめしそうに言うんだとよ」

「おどかすねぃ。お前はおとなしく耳なし芳一でもやってろよ……」

「芳一なんて甘ちゃんさ。ここのは本物だ」

「見たのかよ」

「いいや。でも部屋代は安かったろう？」

「うっ。そういえば……」

家族連れとはいえ、宿賃はあまりにも安かった。辰五郎もにこにこ顔で泊まると言ってしまったが、まさか幽霊が出るからなのか。

「待てよ。そういや、晩飯のとき、膳を四つ持って来やがった。俺らは三人連れだっていうのによ」

辰五郎は青ざめた。そういえば女中が言っていた。「おじいさんがいたと思ったんですが」と。

「なあ、お前御祓《おはら》いを……」

「く、来るな！」

「なんだよ」

「お前はもうとり憑《つ》かれてるかもしれん」

琵琶法師が飛び退《すさ》った。

「坊主のくせに逃げる奴があるか！」

「わしはもぐりだ。本物は困る。とにかく夜明け前には気をつけろ。どろろんと来たら飯なんか食ってないで逃げろよ。祟《たた》られるから！」

琵琶法師は逃げるように風呂場を出て行った。

「待てよ。一人にするなよ……」

そのとき辰五郎は急に頭の後ろに荒い息遣いを感じた。さっと振り返ると何やら白い塊が見えた。

「ひいっ！」

「わ、わんっ！」

辰五郎と翁丸は同時に驚いた。辰五郎が湯の中に倒れ込むと同時に、岩の上にいた翁丸までが滑り落ちてきた。

湯の上に顔を出すと翁丸がもがいている。

「慌てるなワン公！　犬かきを思い出せ！」

声が聞こえたのかどうか知らないが、翁丸が必死に前足をかきはじめた。するとようやく体全体が浮き上がってくる。

「馬鹿野郎、びっくりするじゃねえか」

辰五郎は落ち着いたらしい翁丸を両手で掬《すく》い上げ、風呂の外に運び出した。

翁丸が胴震いすると、激しく飛んだ湯のしずくが辰五郎の顔を濡らす。

「うぷぷっ。やめろよ」

「わんっ」

ちょっと垂れた目尻のせいで、翁丸が笑ったように見えた。

「翁丸、幽霊退治はお前の務めだ。任せたぞ」

翁丸は首を傾げた。しかし、さっきの慌てようを見ると、どうもこの犬はおっちょこちょいらしい。

「ワン公、おめえちょっとは大人になれ」

自分のことを棚に上げた辰五郎は風呂から出ると手ぬぐいで股間を打ちつけ、パンと音を鳴らした。幽霊が出るなら気を引き締めなければならない。

部屋に帰ると布団が敷かれ、三吉が〈東海道名所図会〉を読んでいた。沙夜は厠《かわや》に行ったらしい。

「三吉。誰か来なかったか」

「は？　誰が？」

「たとえばお年寄りとかさ」

「誰も来るわけないだろ」

三吉が偉そうに言ったのでむっとした。こうなったら言ってやる。そもそも一人だけ怖がるというのは不公平だ。

「実はな三吉。小耳に挟んだんだがよ。この部屋には出るっていうんだ」

「出る？　何が？」

「化けて出るんだ。爺の幽霊がよ」

「ええっ！」

「さっき女中が四つ膳を持ってきたろ？」

「う、うん」

「俺たちゃ誰が見たって三人連れだ。でもな、女中の目にはもう一人、この部屋にいるのが見えたんだよ……」

「そういえば、おじいさんがいたって言ってたね」

三吉の腕一面にざっと鳥肌が立った。

話している辰五郎も怖くなって思わず胴震いする。

「なんでも借金に困って、首をくくったらしい」

「この部屋で？」

「そうだ。で、夜明け前になると『今日は帰ってくれぇ』と出てくるらしい。あれ、そんな言い方だったかな？　ま、とにかく化けて出るそうだ……」

「もしかしてあの梁《はり》のところかな？」

梁を見上げると溝のように削れた跡があった。

「あそこに縄をかけたのか」

「怖いよ……」

三吉が逃げるように下がったとき、がらりと障子が開いた。

「わあっ！」

三吉が飛び上がった。

辰五郎も思わず両腕を顔の前で交差させる。

「なんですか？」

小さな声で聞いたのは沙夜だった。

「お、おどかすなよ……」

辰五郎は力を抜いた。

「ごめんなさい」

沙夜がすまなそうな顔をした。暗い顔のせいでますます幽霊のように見える。

「い、いや。ちょいと気になる話を聞いてな」

「……」

「あ、三吉！　てめえ」

「見ないでよ！」

三吉は着物の前を押さえて厠へ走って行った。ちびってしまったのだろう。

「実はな、沙夜さん。落ち着いて聞いてくれ。この部屋にはな、出るんだってよ」

辰五郎は幽霊のことを沙夜にすっかり話した。

「すまねえな。あまりに安かったもんだからついよ。なんか出たら俺が守るからな！」

「そうですか」

沙夜は気にした風もなく、せんべい布団の上へ横になった。まばたきもせず目を見開いている。

「そうですかって……。沙夜さん、恐ろしいだろ？」

「別に……」

「ならいいんだけどよ」

辰五郎は頭を掻いた。どうも調子が狂う。しかしこの様子なら沙夜が悲鳴をあげて騒ぐことはなさそうだ。

(まあ寝ちまえばいいんだ、要するに)

辰五郎も布団に転がり込むと、目を閉じた。

しかし、そんなときにかぎって目が冴える。帰って来た三吉の洟《はな》をすする音や、隣の部屋の誰かの咳払《せきばら》いさえ気になった。

(このままだと……出る。なんとしても寝るぞ俺は)

だが、眠気は一向に訪れなかった。落ちるまでもう少しというところまで行くのだが、うつらうつらしたかと思うと、また戻ってくる。三回寝返りを打つと布団の綿がよれてきた。

「くそっ」

綿を戻しながら小さく悪態をついたとき天井がぎしっと鳴った。

「な、なんだよ。鼠《ねずみ》か?」

否《いや》が応《おう》でも天井の梁が目に入る。幽霊はあそこにぶら下がるのだろうか。

外はまだ暗いが、いくぶん空の色が青くなってきたようだ。早く眠らないと夜明けが来る。

ぎい、とまた天井が鳴った。

辰五郎は立ち上がると、三吉ごと布団を引っ張って、梁の真下に置いた。自分の布団は持ち上げて縁側のそばに置く。この形なら幽霊がまず目をつけるのは三吉だろう。万が一のときは三吉が尊い犠牲になってくれる。ありがとう。そして、さらば。

安心して布団をかぶったとき、辰五郎は金縛りになった。どれだけ力を入れても体が動かない。かろうじて動くのはまぶただけである。

(ちょっと待て！　まだ出るな幽霊)

じたばたしたのが悪かったのか、ふくらはぎがつった。

辰五郎は痛みにぎゅっと目をつぶる。

いったい今は何刻なのか。

誰か助けてくれ！

「眠れないんですか？」

「えっ」

横目で見ると、沙夜がこちらを向いていた。

沙夜と目が合った途端、体が自由になった。

「ま、まあな……。あんたは？」

「私はもともと眠れないたちですので」

「そうかい」

辰五郎もとても眠れそうになく、えいやと布団の上にあぐらをかいた。

「なぁ沙夜さん、あんたどうして死のうと思ったんだよ？」

「……私は家から追い出されたんです」

沙夜もゆっくりと体を起こした。

「えっ？　いったい何があったんだよ？」

「……」

沙夜の目が暗くなった。

辰五郎は察した。きっと滅入《めい》る話なのだろう。なんてったって死のうとするほどである。自分から聞いておきながら早くも後悔した。暗い話は苦手だし、聞くとツキが落ちる。しかし、どうやっても眠れないし、もともと自分の運気もどん底である。こうなったら毒をくらわば皿までだ。

辰五郎は明るい風を装って話しかけた。

「一度は死のうとしたんだ。恥ずかしい事なんてもうあるもんか。子守唄がわりに話してみろい。ちったあ楽になるはずだぜ」

「子守唄……」

「おう。もっとも三吉はもう寝ちまってるがな」

「ううっ！」

沙夜が両手で顔を押さえ、急に泣き出した。

「ど、どうした！」

「うっ、うっ……」

「わ、悪かった。三吉が寝てやがるのが悪いのか。おい三吉、起きろ！　沙夜さんの子守唄が始まるぞ！」

揺さぶられた三吉は眉をひそめ、苦しそうに寝返りを打った。

「違うんです、辰五郎さん」

「えっ？」

「私は……子守唄を歌えなかったんです」

「はぁ？」

辰五郎はわけがわからず首をひねった。

「……私の嫁いだ先は、鶴見のとある神社でした。神主の夫も優しく、家のことを一身に任され、やりがいもありました。しかし夫婦になり二年たっても私たちには子ができなかったのです」

「ふむ……」

「その頃から家の様子は変わっていきました。ある日、お義父《とう》さまに言われ、茶屋に行ったのです。二人きりになると、体がおかしくないか調べるからと、私は着物を脱ぐよう言われました。嫌だったのですが、お義父さまには逆らえません。子のできぬ負い目もありました……。そこでお義父さまは私を念入りに確かめたのです。そのときはひどく辱《はずかし》められたような気持ちになりました」

「そんな無茶な……」

「お義父さまは私の苗床が腐っているのだとおっしゃいました。だから子ができぬのだと。私は驚き、泣いて謝りました。しかしお義父さまは許してくださいませんでした」

「ちょ、ちょっと待てよ。亭主は何してたんだ？　自分の女房だろ」

「夫もお義父さまが確かめるのを認めていたようです。親に逆らえない気の弱い人でしたし……。泣いている私を置いて、お義父さまは先に帰りました。私は店の人からせかされ、ようやく着物を着て茶屋を出たのですが、どうやって帰ったのか、今でも思い出せません」

「け、けどよ、でっちあげじゃねぇのか。医者でもないのにわかるもんか。旦那が種なしかもしれねえしな。博打だって丁と半があらぁな、ハハ」

辰五郎はなんとか慰めようと、つとめて明るく言った。

「迷惑だったでしょうね……。私は値打ちのない女なんです」

地獄の沼から湧いてくる泥の泡のような声に、辰五郎のわずかな明るさは一瞬でかき消された。

「どうしても子が欲しいってなら、もらい子でもして、里親になりゃよかったじゃねえか」

「それじゃだめなんです」

「なんでだよ?」

「私の嫁ぎ先は子宝祈願の神社だったんです。だから、子が生まれないなんて知られたらとてもやっていけません。私は消えるしかなかった……」

沙夜の声がかすれた。

(どうすんだよ、これ!)

辰五郎は唇を噛んだ。お気楽に生きてきた遊び人にはあまりにも重すぎる話である。

(知らぬが仏って本当だったんだなぁ)

どうやらとんでもない泥沼に足をつっこんでしまったらしい。

「ね。私は死んだ方がよかったでしょう。いいんですよ、今からでも。もう誰にも迷惑をかけたくありませんから」

「ちょ、ちょっと待て」

辰五郎は救いを求めてとっさに目をそらした。

すると窓の外が白み始めているのが見えた。

(今だっ！　早く出ろ幽霊！)

こんな不幸すぎる話よりも幽霊の方がまだましだ。

そんな思いと呼応するように、ぎい！　と大きく部屋が鳴ったかと思うと、枕元に髪を振り乱した爺が立った。どこかで見たような顔だ、と思ったがこの際なんでもよかった。

「払いは待ってくれぇ……」

「よく来てくれた！　いくらでも待ってやる。俺も借金持ちだしな！」

辰五郎はほっと一息ついた。男同士なら話もわかる。

「それより聞いたか今の話。ひどすぎらぁな？」

「……」

幽霊は何と言おうか迷っているようだった。しかし迷って出るのは幽霊の取り柄であることだし、気にしないで辰五郎はさらに押した。

「どう思う、あんたは？」

幽霊は辰五郎の勢いに押されたようで、仕方なくといった感じで口ごもって答えた。

「簡単なことよ……」

「ほう」

「離縁して実家に帰ればよかった。死ぬことはない……」

爺の幽霊は死んだ魚のような目をして言った。

「そうだ！　よく言った。伊達に死んでねぇな、あんた。死んで花実が咲くものか。親のいる奴らはたっぷり臑《すね》をかじりゃいいんだ」

爺の幽霊は気を良くしたのか沙夜に向かって言った。

「ご新造《しんぞう》さんよ。あんたにも親があろう。おっかさんはな、おめえをそんな目に遭わすために生んだんじゃない」

二対一になった。これならなんとかなるかもしれない。辰五郎は我知らず腕まくりをした。

しかし沙夜は不気味な爺を一顧だにせず言った。

「父と母は神社のお義父さまに平謝りでした。とんでもない娘を嫁がせてしまったと。こんな親不孝者は赤子のとき誰かと取り違えたのだろう、もう親でも子でもないと。それを聞いたお義母《かあ》さまは騙《だま》されたのだから金で弁償しろと怒鳴りました。私の行くところなんてどこにもないんです」

「何だそれは……。あんまりじゃないか」

爺の声がくぐもった。

「おい。何泣いてんだ幽霊。この役立たず！」

辰五郎が爺の頭をはたくと髪がばさっと落ちた。

「うわっ。爺、毛が抜けたぜ！」

「あっ！」

爺は慌ててそれを拾って頭にかぶった。

「あんた、やっぱり年だな。禿げもするか……」

「そんなに年じゃねえよ」

「ん？　その声どこかで聞いたような」

辰五郎は幽霊をのぞき込んだ。爺は目をそらしたが、いつの間にか朝日がくっきり差し込んでおり、顔の造作が隅々まで見えた。

「おいっ、てめえ昨日の琵琶法師じゃねえか！」

「な、何を言うのです。他人のそら似でしょう……」

爺は顔をそむけた。

そのとき、隣の部屋から騒がしい音がした。耳を当てると「早く行こう」「逃げろ」とかなんとか騒がしい。隣の客は早々と宿を発つようである。

「ははーん、読めたぜ」

「えっ」

「あんた旅籠の回しもんだろう」

「何のことでしょう？　私はこれで……」

爺が、さっと縁側の障子を開けた。

「わんっ！」

「ぎゃあっ！」

庭にいた翁丸に吠えられて爺は尻餅をついた。

辰五郎は爺の襟首をひっつかんだ。

「幽霊話で脅かして、朝飯も食わせずに追い出そうって魂胆だな」

「な、なんでそれを！」

「甘く見るねぇ。俺は土壇場の辰五郎よ。この髪無し芳一め」

辰五郎はもう一度かつらをはぎ取ると、禿げ頭をパーンと張った。

「参った……。そこまで見破られたからには煮るなり焼くなり好きにしろ」

「そうか。じゃあ琵琶を弾けよ」

辰五郎は笑った。

「えっ？」

「あんた琵琶法師なんだろう？　一曲やっていけ」

「それで許してくれるのか？」

「俺は江戸っ子よ。野暮は言わねぇ」

ったのである。

辰五郎は見得を切った。ほんとのところ、苦しいときに出て来てくれてとても助か

やがて琵琶の音が哀切に響き始めた。

辰五郎は打ちしおれている沙夜を見た。

「沙夜さんよ、言いにくいことだが俺に言わせりゃ、あんたもろくでなしかもしれねえぜ」

「えっ？」

沙夜が少し目を上げた。

「そりゃ役立たずだの、出て行けだの言った奴らは屑《くず》さ。とんでもねえと思うよ。でもな沙夜さん、あんたもなんで自分が悪いとか言って、そんな馬鹿どもに媚《こ》びるんだ。それじゃあ自分の立つ瀬がねえじゃねえか。面汚しだの、ろくでなしだの言われたら、『お前の方がろくでなしだ！』となぜ言い返さねえ。てめえがてめえを見放したら、いったい誰がてめえを担ぐんだい。ん？」

「……」

「俺はな、どんなにツイてねえときでも自分を裏切らねえ。自分が好きだからだ。たとえ親が捨てた俺でもな。手足も口もついている。くだらねえこと言われたら言い返せ。それでたりなきゃ蹴っ飛ばせ。どんなときでもてめえが一番の味方さ。覚えとき

な」

「味方……」

「そうだ。お前が死んでもその鶴見の馬鹿どもが嗤《わら》うだけだぜ。それでいいのかよ？」

「嫌……嫌です」

沙夜の顔が少し悔しそうに歪んだ。

「だろ？　そいつらはあんたのことをケツのイボより気にしてねえんだ。そんな奴らのために死んでどうする。伊勢から戻ったら馬糞《まぐそ》でも投げてやれ。なんなら手伝ってやる」

「そうだよ！　おいらも手伝うよ」

三吉が出し抜けに言った。

「お前、起きてたのか⁉」

「そりゃ起きるよ。あれだけ騒いだらさ」

「わんっ」

「ほら、翁丸も手伝うってさ、沙夜さん」

三吉が沙夜の膝に手を置いた。

沙夜が両手で顔を覆った。

「ありがとう……ありがとうございます」

しばし後、朝飯の沢庵《たくあん》をつまみながら三吉が言った。

「沙夜さん、ほんと大変だったんだね」

「しょうがないんです」

沙夜はいつものようにぼそぼそと飯を噛んだ。

「おいら、いいとこ知ってるよ」

「えっ？」

沙夜が三吉を見た。

「伊勢の内宮《ないくう》近くの猿田彦《さるたひこ》神社にね、子宝池ってところがあってさ。そこに行くと赤ちゃんを授かるらしいんだ。名所図会に書いてあったよ」

「……」

「沙夜さんも言われっぱなしで悔しいでしょ。お伊勢様にお参りしたらきっと何か変わるよ」

三吉が励ますように言った。

「確かに神さまの元締めだからなあ。なんとかしてくれるかもしれねえ」

「でも戻るつもりはないんです、あそこには」

辰五郎は膝を叩いた。

「いい方法を思いついたぜ。沙夜さん、お伊勢様の力で子をつくりな」

「えっ？」

「それでよ、その鶴見の神社に参るんだ。離縁してもらったおかげでこんな立派な子供を授かりました、そっちはまだなんですか、ってな」

「……」

その様子を想像したらしい沙夜の顔が少し上気した。

「どうでい。すかっとするだろ」

「でも辰さん、子供って誰の子だよ？」

「まあ誰でもいいやな。たとえば俺とか……俺だとか……俺みたいなやつとか？」

「辰さんは借金が五十両もあるんだろ？　沙夜さんはもっといい人と夫婦にならないとね」

「て、てめえ」

「ふっ」

辰五郎がふと見ると、沙夜が小さく笑っていた。

「辰五郎さんを見てると、なんだか悩んでいるのが馬鹿らしくなりますね」

「お、俺？　そうだよ、へへっ、馬鹿みてえだろ」

「うん！」

「わんっ」

三吉と翁丸が同時に返事をした。

「お前たちに聞いてるんじゃねえ！　ま、とにかくだ、大したことねえ世の中さ。この旅で気のすむまで寝て、うまい飯を食えばいいんだ」

「なんだよ、沙夜さんの金で食ってるくせに」

「馬鹿。それを言っちゃあおしまいよ。お前には武士の情けがないのか」

「おいら商人だからね」

「ふふっ」

沙夜がまた笑った。辰五郎もしょうがなく笑った。

やはり女は笑っている方がいい。

東海道に出てみると見事な快晴だった。右手に富士を眺めながらのんびりと行く。富士の青と空の青が重なって溶け合い、冠雪しているところだけが空に浮いているように見える。

「いやぁ、今日も旅日和だ」

辰五郎は空に両手を突き上げて歩いた。

先頭を行く翁丸の足取りも軽い。

「辰さん、なんで宿代を取り返さなかったんだよ。あの幽霊は宿の仕込みだったんだろ？」

三吉が口を尖らせた。

「なんでっておめえ、おもしろかったからさ」

辰五郎が微笑んだ。

「ええっ？」

「なんたって禿げの幽霊だぜ？　しかも客を泣かせるはずの幽霊が、沙夜さんの話に泣いてやがった。こんな見ものはなかなかねえぜ」

「でもなぁ……」

「これが世間ってものよ。みんな切実、騙して騙されてよ。おめえみたいに四角四面じゃこの世はわたっていけねえぞ」

辰五郎は豪快に笑った。

十　蒲原宿～由比宿

一行は元気よく西へ向かい蒲原《かんばら》宿を抜け由比《ゆい》宿についた。中央通りを歩くと、大きな本陣があり、その表門の向かいには〈正雪紺屋《しょうせつこうや》〉と白く染め抜かれたのれんがあった。

「三吉。ここは由比正雪《ゆいしょうせつ》の家なんだぜ」

広い間口を覗き込みながら辰五郎は言った。

藍草を発酵させて玉にした、すくものよい匂いがする。

「由比正雪って？」

「手習い所で習わなかったか？　巷《ちまた》にあふれる痩せ浪人を救うため、敢然と立ち上がった軍学者だ。あの徳川の将軍様に初めてたてついた奴よ。肝っ玉が太えじゃねえか」

「へえ、その人、最初は紺屋だったんだ？」

三吉が紺屋を覗き込んだ。

「そうさ。生まれなんか関係ねえ。器量と才覚さえあればなんだってできる。三吉、お前は勉強が足りねえんだ。しっかりやって将軍様よりえらくなってみろ」

辰五郎が偉そうにふんぞりかえったとき、

「これ、お主」

と、後ろから声をかけた者がいた。

振り返ると、眉の上に傷がある浪人がこっちを見ている。

「なんだよ、お前は」

「上様の話はそれくらいにしておけ。見ろ、本陣を」

浪人は視線を動かさずに言った。

「なんだってんだよ……。あっ！」

本陣に運び込まれる荷にかけられた布に葵《あおい》のご紋が染め抜かれているのが見え、辰五郎は仰天した。

「おい、まさかありゃ徳川様……」

「さてな」

浪人は謎めいた微笑みを見せて、歩いて行った。

「くわばらくわばら……。手打ちになっちまう」

辰五郎は首を縮め、三吉たちを連れて紺屋を離れた。

さらに由比の宿場を進むと、香ばしい天ぷらの匂いが流れてきた。

「おっ。うどん屋か」

店を覗き込むと鉄鍋に何枚もの天ぷらが揚げられている。

「そういえばお腹すいたね」

三吉が子供らしい旺盛な食欲を見せた。

「姉さん、おすすめはあるかい」

「もちろん。掻き揚げうどんさ。食べていっとくれよ」

答えた女の白い頰は丸く、もちもちとしていた。元気いっぱいである。その明るい調子に、辰五郎まで何かうれしくなった。

「掻き揚げか。うまそうだな」

揚げたての天ぷらからはしゅわしゅわと音が聞こえていた。

「いくらだ?」

「四十文だよ」

「ほう。たけえな」

辰五郎は沙夜から預かっている財布を取り出して中を見た。さすがに、かなり減ってきている。

「まあここは我慢のしどころよ。俺以外は素うどんでいい」

辰五郎は掻き揚げうどん一つと素うどん二つを注文した。

「待ってよ! なんで辰さんだけ掻き揚げうどんなんだよ」

三吉が口を尖らせた。

沙夜までどこか辰五郎を訝しそうに見る。

「しいっ！　大声出すな。俺の掻き揚げを三つに割って載せるってことよ」

「あっ……」

「貧乏人の知恵ってもんだ。俺が独り占めをするような、そんなせこい男に見えるか？」

「見える。翁丸の金を盗もうとしていたしね」

「あれはお前の思い違いだ！　ちょいと中身を確かめただけだろ」

「どうだか」

いつものように三吉と言い合っているとすぐにうどんが来た。器に盛られたうどんの真ん中に掻き揚げが載っている。

「いい匂いだなぁ」

「うん！」

「これを三つに割って、と」

辰五郎は三吉と沙夜の素うどんに掻き揚げを載せた。

「待って。おいらのが小さいよ」

「大人と子供じゃ体の大きさが違う。当たり前のことだ」

「普通は子供に大きい方をあげるもんだろ？」

「甘やかしちゃいけねえ。俺は今、お前の親代わりなんだ。しっかりと躾《しつけ》を……」

「あっ」

唐突に沙夜の声がした。

「どうした？　……あっ！」

愕然《がくぜん》とした。辰五郎のうどんの上の掻き揚げが忽然《こつぜん》と消えていた。

「沙夜さん、まさか……」

「い、いえ……」

沙夜が目を見開いて首を振る。そんな様子がちょっとかわいかった。いやしかし、今は掻き揚げのことだ。

どこにいったかとうろたえていたとき、

「ぐふっ」

と、喉の詰まるような声が聞こえた。

翁丸が目を白黒させて無心に口を動かしている。

「あっ、ワン公！　てめえか！」

「熱かったのかな？」

三吉が目を丸くしている。

「馬鹿言うな。猫舌ってのは聞くが、犬舌なんてのは聞いたことがねえ」

「全部食べきっちゃった……」

「こらワン公！　吐き出せ」

辰五郎はむんずと翁丸の首のしめ縄をつかんだ。

「辰さん、罰《ばち》が当たるよ！」

周りの客も辰五郎を冷たい目で見たので、しぶしぶ手を放した。

「なんて贅沢《ぜいたく》な犬だ。掻き揚げを食う奴があるか。せめて蒲鉾にしろよ……。よし、こうなったら掻き揚げ三枚追加だ！」

「あいよ」

店の女が元気よく答える。

「ちょ、ちょっと、どうして三枚になったんだよ？」

「人間様が犬より食わねえなんてことがあるか。こうなりゃしっかり食ってやる」

「もう……。子供みたいだね」

「また稼げばいいのさ。おい、うどんが伸びる前に揚げてくれよ」

「はーい！」

「あと、蒲鉾もくれ」

辰五郎は足でしっかり翁丸が近づくのを防ぎながら、掻き揚げを待った。犬には蒲鉾で十分だ。

三人と一匹は腹をふくらませて由比を発ち、望嶽亭《ぼうがくてい》を過ぎると難所の薩埵峠《さった》にさしかかった。峻険な山道を辰五郎たちが息を切らせて登っていくと、あるところで突然、崖の背後に富士山がのぞいた。その下に見える海には日があたり、緑味をおびている。富士が海に浮かんでいるように見えた。

「きれい……」

汗まみれになり、細い髪が額にはりついていた沙夜が思わず感嘆の言葉を漏らした。

「昔は崖下の海岸に道があったそうだよ。砂浜を歩くと、ときには波にさらわれたそうだが」

「親子が別れ別れになったこともあって、親知らず子知らずって言うんだよね」

これも〈東海道名所図会〉で知識を仕入れたらしい三吉がわけ知り顔で言う。

「まあ少し違うが、おおむねそういったことだ」

辰五郎は不満げに言った。お株を奪われたようでなんだか悔しい。沙夜はそんな辰五郎の自慢したい気持ちも知らず、海岸を恐ろしげに眺めている。

(一度は死のうとしたのに、怖がるなんて変なもんだ)

辰五郎は沙夜の様子を見て微笑んだ。

十一　興津宿〜江尻宿

　難所の薩埵峠を抜け、みかん畑を下っていくと興津《おきつ》宿に到る。東と西の二つの本陣を過ぎると、右手には東海の名刹清見寺《せいけんじ》があり、門前町は多くの参詣の人々で賑わっていた。石段の上にある門をくぐると緑の木々が茂り、中に構える本堂や仏殿は荘厳である。山の斜面には五百羅漢《ごひやくらかん》のさまざまな石像が配置されていた。

　柄杓を持って境内でおかげ参りの寄進を集めつつ、先へと進んだ。

　興津をすぎて庵原《いはら》川を渡ると江尻宿に入る。眼下には清水湊《しみずみなと》の町が広がり、その向こうに三保の松原が見えた。夕暮れ近くの深い青をたたえた海の上には、白帆を膨らませた舟が家路を急ぐように走っている。

「江尻の名物はな、追分羊羹《おいわけようかん》なんだ」

　三吉に言うと辰五郎は茶屋の前で止まった。一日歩き通して足に重い疲れを感じている。博打暮らしでなまった自分の体が恨めしい。

「食べていく？」

「そうさな。沙夜さんも疲れただろうしな」

「いえ、私は大丈夫ですが……」

「いや、無理しちゃなんねえ！」

辰五郎の声が大きくなった。

「あんたは初めての旅だろ。俺っちに任しときな」

言うやいなや真っ先に縁台へ腰を下ろした。これ以上は自分が無理である。みっともないところを見せたくなかった。しかし三十五という年は今までとはどこか違う。もう若くはないということなのか。辰五郎は首の汗を拭いた。翁丸が手ぬぐいの匂いを嗅いでくる。この犬はおっさんの匂いが好きと言った三吉が憎らしい。俺は断じておっさんではない。

しばらくして注文した追分羊羹が運ばれてくると竹皮の良い香りがした。

口に入れると羊羹の甘さが舌の上に広がり、体中の疲れが癒される気がする。

「うめえなぁ。姉ちゃん、熱い茶をくれ！」

「はいよ」

赤い前掛けをした娘が心得たとばかりに煎茶を持ってきた。熱さに口をとがらせて飲むと、茶の渋さがいっそう羊羹の甘さを引き立てる。

「ほえー」

思わず変な声を出してしまう。

「辰さん、おいしいよ、これ！」

どうやら三吉も疲れていたらしい。甘い物を食べて声に元気が出た。

「羊羹の中にまで竹の香りが染み込んでいますね」

沙夜もほっと笑顔になっていた。

「おかわりしていいからな、沙夜さん。それと三吉、翁丸が狙ってるから気をつけろ」

「うそっ？」

三吉が翁丸の鋭い眼光を見て、慌てて羊羹を持ち上げた。

「ワン公、お前に羊羹は十年早ぇ」

「くぅ～ん」

翁丸が鼻にしわを寄せ寂しげな顔をする。

「翁丸、私のをお食べ」

沙夜が助け船を出した。

「沙夜さん、あんまり甘やかさない方がいいぜ」

「でも……。私のおかわりの分を翁丸にあげたと思って」

「しょうがないなぁ」

翁丸は得意げな顔で羊羹をくわえると辰五郎に尻を向けた。

「こいつめ、ちゃっかりしてやがる」

翁丸は一口で羊羹を食べ、辰五郎の方をちらっと振りむいた。

「なんでえ、ワン公。不服か？」

「違うよ辰さん。お茶も欲しいって顔だよ」

「馬鹿か！」

辰五郎は額に手を当てた。そんな贅沢な犬がいるものか。

しかし、三吉が手の平に少し茶をたらして差し出すと、翁丸はぺろりと舐めて一つ頷いた。

「ほら、満足だって」

「嘘だろ⁉　お前、何者だよ」

覗き込むと翁丸の瞳はどこまでもすきとおっていた。

何か威厳のようなものを感じて、辰五郎は自分の頭がおかしくなったのかと身震いした。

「さあ、食ったら行くぞ。次は府中だ」

羊羹を食べた勢いで辰五郎の一行は再び歩き出した。

十二　府中宿

江尻宿から二里二十五町歩くと、府中宿に至る。徳川家康が少年期を過ごしたこのあたりは、駿河国の国府がおかれていたため、「駿府《すんぷ》」「府中」などと呼ばれる城下町だ。

辰五郎一行が到着したときにはすっかり日も暮れていた。

「遅くなっちまったな。まだ宿がありゃいいんだが」

辰五郎たちは暗い街道を歩いて宿を探したが、おかげ参りの旅人たちで宿は混んでおり、なかなかいいところが見つからなかった。辰五郎たちは七間町《しちけんちょう》のあたりまで歩き、ようやく泊めてくれそうなところを見つけた。

しかし、宿の女将は翁丸を見ると、

「だめだよ、犬は。帰っとくれ」

と、顔をしかめた。

「なにも部屋に入れてくれって言ってるんじゃねえんだ。ちょいと庭においといてくれれば……」

「あたしゃあね、犬が近くにいると、くしゃみが出るんだ。なぜだか知らないけどね。とにかくお断りさ」

「なあ、おとなしくさせるから、そこをなんとか……」

「他の宿を探しな。別にこっちから泊まってくれって頼んでんじゃないからね」

「だって他の宿はいっぱいなんだよ！」

「知ったこっちゃないよ。人にはそれぞれ事情があんのさ」

「ぐ……」

「じゃあね」

女将がぴしゃりと戸を閉めた。

「くそっ。しょうがないな……」

「まさか翁丸を放り出すの？」

「放り出すも何も、行先は同じだ。また会えらあな」

「でも……」

三吉が寂しそうに翁丸を見た。

「じゃあな、ワン公。また会おう」

辰五郎は入り口の戸に手をかけた。

「くぅーん」

翁丸が寂しそうに鳴く。

夕暮れにそんな声を聞くと辰五郎は切なくなった。

「参ったな。いったんワン公から離れるぞ。三吉、沙夜さん、走れ！」

辰五郎は街道を走った。三吉と沙夜が後に続くと、翁丸も嬉しそうについてくる。

（相手は犬だ。よく考えりゃ、振り切れるわけねえか）

辰五郎は足を緩めた。楽々ついてきた翁丸は辰五郎たちが遊んでくれていると思っているのだろう。

「こうなりゃ奥の手だ。来な」

辰五郎は三吉と沙夜に声をかけると、大きな一膳飯屋に入った。下働きの老爺《ろうや》が入り口におり、翁丸は入るのを躊躇《ちゆうちよ》している。

「裏口から出よう」

「かわいそうだよ」

三吉が口をとがらせる。

「でもこのままじゃ俺たちも泊まれねえ。沙夜さんがいるのに野宿になってもいいのか？」

「うーん……」

「いいんですよ、私はどうなったって……」

「いやいや沙夜さん、こんなときにややこしいこと言ってもらっちゃ困る。寝ないとろくに歩けねえんだから、ほんと」

辰五郎はさっと裏口から出た。

そのまま三人で細い側道を進み、街道に戻る。

「まいたか？」

「いないよ、翁丸……」

三吉が寂しそうに言った。

「明日またすぐに会えるさ。やつは間抜けそうに見えて案外かしこい犬だ」

「おいらたちとはぐれて泣いてないかな？」

「言うだろ、かわいい子には旅をさせろって。眠くなったらそこらへんの縁の下で寝るだろう。さあ、宿に戻るぞ」

話しながら辰五郎たちは宿屋に引き返した。

「あったかい縁の下があるといいね」

「大丈夫。きっといいご縁がある……」

「あっ、翁丸！」

三吉が駆けだした。

翁丸は先ほどの宿屋の前でちょこんと座り、待っていた。

「帰ってたの、翁丸⁉」

三吉が抱きついた。

「わんっ」

翁丸も元気に尻尾を振る。

「頭がいいな。ちゃんと覚えてやがる……」

「すごいね！　ねえ辰さん、なんとかならないの？」

「しかしなぁ」

辰五郎が困って頭を掻くとぽつりぽつりと雨が降って来た。こうなれば否が応でも早く宿に入りたい。

「辰さん、翁丸が雨に濡れちゃうよ。なんとかしてよ！」

早くも雨が翁丸の背中にかかり、白い毛が水玉を弾いている。

「辰五郎さん、私からもお願いします」

沙夜も頭を下げた。

「うーん」

辰五郎は腕を組んだ。しかし、この旅で沙夜が何かを強く望んだのは初めてだなと気づいた。知り合ったころと比べて口数が増えてきている。そうなるとなんとかしてやりたくなった。

困って見回した街道に古道具屋がまだ開いているのを見つけた。

(よし、こうなったら……)

辰五郎は心を決めた。

「ワン公。ひらめいたぜ」

「どうするの？」

三吉が期待を込めて辰五郎を見る。

「まあ見てな。こうなったらワン公にたらりと油を垂らしてもらうさ」

「くぅん？」

翁丸が首を傾げた。


それからしばらくして、辰五郎は再び先ほどの宿を訪れた。

「ごめんよ」

声をかけると女将が出てきた。

「なんだ。またあんたかい？」

「もう犬はあきらめた。俺たちだけで泊めてくれ」

「そうかい。それなら私も文句はないさね。さあさ、ごゆっくり」

女将は手のひらを返したように、にっこり微笑むと、辰五郎の荷物を持とうとした。

「いや、いいんだこれは。自分で持つから」

辰五郎は肩に担いだ葛籠《つづら》を女将の手から遠ざけた。

「なんだい、それ？」

「ああ、これは……炬燵《こたつ》だよ。手放せなくてな」

「こんなに暖かいのにまだ？」

「実はこう見えてよ、冷え性なんだ」

「へえ……」

女将が疑わしそうにじろじろ見た。

辰五郎たちは顔に笑顔を貼りつけて足早に部屋に入り、葛籠を下ろした。ふたを開けると、翁丸が元気よく飛び出してくる。

「わんっ」

元気よく尻尾を振る。

「ワン公、静かにな」

「わん」

翁丸が何か悟ったのか小さく鳴く。

「お前、人の言葉がわかってるんじゃねえのか？」

辰五郎はまじまじと翁丸を見た。

「でもよかったね。これで雨に濡れないよ」

三吉が翁丸の頭を撫でた。

「贅沢な犬だぜ、まったく……。あっ！」

気づかぬうちに、早くも翁丸は座布団の上に座っていた。

「こんにゃろ！」

さっと辰五郎が座布団を抜くと、翁丸はすてんと畳に転がった。

「こいつは人間様の座布団だ。生意気な奴め」

ぶつぶつ言うと、翁丸の目尻が下がった。笑っているように見える。この愛嬌がなんとも憎めない。

「調子のいい奴だ、飼い主の顔が見たいぜ」

「でも誰が代参を頼んだんだろうね」

「おかげ参りにも行けない貧乏な奴だろうな。こいつも食い意地が張ってるし」

「あっ、そろそろ晩御飯じゃない？」

三吉が言ったとき、襖《ふすま》の外で声がした。

「お食事です」

さっきの女将の声である。

「やばい！」

辰五郎はとっさに葛籠のふたを翁丸にかぶせた。

その刹那《せつな》、襖が開いた。

「遅くなりましたがどうぞ」

女将が運んできた旅籠の料理は桶寿司《おけずし》であった。食膳を三つ、順番に並べてくれる。

「おお、こりゃ豪勢だ」

辰五郎は歓声を上げた。飯の上に鯛の切り身と海老《えび》、小鰭《こはだ》を酢でしめたものが盛りつけられており、さらに芹《せり》と三つ葉、仕上げに山葵《わさび》の塊が真ん中に飾られているちらし寿司である。

「うめえ！」

女将が全て配り終わらぬうちに酢飯をかき込んだ辰五郎が思わず叫んだ。海の幸と山の幸の相性がよく、口の中でとけ合う。

「こりゃいいね、女将」

辰五郎が笑みをこぼした。

「だろ？　隠し味に茶っ葉が入ってる……、くしゅん！」

女将が派手にくしゃみをして鼻を押さえた。

「おっ、風邪かい？」

「あんたたち、ほんとに犬はいないんだろうね？」

「きっと着物に犬の毛がついてるんだろう。飯を食ったらすぐ風呂に入るよ」

辰五郎は葛籠を横目で見て冷や汗をかいた。

「たのむよ、ほんとに」

女将が最後の膳を置いたとき、葛籠のふたがふわっと宙に浮いた。

（やめろ、翁丸！）

ふたの下から翁丸の四足がのぞいている。寿司の匂いにつられたらしい。

（じっとしてろ！）

願いもむなしく、ふたは素早く動いて女将の方に走り寄った。

そのとき、三吉が飛びついてふたを押さえた。

（いいぞ三吉！）

辰五郎は心の中で喝采を送った。ばれたらすぐに宿を追い出されてしまう。

ほっとしたが、それも束《つか》の間《ま》、

「わんっ！」

と、翁丸が抗議するように小さく吠えた。

「えっ？　何か言ったかい？」

女将が振り向いた。

「椀《わん》！」

辰五郎がとっさに言った。

「えっ？」

「椀だよ椀。この椀、いい造りだなぁ。府中の漆器は名物だが、さぞかし名のある職人がこしらえたに違いない。これ、高かっただろう？」

「いえいえ、酉《とり》の市で買ってきたもんですよ」

女将は面映ゆいといった感じの笑みを浮かべた。

「わかってねえなあ、女将さん」

「えっ？」

「ときには天才でも凡作を作る。その逆もしかりさ。つまり何のとりえもないぼんくらが、ある日とんでもない名器を作っちまう。この椀がそれさ」

「へえ、そんなものかい？」

女将がまじまじと器をながめた。

「見てみな、このつやと木目。手触りも格別だ」

「そんなにいいの？」

「いいともよ。こんな椀で味噌汁を飲ませてくれようなんて、この宿はほんとに大したもんだ」

「あはは、いやだよ、この人は。口がうまいねえ」

女将が満面の笑みを浮かべて、辰五郎の肩を叩いた。

「後で布団を敷きに来るからね」

「いやいや、ゆっくり休んでなよ。俺たちで全部やるからさ」

「あらそうかい。悪いねえ」

女将は上機嫌で出て行き、ようやく三人になった。

「ふう、助かった……」

気を遣いすぎた辰五郎が畳に倒れ伏した。

三吉が葛籠のふたをどけると、翁丸が飛び出して来てゴロリと畳に転がった。

「辰五郎さん」

「ん？」

「優しいんですね」

沙夜が小さな声で言った。

「なんだって？」

「いえ……」

沙夜は少し赤くなって目を伏せ、鯛の切り身をつまんだ。

しかしツキがあったのはそこまでだった。

翌日、朝飯の膳が並んだ後、三吉が厠に立ったとき、翁丸が鱚《きす》の塩焼きに目をつけた。

「おい、そりゃあ三吉の分だ」

「くぅ～ん……」

残念そうな目で辰五郎を見る。

「でもここにいないのが悪いな。食っちまえワン公」

辰五郎が歯を見せて笑ったとき、障子が開いた。

「叩き納豆を持ってきてやったよ。坊やが喜ぶだろ？」

出し抜けに女将が顔を出した。

辰五郎は翁丸に飛びついて浴衣をかぶせた。

「あら。坊や、具合が悪いのかい？　なんだか臥せっちまってさ」

「いや、ただの猫背なんだ」

「だってさ、はあはあ言ってるじゃないか」

鱚の塩焼きを食ってうまかったのか、翁丸の息が荒い。

「飯がうますぎて感激してるんだ。なんせ我が家は貧乏で。なあ、沙夜」

「え、ええ……」

「そうかい。でもそんな犬食いしてちゃ、世間様に笑われる。あんた親だろ。ちゃんと躾けてやんなきゃ。ほら、坊や……」

女将が背中に手を当てると、浴衣が滑り落ちた。

「わんっ！」

「ぎゃあああっ！」

振り向いた翁丸を見て、女将がひっくり返った。

「な、な、な……」

女将は口をぱくぱくするだけで声にならない。

「あれっ？　三吉、毛深くなったなぁ。白髪の数も増えて……」

「いいかげんにおし！」

女将が怒鳴った。

「犬は駄目だって言ったろ！　出て行きやがれっ！」

「わかったよ。すぐ出るってば！」

「この嘘つき！　は、はくしゅっ！」

女将が盛大に鼻水を飛ばした。

「お腹すいたね」

街道に出て歩き始めると三吉が言った。

「ワン公のおかげで朝飯を食い損ねちまったからな」

「でも、女将さんにはちょっと悪いことをしましたね」

「結局宿代を割り増しで取られたんだ。許してくれるさ」

「叩き納豆、食べたかったなぁ」

　三吉が口をすぼめた。

　包丁で叩いた納豆に細かく刻んだ豆腐や菜っ葉、葱《ねぎ》などを入れたものを叩き納豆といい、朝飯の友としてよく売られているものである。三吉はことのほかそれが好きだったらしい。

「ちょっと考えてみろ三吉。もう少しで安倍川だぞ」

「あっ、安倍川餅がある！」

「そういうことよ」

　辰五郎はにやっと笑った。

「考えてもみろ。次の鞠子宿にはお待ちかねのとろろ汁もあるんだぜ。してみると朝飯は食わないでよかったのさ」

「そっか！　じゃあ早く行こうよ」

　三吉は元気を取り戻すと歩き出した。

　一里塚をすぎるとやがて安倍川が見えてくる。橋の手前には石部屋《せきべや》という店があり、少し行列ができている。

「辰さん」

「おうよ。あれだ」

三吉と目を合わせ、辰五郎は列の後ろにならんだ。客の回転はよくて、あまり待たされることもなく三人は店に入った。

入れない翁丸がややうらめしそうな顔でこっちを見ている。

「ちぇっ、あいつのせいで追い出されたっていうのに」

「翁丸は甘いものも好きみたいだね」

「そのうち虫歯になるんじゃねえか？」

辰五郎は土間に入り座布団を敷いた床几《しょうぎ》に腰を下ろした。他に小上がりもあり、そちらには商人たちが腰を下ろしている。

「もうすっかり商人の世の中だなぁ。武士なんて小さくなってやがる」

街道を早足で進んでいく小藩の参勤交代を見ながら辰五郎はつぶやいた。

「三吉。お前もお店《たな》で出世したら威張れるようになるぞ」

「駄目だよ、おいらなんか。もう旦那さんが目をかけている人がいるからね。一生、下働きだよ」

「ガキのうちからあきらめるやつがあるか。算盤《そろばん》の腕を磨きゃ、どっかで立つ瀬もあるだろうが」

「えらくなったって褒めてくれる人もいないしさ」

三吉が少しさびしそうに言った。

「馬鹿、俺がいるじゃねえか。番頭にでもなったら、角樽《つのだる》持ってかけつけてやるさ」

「ふうん……」

三吉が疑わしそうに見た。

「辰さん、それまで生きてるかな？」

「何を言いやがる。俺は土壇場の辰五郎だ。修羅場には慣れっこよ」

「でも、博打で勝てなくなったんでしょ？」

「ま、そりゃあ今はガミ食ってるさ。でもな、ツキには浮き沈みがある。ツイてないときにはたっぷり負けておいてやるのがいいってことよ。下手に抗わず、目が出るまで流されてりゃいいんだ。もうちょっとすりゃ俺には伊勢の神様も味方することだしな」

「辰さんは罰を当てられそうだけどね」

「当たるも八卦《はっけ》、当たらぬも八卦よ。しかし、俺で信用できねえってんなら沙夜さんもいる。なあ？」

「えっ？」

急に振られて沙夜が慌てた。

「この三吉がよ、めでたく出世したら、沙夜さん、あんた祝いを持って行ってくれるよな」

「……私がですか？」

「そうよ。もう家族連れで何泊したと思う？　一宿一飯の恩義ってのもあるんだから、これだけ一緒に旅をすれば家族も同然。息子の晴れの姿を祝ってやらない母親がどこにいる」

「はい、わかりました。私でよければ……」

沙夜は生真面目に答えた。

「見ろ三吉。これでやる気が出ただろう」

「うん……」

三吉は恥ずかしそうに沙夜を見た。

「でも……」

沙夜がおずおずと言った。

「私、そのときまで生きてるかしら？」

「なっ……！」

辰五郎は崩れ落ちそうになった。

「今約束したろ。三吉を祝ってやるって。あんたが死んだら三吉が一人さびしく泣くんだぞ。給金を貯め込んでも、しょせん金や銀の塊よ。あったかくねえ。一緒に喜ぶ人がいて、はじめて幸せを感じるってもんだ。三吉が手柄も祝ってもらえず、ひとり凍えてもそれでいいってのか？」

沙夜は三吉を見た。

「なんとか……やってみます」

「よし決まった。ちょうど安倍川餅も来たぜ」

女中が盆に載せてきたのは、きな粉に包まれた餅であった。

辰五郎は箸でつまんで口に放り込んだ。

「ほ、ほ、ほ、うめえ！」

「辰五郎さん、この餅、とろっとろだよ！」

「でも……噛みごたえもたっぷり」

朝飯抜きの三吉と沙夜も笑顔になる。

安倍川餅はつきたてでほんのり温かい。どうやら餅を湯煎して硬くなるのを防いでいるようだ。

「安倍川の上流じゃ砂金が取れるんだ。それでこの餅のきな粉を、『金な粉』としゃれて東照大権現様に献上したとき、感心して安倍川餅と名づけられたそうだぜ」

「確かに砂金のようにも見えますね」

沙夜が箸でつまんだ餅を見つめて言った。

「でもな、三吉。ここは腹八分……、いや、腹七分にしておけ。次の宿にも名物があるからな」

「うん。でも一つ翁丸に持っていくよ」

「三吉さん、私の分も一つ」

沙夜が三吉の皿に餅を一つ載せた。

「なんだよ、それじゃ俺が悪者みたいじゃねえか」

仕方なく辰五郎も餅を一つ、三吉の皿に載せた。

店を出ると、三吉は翁丸に安倍川餅を三つ差し出した。

「翁丸。これはね、砂金みたいな粉を大権現様が……」

三吉が話しているうちに早くも翁丸が餅をかっさらった。

「ちょっと、話を聞いてよ！」

「がはは、ワン公も腹減らしてたんだな」

「わんっ」

翁丸が粉まみれの黄色い口で楽しそうに吠えた。

十三　鞠子宿

安倍川を渡り、間《あい》の宿の手越を過ぎると鞠子宿である。街道は丸子《まりこ》川に沿って続き、途中、左に折れて丸子橋を渡るが、橋の手前には慶長元年（一五九六年）創業の丁子《ちょうじ》屋《や》がある。

「ごめんよ」

辰五郎が入っていくと、ぷうんと自然薯《じねんじょ》の香りがした。すぐに腹が鳴る。安倍川餅を一皿で我慢した甲斐《かい》があった。

三吉も小鼻を広げている。

「三人前、頼むよ」

言うと壁際の席に座った。

ますます金が減っていくが、おかしなもので懐が温かいと節約も考えるのに、なくなりかけるとままよと使ってしまう。

しばらく待っていると、麦飯の大きなお櫃一つと丼に盛られた真っ白なとろろ汁、香の物に葱と味噌汁が運ばれてきた。

茶碗《ちゃわん》に熱々の麦飯をよそい、とろろ汁をかけて葱を散らすと箸でかき込む。舌にとろりとした感触を残し、喉の奥にやわらかい塊があたった。飯がとろろ汁の中でほぐれて泳ぐ。ほくほくと噛むと、鼻から葱の香りが抜けた。

「か〜っ、こいつはたまらねえ」

辰五郎が満足の息を吐く。

見よう見まねで食べていた三吉も目を細めていた。

「三吉。こりゃ白味噌だぜ」

辰五郎が問わず語りに言う。

「出汁は鰹《かつお》の削り節、それに卵……。見事なもんよ。香の物も味が濃い。口がさっぱりしてまたとろろ飯が食べたくなるってもんさ」

道楽者の辰五郎はもちろん食道楽でもあるから、単に美味《うま》いだけではすませない。どう美味いか、いかにつくられているかまで考えると余計に食の楽しみは広がる。

三吉も麦飯をおかわりしてはとろろ汁をぶっかけ、夢中で食べていた。沙夜までも、おかわりしている。

「とろろ汁は精がつくぜ。これ無しじゃあ宇津《うつ》の山は越えられねえ」

辰五郎はさらに干物の焼き魚を頼んだ。できたら酒もやりたいところだがまだ朝なのでしぶしぶ我慢する。

三吉はついに食べすぎて腹を押さえた。

「辰さん、もう動けないよ」

「ちょっと休んでろ。そのうち腹もへこむさ」

辰五郎は厠へ立った。

厠の中でかがみ込んでいると、近くの森から風に乗って声が聞こえてきた。

「――の賽《さい》は間違いねえ。仕込んでるのさ」

そんな声がした。

「賽」という言葉に聞き耳を立てた辰五郎は用を切り上げて厠を出ると、そっと庭に降り、森に分け入った。

「だからそこで丁に張りゃいい。半のツラが続いて、ここ一番盛り上がったところでどんとな」

「へえぇ。そりゃいい仕掛けだね」

辰五郎はぴんと来た。これはどえらい儲け話である。

話している二人はどうやら渡世人のようだ。

「女の持ってる扇子がな、くるりと翻ったらおなぐさみよ。女と同じ目にどんと張れ。必ず勝てる」

「十五日の宵だね」

「ああ。岡崎宿の随念寺《ずいねんじ》の裏の賭場だ。ほんとは俺が行きてえんだが、どうしてもぬけられなくてな」

「よし。なんとしても岡崎まで行かにゃ」

「二割はくれよ」

「まかしときな」

男たちはぷいと別れた。

岡崎に行くと言った男の足取りは軽い。

(十五日といえば六日後だ。こりゃいい。岡崎宿の随念寺の裏って言ってたな)

辰五郎の胸が躍った。ついにツキがやってきた！　しかも確実に勝てる仕掛けである。ツキが回復するときは大体このような露骨な形を取ることが多い。

辰五郎はもう一度厠に入って最後まできっちり用をすますと、席に戻った。

「よし、ワン公の分も買うか」

「えっ？　いいの？」

「あたぼうよ。あいつも家族さ」

辰五郎は太っ腹になって、言った。

店を出ると翁丸が舌を出して待っていた。飯をもらえるのか、それとももらえないのか判じかねている様子である。

「沙夜さん、頼む」

「ええ」

沙夜が麦飯の握りを差し出した。

「わわんっ！」

尻尾をぴんと立てて翁丸は走り寄った。ぱくりと頬張り、沙夜の指まで入念に舐める。

「くすぐったい……」

沙夜が片目をつぶって笑った。やっぱり女は笑顔がいい、しゃがんだ着物の裾からのぞく白いふくらはぎがまぶしく、辰五郎はふと目を逸《そ》らした。

「さて、行くか三吉」

「うん。満腹だよ！」

三人と一匹は再び元気に歩き出した。

十四　岡部宿〜藤枝宿

丸子橋を渡り、宇津の山の峠の急峻を物も言わずにもくもくと越えていく。

途中、道の左側には〈蔦《つた》の細道〉があり、在原業平《ありわらのなりひら》が『伊勢物語』の中で、「駿河なる　宇津の山べの　うつつにも　夢にも人に　あはぬなりけり」と詠んだ厳しい道である。豊臣秀吉がこの細道のそばにいくぶんなだらかな街道を開いたのだが、だとしても険しい道であった。道中、岡部川で汲《く》んだ清水がきりりと腹に沁《し》みる。

峠を越えるとすぐに岡部の宿であったが、下り坂で勢いのついた足で辰五郎たちはするりと抜けていく。茶屋からは竹の子まんじゅうや焼き豆腐の香りがしたが、脇目もふらず通り抜けた。

今まで名物と見ると必ず味見をした辰五郎だったので、三吉が不審そうな顔をした。

「辰さん、寄って行かないの？」

「ないからな」

「えっ？」

「だから金がなくなったのさ」

「ええっ！」

三吉が唖然《あぜん》とした。

「ないって全部？　みんな使っちゃったの⁉」

辰五郎は返事の代わりに沙夜の財布をひっくり返して振って見せたが、中からは埃《ほこり》がパラパラと落ちただけだ。

「まあこの財布を売ればあと少しは……」

「何やってるんだよ！　まだ先も長いのに。なんで先のことまで考えないの⁉」

「はっはっは。明日のことは明日考えりゃいいのさ」

辰五郎は豪快に笑った。

「明日じゃなくてもう今日だよ、困ってるのは！」

「だから考えてる。今のところいい案は浮かんでねえが」

「これからどうするの⁉　宿代は？」

「俺も困ってるんだって。金がなきゃこのまま野宿だしよ。柄杓でちょいと稼いでもせいぜい木賃宿《きちんやど》に泊まることになる。まずいよなぁ」

「他人《ひと》ごとみたいに言わないでよ！」

「うーん、一人、いや一匹だけ銭を持っているやつがいるが……」

辰五郎が翁丸を振り返った。

翁丸は尻尾を振って辰五郎を見返している。

「駄目だよ、それは。翁丸の寄進なんだから」

「だったらしょうがねえ。三吉、働け！」

「なんでおいらが働くんだよ。使い込んだのは辰さんだろ？」

「これまで良い思いをさせてやったじゃねえか。貯めてばかりで金を使わない奴は最後まで何も楽しめねえ。気づいたら死んじまってるのさ」

「だからって全部使っちゃうのはあんまりだよ……」

三吉ががっくりと肩を落とした。

「あの……」

沙夜がおずおずと口を開いた。

「辰五郎さん、ガマの油売りはだめなんですか？」

「それがなぁ。ガマはちょいとヤバイ。菊佐の野郎が俺を探してるにちげえねえからな」

「そうですか……」

沙夜の顔にも影が差した。

（まずい！　せっかく明るくなりかけていたのに）

辰五郎がやや焦ったとき、

「わんっ！」

と、藤枝宿にちょうど入ったあたりで翁丸が吠えた。

見ると、道端の人ごみの中に『奉納武芸大会』と書かれた神社の看板が見えた。翁丸がこれを見ろと言わんばかりに看板の横にいる。

「武芸大会だって？」

辰五郎は人をかき分け、看板に近寄った。

「なになに、なんぴとたりとも参加を拒まず。ただ剣の腕のみをもって決着つけるべし。優勝は……五十両⁉」

辰五郎は驚いた。五十両あれば江戸での借金が一気に返せてしまう。

看板を見た者たちも口々に誰が出るのかと話し合っていた。

「辰さん、まさか強いの？　道楽者だからきっと剣道楽も……」

三吉が期待のこもったまなざしで辰五郎を見た。

「馬鹿。剣なんて道楽でするもんじゃねえ。死んじまうじゃねえか」

「なあんだ……」

「でも、この際だから出てみるか」

「ええっ⁉」

「よく読んでみろ。優勝は五十両、そして一勝ごとに一分とある。この際、一分でもありがたいじゃねえか」

「でも、大丈夫なんですか？」

沙夜が心配した様子で聞いた。

「腕自慢が出るのでしょう？」

「木刀での試合《さわ》さ。まさか命まで取られやしめえ」

辰五郎は爽やかに笑うと腕の肉をぐっと盛り上げて見せた。沙夜に伊達っぷりを見せ、金まで稼げたらきっと辰五郎の株は上がるだろう。なんなら本当に女房に……と思うのは初恋の女に似てるからか、それとも気心が知れてきたからか。

しかし辰五郎には一つ勝算があった。今、博打の運は確かにどん底だが、くじ運はきっとある。なにせ長屋の全員がぞろぞろ参加したお伊勢講に、どんぴしゃりと当たったのだ。そうすると試合のくじ運もよく、弱い相手と当たるかもしれない。賞金五十両につられて出てくる素人がきっといるはずだ——。

自分も素人であることはすっかり棚に上げ、辰五郎は皮算用を始めた。一分あればまず三日はもつだろう。

しかし俺はいつの間に三人分の勘定でものを考えるようになったのか……。でもまあいいかと、辰五郎は神社の石段を軽やかに上がって、試合参加の申し込みをした。

他にも町人らしき姿がうかがえる。

（いるいる。やっぱり鴨がいやがる）

辰五郎はほくそえんだ。剣道を知らぬとはいえ、ガマの油売りでいつも真剣を振り回しているのだから、多少心得はある。弱い相手と当たりますようにと願いつつ、紙に自分の名前を書いた。

申し込みが終わると、試合の組み合わせがさっそく張り出された。

「どれ……俺の相手はどんな奴だ？」

見ると、第五試合に自分の名がある。相手は坂東宗五郎《ばんどうそうごろう》という者だった。

（まずい。名字がありやがる。もしかして侍か？）

辰五郎は焦った。

相手が町人なら、辰五郎のように名字はない。医者や庄屋、名主などがたまに名字を持っているが、そんな分限者が試合に出てくることなどまずないだろう。

ひそかに焦りを覚えたとき、

「辰五郎？　なんだ、町人か」

と、甲高い声が聞こえた。

そちらを見ると、胡瓜《きゅうり》のようにひょろっとした男が取組表を眺めている。

（こいつが坂東宗五郎か？）

思わず笑みがこぼれた。やはりくじ運の良さは衰えていないらしい。こいつに勝てば一分もらえるのだ。

「坂東さん。よろしく」

辰五郎はにこやかに声をかけた。

たとえ勝つとわかっていても、礼儀正しくいたいものだ。

「えっ？」

「俺が辰五郎です。ひとまずご挨拶をと……」

「あなたが⁉」

「ええ。正々堂々とやりましょう」

「とんでもない！」

「はあ？」

「私はただの見物ですよ。それよりあなた、気をつけなさい」

ひょろっとした男は眉をひそめた。

「なんですか？」

「侍でもないのに出るとは勇気がありますが、あなたのお相手、坂東宗五郎は恐ろしい男ですよ。去年のこの大会でも対戦相手の首の骨を叩き折ってとんでもないことに……」

「ええっ！」

「どこかの道場の師範らしいですが」

「そりゃだめだな。帰ろう」

辰五郎が一瞬で心を決めたとき、後ろからがっしり肩をつかまれた。

「おい。逃げるつもりか？」

「えっ？」

振り返ると、剛《こわ》い髭を撫でている豪傑がいた。着物の袖からは百年杉の幹のような太い腕がのぞいている。

「まさかあんた……」

「わしは坂東宗五郎だ。正々堂々とやりたいそうだな」

豪傑はにやりと笑った。

「ま、まあね。俺はどっちかというと真面目なほうだし」

「獅子は兎《うさぎ》を狩るのにも全力を尽くすという。よろしくな」

「兎……？」

「逃げるなよ。不戦勝は金にならぬ。もし逃げたら追いかけて叩きのめすぞ」

「いて！　いててて！」

坂東は辰五郎の肩をさらに力強く握り締めると、薄笑いして歩いて行った。

「あの野郎……」

「辰さん、大丈夫？」

三吉が心配そうに見上げた。

「さっきの侍、すごく強そうだったけど」

「あいつめ、俺のことを兎と言いやがった」

「ひどいね。どうせ言うならガマだよね」

「どっちも弱いじゃねえか！」

「じゃあ勝てるの？」

「無理だ」

「ほら……」

「しかし悔しい。なんとかならねえかな」

辰五郎は境内の庭石に腰をかけた。試合場から歓声が聞こえてくる。試合が始まったのだろう。急に恐ろしくなってきた。身震いしていると、翁丸がのんきな顔をして寄ってきた。

「やいワン公。お前のせいでこうなったんだぞ。武芸大会なんて出なきゃよかったぜ……」

しかし翁丸は励ますように吠えた。

「わうんっ」

「何か勝つ策があるっていうのか？」

辰五郎が翁丸を見つめたとき、一人の老爺が境内にのぼってきた。手に小さな袋を提げている。

翁丸が老爺をじっと見た。

「まさか、あいつが塚原卜伝《ぼくでん》みたいな剣の達人で、俺に何かすごい技を教えてくれるのか……？」

しかし、老爺は袋から炒《い》り豆《まめ》を撒《ま》き始めた。境内の鳩《はと》が集まっていく。ただの暇人らしい。

「やっぱりな。貸本の読み過ぎか」

辰五郎が肩を落としたとき、翁丸が老爺めがけて走り出した。

「やめろワン公、そいつは鳩の餌だ！」

食い意地のはった犬め、と思ったとき、翁丸は炒り豆に足を滑らせて派手に転んだ。

「きゃん！」

それを見ていた人々から失笑が漏れる。なんだかこっちが恥ずかしい。翁丸も失敗をごまかすように、自分の尻尾を追ってくるくる回り始めた。

「つくづく間抜けだな」

辰五郎が笑ったとき、ふとひらめいた。

「そうだ、その手で行こう！」

四半刻《しはんとき》（約三十分）後――。

辰五郎と坂東宗五郎は境内に設けられた試合場で対峙《たいじ》していた。

三吉と沙夜が心配そうに見守っている。その足元にいる翁丸は出店の水飴《みずあめ》売りに気を取られチラチラと見ていた。

辰五郎は三吉と沙夜を見て、にっと笑った。

「貴様……それはなんだ！　ふざけているのか？」

坂東が怒鳴った。

辰五郎は片手に柄杓を持っていた。

「お前なんか倒すのに木刀はいらねえ。これで十分さ」

「おのれ……」

坂東の顔に血が上って赤くなった。

「待った！」

「なんだ！」

坂東が嚙みつきそうな顔になっている。

「お前のその木刀、仕込み刀じゃないか？」

「なに……？」

「去年、相手の首を叩き折ったそうだが、それは木刀に何か仕掛けがあるからに違いねえ。あらためさせてもらおうじゃないか。いいか、行司？」

行司は坂東を見た。

「こう言っているが、いかがか、坂東殿？」

「好きに見ろ！」

坂東は木刀を放った。それを宙で受け取り、辰五郎は木刀をあらためた。やや重いが普通の木刀である。

「しかし今日は暑いな。汗が止まらねえ」

辰五郎が木刀を陽にかざしながら言った。

「どうなのだ！　何か仕掛けがあったか！」

「ない。安物の木刀だな」

辰五郎は木刀を坂東に差し出した。

「何を……」

坂東はいきりたって木刀を受け取った。

「辰五郎とか言ったな。二度と見られぬ顔にしてくれる」

「能書きはいい。来い」

辰五郎は柄杓を構えた。

「始め！」

「きええええいっ！」

行司の合図と同時に坂東が上段から打ち下ろしてきた。

だがその刹那、坂東の木刀が勢いよく宙に飛んだ。手から見事にすっぽ抜けていた。

「あっ！」

驚愕《きようがく》の表情を浮かべた坂東の額に辰五郎の柄杓が振り下ろされた。

コーン、と涼しい音が響く。

「それまで！」

行司の声が響いた。

「待て！　今のは汗で滑ったのだ！」

坂東が唾を飛ばした。

「焦ったな、未熟者め。この柄杓が真剣ならお前は死んでいたぞ」

「ぐっ……」

悔しそうな坂東を尻目に、辰五郎は蹲踞《そんきよ》して柄杓に賞金の一分を入れてもらうと、ゆうゆうと引き上げた。その鮮やかさに観客の声援が飛ぶ。

「やったね辰さん！」

三吉が走り寄ってきた。

「だけど相手の木刀が汗で滑るなんて運がいいね」

「ふふ、これぞ男殺《おとこごろし》油《あぶらの》地獄《じごく》よ」

辰五郎は三吉の顔を手でこすった。

「わっ！　なんだよ、これ。油⁉」

「そうよ、ガマの油は何にでも効くのさ」

辰五郎の手は油まみれでテラテラと光っていた。

「次もこの手で行くの？」

「もうやめだ。この手は一度しか使えないだろう。欲張っちゃなんねえ。ツキのねえときは小さな勝ちを重ねるのが大事さ」

辰五郎たちは神社をそそくさと後にすると藤枝を発った。次の島田宿には大井川が控えている。

渡し賃もなんとかなって辰五郎はほっと一息ついた。

十五　島田宿

島田宿に入ると、妙に人が増えた。おかげ参りの参拝人、そして代参犬もちらほらいるから、混んでいてもそれほど不思議でもないが、大井川に近づくといよいよ混雑が激しくなってきた。

「袖すり合うも多生の縁というが、これじゃあ袖がすり切れちまうぜ」

辰五郎は顔をしかめた。

「なんでこんなに混んでるんだろうね」

「これだけ晴れが続いてるんだから、川止めということもあるまいに」

ぶつぶつ言いながら、川会所に行くと、「今日はもう渡れないだろう」とすげなく言われた。

「おいおい、ちょっと待て！　まだ日は暮れてねえじゃねえか」

「今は将軍さまの行列が渡っていらっしゃる。町人が渡れるわけないだろ」

「はあ？　将軍さまが？」

言われて思い出した。由比宿に泊まっていたのはやはり上様だったのか？

大井川の岸辺に出てみると、大勢の武士が川越えのために待機していた。

川の真ん中では駕籠を輦台《れんだい》に乗せて運ぶ〈大渡し〉が行われており、その上流と下流にはそれぞれ百人ほどの水切人足が並んでいる。

「辰さん。あの人たち、なんで川に並んでるの？」

三吉が水切人足たちを見て言った。

「ありゃな、水の勢いを弱めてるんだ。大井川ってのは流れが速いからな。ああでもしないと、大きな駕籠は渡れやしねえ」

「あっ、危ない！」

沙夜が小さく叫んだ。

「おっ、流されやがったか！」

川で大きな輦台の後ろについていた人足が急流に飲まれていた。水の深さは肩くらいまであるようだ。

「あの人、泳げるんだよね？」

「いや、動かねえぞ。急な病にでもなったのかもしれねえ。あれじゃ土左衛門になっちまう」

辰五郎が心配したとき、輦台の下流にいた水切人足が、流された男の体をしっかり受け止めた。

「やった！」

三吉が声を上げる。

屈強な人足は流された男をそのまま岸に向かって運び始めた。

「なるほど。下流の奴らはああいうときにも役に立つんだな」

「でもこんなに大がかりな行列じゃ、おいらたちはいつまでたっても渡れないね」

「越すに越されぬ大井川か」

辰五郎は腕を組んだ。大井川の両岸にはそれぞれ六百人ほどの川越人足がいるが、その全てが将軍の行列の通過に手を取られている。身分の高い者たちは十六人で担ぐ大高欄輦台に乗ってゆうゆうと川を渡っているし、騎馬で川を渡る武士にも馬の轡《くつわ》を取る川越人足が必要である。

「あれが将軍様？」

ひときわ大きな輦台を指さして三吉が聞いた。

「だろうな。あれは駕籠のまま乗る大高欄輦台だ。俺も乗りてえなぁ」

「ねえ辰さん、この川って勝手に渡っちゃ駄目なの？」

「馬鹿言え。素人なんかが渡ったら流されちまう。川の底には水の道ってもんがあってな。そこに足を乗せてないとドボンと沈んじまうんだ」

「ふうん。川越人足はその道を知ってるんだね」

「商売だからな」

「辰五郎さん」

沙夜が珍しく口を開いた。

「あそこに犬が……」

中高欄輦台に乗っている女を指さした。

大奥にいるお局の誰かだろうか、その膝に黒と白の模様の小犬がちょこんと座っている。

「ありゃ多分、狆《ちん》というやつだろう。大名やら吉原の売れっ子姉さんなんかが部屋で飼うらしいが、俺も初めて見たぜ。行儀のいいもんだ」

辰五郎が褒めると、

「うーっ」

と翁丸が唸り声をあげた。

「お前は明らかに行儀悪いだろ。掻き揚げ盗みやがって」

「わわん？」

翁丸は心外だというような顔をしている。

「私は翁丸の方が好きですよ」

沙夜が言うと、翁丸は目尻を下げて尻尾を振った。

(沙夜さん、よくしゃべるようになってきたな)

辰五郎は目を細めた。たとえ人に裏切られても、相手が無垢《むく》な動物なら気を許しやすいのかもしれない。つまりこの駄犬も少しは人の役に立っているということか。

「さて宿を探そう。泣く子と将軍様には勝てねえしな」

辰五郎はきびすを返すと宿場町に向かって歩き出した。


しかし、宿はどこも待ちぼうけを食らわされた人でいっぱいであった。もともと増水時の川止めがあるために島田宿の旅籠は多いが、おかげ参りの参拝客があってなおさら混んでいる。辰五郎は貧乏長屋のお伊勢講で参拝に来たため一人だけであったが、もう少し金にゆとりのある長屋で組まれたお伊勢講では数人の組で来ており、旅籠も御師《おんし》と呼ばれる旅の手配師があらかじめ押さえていることが多かった。すると空いている宿はますます少なくなる。

結局、辰五郎たちが泊まれたのは、川からかなり遠い宿屋で、部屋が狭い上に割増料金まで取られてしまった。混んでいるとすぐに宿賃を上げるところはちゃっかりしている。

「やれやれ。今度生まれ変わるときには将軍様がいいな。だったら川越えで待たされることもない。お伊勢様にもそう頼んでおくか」

「辰さんが公方様になったら国中で一揆《いっき》が起こるんじゃない？」

「馬鹿言え。江戸に特大の賭場を作って、皆を喜ばせるさ」

「嫌だな、そんな世の中……」

「沙夜さん、俺が将軍になったら大奥に呼んでやるからな」

「でも、私では世継ぎが産めません」

沙夜がうつむいた。急に暗い雰囲気が漂い始める。

「いやいやいや冗談だ。俺が上様になんかなれるわけねえや。な、三吉」

「そうかな。言われてみれば上様のような威厳があるかも」

三吉がにやりと笑った。

「よ、よしやがれ」

「御意」

三吉がかしこまって頭を下げた。

「やめろって！　風呂浴びてくらあ」

辰五郎は部屋から逃げ出し、廊下を歩いた。

「まったく三吉の野郎、妙な芝居しやがって……」

外に出て、庭の離れにある風呂に向かうと、翁丸がすり寄って来た。

「なんだ。飯はまだだぞ？」

「わんっ」

辰五郎の方を見、短く吠えて歩き出す。まるでついて来いと言っているようだった。

「なんだよ、何かあるのか？」

旅籠の下駄を履いたまま翁丸の後を五町ほどくねくねと歩いてついていくと、ひどく懐かしい音が聞こえてきた。

「おい、こりゃ……」

音に引かれるように、つつつと辰五郎は足を速めた。

「さあ、張った張った。半か丁か！」

小屋の中から勇ましい声がする。

（こんなところに賭場があったのか！）

辰五郎の胸は躍った。もともと本業はガマの油売りではなく賭博師である。駒を張っているときだけ、辰五郎は生きているという実感を得ることができる気がするのだ。

「入れてもらってもいいかい？」

声をかけると壺振りが辰五郎を見た。

「あんた、おかげ参りかい？」

「そうだ。いけないか」

「伊勢まで行けなくなっても知らねえぜ」

壺振りが唇の端で笑った。

辰五郎はいそいそと中に入った。

大皿の上にするめが盛られている。

小屋の外から「わんっ」という声が聞こえた。

(なんだあいつ、するめが欲しかったのか)

辰五郎は金を駒に換えがてら、するめを一つ翁丸に放ってやった。宙で受け止めると、さっさと旅籠の方に帰っていく。

(烏賊が好きなんだな、ワン公)

辰五郎は座を見回して皆の顔が見えるところに座った。

「さて、路銀を取られないようにしないと」

「大丈夫だよ、あんた。今日の客はみんなおかげ参りの客なんだから」

隣にいた色っぽい姉さんが言った。

「なんだ、そうだったのか」

「あの行列のせいでみんないらいらしてんのさ。で、景気づけに賭場に繰り出してきたんだ」

「まったく将軍さまには参るよな」

答えながら辰五郎は客たちを値踏みした。どいつもこいつも気の抜けた顔をしている。一生に一度の大旅行ですっかり気が緩んでいるのだろう。当然、財布の紐も緩んでいる。

しかし床の間のそばにいる胴元の視線は鋭かった。みな一見《いちげん》の客で、明日には通りすぎてしまう。常連なら生かさず殺さず細く儲けていかなければならないが、通りすがりの客からは遠慮なくかっぱげる。

（なるほど、そういう腹かい）

辰五郎は少し笑った。

「賭けないのかい？」

壺振りが辰五郎に目をむけた。

「丁」

そっと駒を置いた。

十文の小さな駒である。田舎の賭場だけに、小銭でも勝負ができる。

壺振りがかすかに鼻で笑ったような気がした。

（今に見てろよ）

辰五郎は片眉を上げた。

「勝負！　二六《ニロク》の丁！」

丁と出て、辰五郎の前に十文の駒が回されてきた。

（よし！）

心が弾んだ。あっという間に銭が倍になる。この棚からぼた餅が降ってきたような喜びがたまらない。働かなくても手に入る金である。

「入ります！」

壺振りが威勢のいい声を上げた。賽子《さいころ》が壺に入りカラカラと鳴る。その音がなんとも心地良かった。やはり賭場はいい。

「どっちもどっちも」

勝負を取り仕切る中盆が声をかけた。

辰五郎は黙って他の客の動きを見ている。

「半！」

太った客が大きく張った。

駒は三両。さきほどから勝ち続けているらしい。

「半！」

「わしも半じゃ！」

太った客に追随する者が殺到する。

「丁方ないか、ないか。ないか、丁方」

中盆が声を上げながら客を見回した。

（太った客はお大尽か。それともサクラか？）

辰五郎はじっと見つめた。わからないときは見《ケン》だ。辰五郎は駒を張らずに場の流れをうかがう。

ようやく駒が揃い、壺が開いた。

「一一《ピンゾロ》の丁！」

「うわっ！」

「やられた」

客たちがうめき声をあげる。太った客は少し顔をしかめたが、すぐにまた三両張った。

「半！」

大きな駒が積まれた。今度は客たちの駒も割れる。

辰五郎は二十文を丁に張った。

それを見た壺振りの顔がかすかに強張《こわば》る。

「勝負！　五三《グサン》の丁！」

太った客は額に手を当てた。どうやら間違いない。胴元はこの男を狙っている。辰五郎の駒は四十文に増えた。

その後も、太った客は搾り取られた。勝ち負けはするが、客が熱くなったところで確実に胴元は勝ちを取りに来た。壺振りは十中八九、思った通りの目を出せるので、折を見てカモの金を削っていく。

（まあ太ってる奴はだいたい金持ちだからな）

辰五郎はほくそ笑んだ。カモが熱くなったときに逆張りをすれば勝てる。もっともそれは十文二十文の少額ではあるが。

賭場としては大いに勝ち越しているはずだが、巧みにその狙いを読んで勝ちを重ねている辰五郎を、胴元の男がちらちらと見た。

（ここらへんが潮時か）

辰五郎は立ち上がった。細く長く勝ち続けた金が二両ほどたまっている。一両の大駒二つに換えた。

「あんた、だいぶ勝ったみたいだね」

隣の色っぽい姉さんの目が妖しく光った。

「今日はツイてるみたいだな」

「勝ち方を教えとくれよ」

「ただの山勘ってやつさ」

辰五郎は軽く受け流した。勝負の最中に雑念はまずい。太った客の持ち金がそろそろ尽きようとしている。大きな動きが出るころだった。

「半！」

太った客が叫んで六両の駒を置いた。今までの負けを一気に取り返す腹であろう。もはや慎みを忘れ、駒の積み方も乱れていた。しかしこれは博打の必勝法のひとつ〈倍賭け〉である。賭け金を倍々にしていくと、一度でも勝てば、全てを取り戻せるという方法だ。それを知っているところを見ると、普段から博打が好きなのだろう。

（しかしこの男には地運ってやつがない）

辰五郎は思った。

勝負事には天運、地運、人運がある。天運はいわば天から降ってくる時の運、地運はその場所における運、人運は人との関わりの中で生まれてくる運である。

辰五郎は最初、丁に十文張ることで自分の天運を確かめた。それに勝ったということは、今日の天運はまずまずと見ていい。

しかし地運はまずい。勝手知ったる深川の賭場ならともかく、知らない土地では何が起こるかわからない。この太った客も、通い詰めた賭場なら勝ち目もあろうが、地運のない島田宿の賭場では冷静さを欠くというものだ。その点、ここの胴元は長年この場に地運を築いている。

辰五郎はこの太った客との関係、すなわち人運を利用して勝ちを重ねてきた。また、我慢しつつ小さな張りで勝ち続けることによって天運をふくらましている。

「丁方ないか、ないか。ないか、丁方」

中盆が声を上げた。

「ないなら胴元が……」

受ける、と言いかけたとき、辰五郎は動いた。

「丁」

静かに言って二両の駒を置く。まわりの客からどよめきが起きた。今宵一番の大勝負である。

中盆が露骨に嫌な顔をした。

壺が開くと、四が二つ並んでいた。辰五郎の前に二両の駒が押しやられてくる。

「銭はまだ宿にある。駒を貸してくれ！」

太った客が言った。

「しかし……」

「私も小松屋《こまつや》伊兵衛《いへえ》だ。嘘は言わない」

「わかりやした。俺も男だ。貸しましょう」

胴元がいなせに言って駒を回した。

小松屋といえば江戸の大きな海苔《のり》商である。この男が店主なのかもしれない。

勝負が再開され、辰五郎は駒を置いたまま小松屋の逆張りをした。再び勝って、今や勝ちは八両にふくらんでいる。

「もうやめときなよ」

　隣の姉さんがたしなめた。

　しかし、辰五郎は駒を置いたままだ。勝ったところでやめるのは下手というものである。勝負の終わらぬうちは、駒を金だと思わず、ただの木っ端だと捨ててかかる。博徒は勝つときにひたすら押して勝つものだ。

　辰五郎は八両の駒を置いたまま、再び小松屋に逆張りして勝った。隣の女はもう何も言ってこない。

　次の勝負では、小松屋は張ろうとしなかった。辰五郎の動きをじっと見ている。

「半」

　言って辰五郎は十六両の駒を張った。ここから先は自分の築いた運だけの勝負になる。いよいよ本当の博打だ。

　しかし気合いをこめた刹那、小松屋が、

「半！」

　と叫んで辰五郎に乗って来た。四十八両の駒が張られる。

（くそっ、貧乏神が取り憑きやがった！）

　こうなっては勝てるはずもない。

辰五郎は、ばちんと自分の頬を叩いた。

「いつつ、蚊に刺されちまった。こりゃ運がねえ。悪いけどやめさせてもらおう」

辰五郎は駒を持って立ち上がった。潮時だろう。

中盆が刺すような目で見つめてくる。

勝負のふたを開けてみると、「四二《シニ》の丁」であった。

小松屋の肩ががっくりと落ちた。

辰五郎が金を受け取って賭場を出ると、胴元が追いかけてきた。

「兄さん、あんた玄人かい？」

底光りする目で見つめてくる。

「さあね。博打に黒も白もねえだろ。勝つか負けるか。それだけさ」

「そんなこといって賭場を荒らしてもらっちゃ困りますよ」

「俺はただのおかげ参りの客さ」

「ひとつ名前を聞かしてもらいやしょうか」

いつの間にか、辰五郎の周りを人相の悪い連中が取り囲んでいた。

「名前ねえ……。鉄砲洲の菊佐と言えばわかりやすかい？」

辰五郎は声にドスを利かせて言った。

「えっ？　あの鬼畜の菊佐？」

胴元が鼻白んだ。

「親分、まずいですよ。怒らせたら血の雨が降るという恐ろしい男で……」

手下が耳打ちするのが聞こえた。

「江戸は浅草、赤布の甚右衛門親分のところでお世話になっておりやすがね。何か文句がおありですかい？」

辰五郎は懐にぐいと手を入れた。

「これは失礼を……」

胴元の態度が急に小さくなった。さすがは菊佐、島田宿まで名前が通っている。しかしそんな凶暴な男に追われている自分が少し哀れにもなった。

「こちらが名乗ったんだ。そっちも名乗ってもらいましょう。相手が玄人だからって、賭場で勝った金を払うのを惜しむような渡世人の名をね」

「それは……」

「帰って寝な」

辰五郎はきびすを返した。追ってくる者はなかった。

路地の角を曲がると、辰五郎は思わず飛び跳ねた。

（やった！　勝ったぜ！）

ツキのなかったはずが、意外な大勝利である。

（もうツキは戻ったのか？　やっぱり普段の行いがよかったんだな俺は！）

辰五郎は懐にぐいと手を入れ、くすねてきたするめを取り出してかじった。こうなったら沙夜と三吉にうまいものでも食わせてやろう。島田には名物の酒まんじゅうや泥鰌《どじょう》料理がある。

十六両では借金の五十両にはまだ足りないが、辰五郎には勝算があった。鞠子で聞いた岡崎宿の賭場の大イカサマだ。

にやにやしながら歩いているとすぐ旅籠についた。

しかし、辰五郎はふと不安に襲われた。ここの旅籠は町から少し離れている。さっきの奴らが気を変えて、寝込みを襲われたらたまったものではない。

（隠しておくか）

辰五郎は棒っきれを拾って庭に穴を掘ると、十五両を埋めて小石を置いた。

翁丸が尻尾を振りながらそれを見ている。

「ワン公、しっかり見張ってろよ。誰か来たら鳴くんだぞ」

辰五郎は声をかけると部屋に帰り、布団に潜った。沙夜と三吉は健やかな寝息を立てている。

（明日はみんなで輦台に乗ろうぜ）

辰五郎は微笑んで布団に潜り込んだ。ここのところ、三吉や沙夜のために金を使うことがちょっと楽しい。一人で生きることに飽いたのか、三十を超えてからは虚《むな》しさに襲われることが多かったが、この年になればそろそろ人のために生きろということなのか。

辰五郎は考えるのが面倒になって寝ようとした。

しかし、瞼《まぶた》の裏には今日出た印象的な賽の目が次々と浮かんでくる。しょうがなく目を開けてみると、二つ並んだ天井のしみまで賽の目に見えてきた。

(あそこでやめずに読みを変えていけば三十二両まで行けたか？)

久しぶりの勝負の興奮が冷めやらず、眠りはなかなか訪れてこない。

あれやこれやと考えて寝返りを打ったとき、女の泣き声がした。

「ん？　沙夜さんか？」

布団の方を見てみたが、沙夜は穏やかに眠っている。

じゃあ誰なのか。もしかしてここも幽霊宿なのか？

辰五郎は立ち上がった。爺の幽霊を見てもしょうがないが、いい女の幽霊なら乙なものである。胸なんてはだけてるとさらにいい。

起き上がり、廊下に面した襖を開けると泣き声は大きくなった。どうやら近くの部屋から聞こえてくるらしい。

歩いて行くと、二つ向こうの部屋から声が漏れていた。子供の声も聞こえてくる。

「おっかさん、もう伊勢に行かないの？」

「もう駄目なの。物乞いになるしかないわ……。ううっ……」

細く開いた襖からのぞくと、母と子の二人連れが寝床で体を寄せていた。

（世の中きびしいよなぁ。でも俺には十六両ある）

かりそめの豊かさを噛みしめた辰五郎はそのまま立ち去ろうとしたが、うっかり懐に入れておいた小判が床に落ちてきいんと澄んだ音を立てた。

「誰？」

「厠だ。すまねえ、起こしちまったかな」

辰五郎はそそくさと部屋に戻ろうとした。

「菊佐さん！」

女が立ち上がってやってきた。

「えっ？」

振り向いてよくよく見ると、女の顔に見覚えがある。

「あっ、あんたは……」

間違いなかった。賭場で隣に座っていた色っぽい姉さんである。ご新造さんなら小娘にはない色気が漂っているわけだ。

しかし辰五郎を菊佐と間違えたのはなぜか。胴元の一派に囲まれていたところを物陰からでも見ていたのか。

あまり関わりたくないところだった。

「いい勝負だったな。じゃ」

「待って！」

女がしっかりと辰五郎の袖を握った。

「な、なんだよ」

「後生です。助けてください。菊佐さんは今日、大勝ちされてましたよね」

「勝ったかな？　あまり覚えてねえが……」

「名のある渡世人の方なんでしょう？　うちの亭主も渡世人です。でも、急な病に倒れて臥せってしまい、三島で私の帰りを待っているんです。どうか……どうか助けてください」

女は座り込むと床に頭をすりつけた。

「そんな事情のあるあんたが何でこんなところにいるんだい？」

「高い薬を買ってたら、貯えもなくなっちまったんです。こうなったらおかげ参りに行って平癒祈願をしようと」

「じゃあどうして賭場なんかに来たんだ」

「昔、うちの人が自慢していたんです。大井川が川止めになったとき、町はずれの賭場で大勝ちしたって。だからあたしも験《げん》を担ごうと……」

「で、熱くなって大けがしちまったってわけか」

辰五郎はため息をついた。

「うちの人は名の知れた博徒でした。だからきっと賭博の神様が味方してくれていると思って……」

「馬鹿！」

「えっ？」

「博打に神様なんているもんかい。あるのはてめえの才覚と運よ。旦那さんは自力で勝ってたのさ」

「そうですよね。浅はかでした……」

女は両手で顔を覆った。子供も泣きそうな顔で辰五郎を見ている。

（そんな目で見るなよ……）

辰五郎は目をそらした。

「菊佐さん、いつかきっとうちの人がお金を返します。だから今、少し融通していただけませんか」

「あんたの旦那っていったい誰なんだい？」

「吉之助《よしのすけ》といいます。三島の雨法師と呼ばれた……」

「雨法師⁉」

辰五郎は驚いた。西伊豆の花札の賭場で三日三晩寝ずの熱戦の末、辰五郎が敗れた男である。おかげで辰五郎はすってんてんにされた。少しでも取り返そうとして浜の漁師にまで博打で負け、烏賊釣り漁船に乗るはめになった。

(あの男の女房か、こいつは)

辰五郎はしみじみと女を見た。奇縁というべきであろう。

「ご存知ですか？」

「いや、知らねえな」

辰五郎は背を向けた。博打うちにとって勝ったあとの無駄な出銭は御法度だ。

「姉さん。悪いがあの金は全部岡場所で使っちまったんだ。俺は江戸っ子だからな、宵越しの銭は持たねえ」

「そんな……」

女が崩れ落ちた。このあとは言葉通り母子二人で物乞いになるかもしれない。三島の雨法師は妻の帰りを待ちくたびれて野垂れ死ぬだろう。辰五郎は雨法師との花札勝負を思い出した。あいつは、ここ一番というところで必ず雨札を引いてきた。

(博打に勝ち続けても病に負けちまう博徒は大勢いる)

辰五郎は思った。いずれ自分もそんな死に方をするのかもしれない。それは覚悟の上である。

しかし雨法師には妻子がいた。一人ではなかった。

辰五郎の脳裏にふと、沙夜と三吉の姿が浮かんだ。

「なあ、あんた。きっと神様がなんとかしてくれるよ」

「えっ？」

「明日、お天道様に祈ってみな。よくわからねえが、あんたの亭主は雨男だったんだろ？　たまには雨が降らなきゃ、お天道様も出ずっぱりで困るってもんさ。きっといつものお返しがあるぜ」

済衆《さいしゆう》は神の務めである。神の真似をして人を救うなど畏れ多い。

（神様、出番だぜ！　ここに困ってる人がいるからな。確かに伝えたぞ）

辰五郎は神様に全てを背負わせると部屋に帰った。せっかく戻って来たツキが落ちてはかなわない。


翌朝、目を覚ますと、三吉が妙な顔をして言った。

「ねえ、庭に変な人がいるよ」

「変な人？」

「うん。女の人なんだけど……」

庭に面した障子をカラリと開けると、昨日の女が手を合わせ、熱心に空を見て何かつぶやいていた。

(うわ、ほんとにやってやがる!)

辰五郎は素早く障子を閉めた。

「なにしてるの、あの人?」

「きっと何かの信徒だろう。好きにさせてやんな」

腹が鳴った。朝飯は何だろうか。

厠に行こうとしたとき、「わんっ」という声が聞こえた。

(そうか、ワン公の餌も用意してやらねえと)

辰五郎は朝飯の膳から何をやろうかと考えた。翁丸は腹が減ると何でも食べてしまって始末が悪い。

辰五郎が厠に腰を下ろしたとき、土を掘るような音が聞こえた。ワン公が骨でも埋めているのだろうか。

辰五郎が紙を取ろうと身をかがめたとき、懐から一両がすべり落ちた。

「あっ!」

辰五郎は飛び上がった。そうだ、あそこには昨日の勝ち金を埋めてあった——。

「ワン公!」

厠の戸を開けて飛び出すと、子供の声が聞こえた。

「わあっ、小判だ！」

「ああっ、神様！　ありがとうございます」

「わんっ！」

辰五郎が裸足で庭に走って行くと、昨日埋めた小判を翁丸が嬉々として掘り出しているところだった。翁丸は小判をぺろぺろと舐めている。そういえば昨夜、するめを食べた手で小判を埋めてしまった――。

「おい、そりゃ俺の……」

「ありがとうございます！」

女が辰五郎の手を取ってむせび泣いた。

「あなたの言う通り、お日様を拝んでいたらこんなものが……」

「これでおとっつぁんも助かるよ！　お前、神様の犬だね！」

子供が翁丸を抱きしめて白い毛に顔を埋めた。

「わんっ」

翁丸が誇らしく答える。

子供は小判の塊を拾うと歓声とともに宙に投げ上げた。空でキラキラと輝く小判は金色の雨のように見えた。

「待て待て、違う！　この金は昨日、俺が埋めたんだ」

「またそんな冗談を」

女が泣き笑いしながら言った。

「昨日のお金は全部岡場所で使ったんでしょう？　宵越しの金は持たねえって」

「いやそれは……」

「ありがとうございました」

母子揃って辰五郎を拝んだ。

沙夜と三吉がそれを見てきょとんとしている。

（くそっ、持ってけ泥棒！）

こうなったらどうしようもない。辰五郎は心で泣いた。

金は天下の回りものというが、このところ自分の前を恐ろしく早く金が通り過ぎていく。やはりツキは戻っていなかったのか。

辰五郎はため息をついて言った。

「ご新造さんよ」

「はい？」

「その柄杓、貸しな」

辰五郎は子供が帯に差している柄杓を見ていった。

「どうするんです？」

「あんた三島に帰るんだろ？　俺がお伊勢さまに代参しといてやるよ」

辰五郎は雨法師の不敵な顔を思い出していた。あの勝負は自分の中でも最高の部類に入るものであったと思う。再戦してへこましてやるまで生きてもらわねばならない。

「菊佐さん……」

女の目に涙が盛り上がった。


この日、辰五郎は人足に肩車され、大井川を渡った。儲けたといっても一両なので倹約しなければならない。

沙夜と三吉は輦台に乗っている。翁丸はいつもの通り沙夜の膝の上で丸くなっていた。

「辰さん、おいらまでいいのほんとに？」

三吉が聞いた。

「女子供は黙って言うこと聞いてな」

辰五郎はぶすっとして言った。

「辰さん、流されてるよ！」

「えっ？　ちゃんと歩いてるぜ」

「ほら、あれ！」

川下を見ると、辰五郎の左足に履いていた草鞋《わらじ》がぷかぷかと浮いていた。

ゆっくりと川を流れ行く草鞋は大きな小判のようにも見えた。

「おい、あれ拾ってくれ！」

「無理だ、もうあきらめな。足を踏み外すと二人で流されちまうぜ」

「やっと足になじんで来たっていうのに……」

辰五郎は肩を落とした。

（やっぱツイてねえ。途中勝ったのはどん底の途中の冷やかしってやつだ）

悔しいので辰五郎は屁《へ》をひった。

「こいつ、何しやがる！」

怒った川越人足は向こう岸へ着くなり、辰五郎を岸へ放り投げた。

「げふっ！」

しこたま背中を打った辰五郎はよろよろと金谷《かなや》へ上陸することになった。

「大判も小判も越せぬ大井川、か」

川の向こうに小さくなった島田宿を見て、辰五郎はため息をついた。

「わんっ！」

輦台の上でその様子を見ていた翁丸が楽しげに吠えた。

十六　金谷宿

金谷の宿に入るとゆるい上り坂になる。辰五郎たちが歩いていると、前方に箱車(乳母車)を押している腰の曲がった老婆が見えてきた。箱車も老婆と同じようにかなり年季が入っていた。

ゆっくりと進んでいるので辰五郎たちはすぐに並んだ。

三吉がちらりとそちらを見てささやいた。

「辰さん、変だよ。おばあさんの箱車、空っぽだ」

「行商の帰りじゃねえのか？」

「でもおばあさんの身なりもいいし、箱車も磨かれてつやつやだよ。商売してる風には見えないけど」

丁稚奉公で鍛えた眼力なのか、三吉がいっぱしなことを言った。

辰五郎も横目で見ると、確かに箱車には手ぬぐいやちり紙の他には何も置いてない。

「おい、ばあさん。なんでそんな空っぽの箱車押してるんだ？」

辰五郎がずけずけと聞いた。

「ああ、これはね。私は足が悪いもんだから、これがないと歩けないんですよ」

老婆が上品な笑みを浮かべて答えた。

「大変だなあ。ここから先も長い坂道だってのによ。どこまで行くんだい？」

「金谷坂の前のあたりまでです。私の帰りを連れ合いが待ちわびているので」

「へへ、隅に置けねえなばあさん。ようし、いっちょ手伝ってやるか」

言うが早いか、辰五郎は老婆の両脇の下に手を入れ、ぐんと持ち上げた。

「ちょ、ちょっと、何するんです⁉」

「こうするのさ」

辰五郎は箱車に暴れる老婆を座らせた。

「辰さん、何やってんだよ⁉」

「まあ見てろって。おい、ワン公！」

「くうん？」

翁丸がわずかに首をかしげた。

「お前に使命ができたぞ。今こそ十五両分働いてもらうからな」

辰五郎は走り出し、どこかの荷車から落ちたらしい荒縄を拾うと、箱車の前についている竹の枠の両端に結びつけ、ひもの真ん中を翁丸の胴にゆわえた。

「さあ引け、ワン公。ばあさんを運んでやるんだ」

「ええ無理だよ、辰さん！」

三吉が目を丸くする。

「何も鬼退治に行けというんじゃねえ。気の毒なばあさんに楽をさせてやるだけだ」

「大丈夫かなぁ」

「辰五郎さん、翁丸が」

沙夜が声を上げた。

ふり返ると翁丸が縄を引き、老婆の乗った箱車が動き出していた。

「見ろ！　できるじゃねえか」

「平気、翁丸？」

三吉が心配そうに声をかけたが、翁丸はすいすいと箱車を引っ張っていった。意外に力があるらしい。

「ありがとうね。ナンマイダブ、ナンマイダブ」

老婆が翁丸に手を合わせた。

「先に行ってるぞ、ワン公。金谷坂の茶屋で、饅頭買って待っててやるからな」

そう言うと辰五郎はゆうゆうと歩き出した。

少し行くと、石畳の上り坂が見えてきた。地面をところどころ埋めている石は足が滑らないための工夫である。

その手前にある茶屋の赤い縁台に辰五郎たちは並んで腰かけた。

「饅頭と茶をくれ！　三人分だ」

「あいよ」

中から女中の声がする。煙立つ釜から煎茶の良い香りが漂ってきていた。

「辰さん、翁丸についてなくてよかったの？」

「考えてもみろ。道を歩いていて、いたいけな白い犬がたった一匹、しわくちゃのばあさんが乗った箱車を引いてたらどうする？」

「うーん、褒めてやりたくなるかな」

「もし、お前が金持ちだったとしたらどうだ？」

「お駄賃をあげるよ」

「だろ？　しかもあいつは代参犬だ。首には大きな巾着がついてる」

「辰さん！　まさか、お金目当てなの⁉」

三吉が信じられないというような目で見た。

「当たり前だ。俺の十五両がワン公のせいでなくなっちまったんだぞ？」

「あれは神様の思し召しじゃないか。横取りしようと思ってたの？」

「いや、あの金は本当に俺が稼いだ……」

「辰五郎さん」

「えっ？」

振り向くと沙夜が悲しい顔をしていた。

「私もこういうことはよくないと思います……」

「そんな顔するなよ」

辰五郎は沙夜と瓜二つの初恋の相手、お菊を思い出した。沙夜に非難されると、まるでお菊が怒っているように見える。

「もうちょっと翁丸に優しくしてあげてください。無邪気な犬なんですから」

「そうかなぁ」

「きっとおばあさんを助けてあげようと、がんばってるんです」

「うーん」

言われてみると、辰五郎も翁丸が少しかわいそうになってきた。

「よし。ご褒美の饅頭の他に、握り飯と甘酒もつけてやるか。吉備団子《きびだんご》よりはるかに上だぜ」

辰五郎は店の奥に向かって追加の注文をした。

「あ、来たよ、翁丸！」

道の向こうに箱車の輪郭が見えた。お日様を背負って、一つの黒い影に見える。

「よくやったぞ、ワン公！　いや、翁丸！　日本一！」

辰五郎は陽気に声をかけた。もしかしたら首にかけた巾着にもたんまり喜捨がたまっているかもしれない。

しかし、箱車がさらに近づいてきたとき、辰五郎は青くなった。

「お前、なにやってんだ！」

「嘘でしょ？」

「嘘……」

三吉と沙夜も思わず絶句する。

確かに箱車はやってきたが、縄を引っ張ってきたのは、さっきの老婆だった。箱車の中から翁丸がひょっこり顔を出している。

辰五郎は慌てて駆け寄った。

「こらワン公！　てめえ何やってやがる！」

「この子を怒らないで」

老婆が肩で息をしながら言った。

「この子がね、すごく疲れたっていうから。はぁ、ほんとに疲れたねぇ……」

老婆が笑って首に掛けた手ぬぐいで汗を拭いた。

「わんっ！」

翁丸が辰五郎を見て楽しげに吠える。

「わんじゃねえ。おめえってやつは……」

あきれて言うと、翁丸はなぜ怒られているのか不可解だという風に、眉間にしわを寄せた。

「叱らないでやってください。箱車が木の根っこにひっかかって、それでもウンウン引いてくれるもんだから」

老婆は嬉しそうに言った。翁丸がひらりと箱車を飛び出てくる。

「疲れたんでしょうね。足を伸ばして道に座り込んでしまって。だから箱車に乗せてあげたんですよ」

「甘えた奴め」

翁丸はぷいと横を向いた。

「息子のことを思い出しました。ちょうどこんな重さだった。あの子も昔はこれに乗っていたんです」

老婆は懐かしげに言った。

「ふうん。あんたのせがれはどこにいるんだい？」

「死んでしまいました。六つのときに、はやり病で……」

「そりゃよけいなことを聞いちまったな。わりい」

辰五郎は二の句を継げなかった。

沙夜も思わず口を押さえる。

「だからこの箱車が捨てられなくて。今では私の悪い足を支えてくれています。きっとあの子と一緒に」

「ばあちゃん……」

「でもね、今日はこの子が乗ってくれたんですよ。久しぶりにあの重さを思い出しました。ありがとね……」

老婆のしわくちゃな目から涙がひとしずく落ちた。

「ご苦労されたんですね」

沙夜がいたわるように老婆の背に手を当てる。

「ずっと寂しかっただろうなぁ」

辰五郎ももらい泣きをした。

「よしわかった。ばあさん、この三吉をやるよ」

辰五郎は三吉を押し出した。

「えっ⁉」

三吉が仰天する。

「三吉。これからばあさんちの薪割《まきわ》りも風呂焚《ふろた》きもお前がやるんだ。箱車もちゃんと押してやるんだぞ。熨斗《のし》をつけて差し上げよう」

「でもおいら、姉ちゃんの祝言に行かなきゃ……」

「いや、これはもう神様の思し召しというしかない。俺と沙夜さんがきっちり伊勢の神様に話つけてやっから気にすんな」

「気になるよ！　だいたい息子さんが生きてたら、ちょうど辰さんくらいの年じゃないか。辰さんが親孝行しなよ」

「ば、馬鹿を言うな。俺は死んでも閻魔様が嫌がるほど根っからの極悪人だしよ。お前みたく玉のような男の子のほうがばあさんだって嬉しいやな」

　老婆の笑い声がした。

「あなたたち、ほんとに仲のいい親子ですねえ」

「えっ？」

「だってそっくりですよ。親子が離ればなれになるなんて、とんでもない。私にはこれがあるからいいんです」

　老婆は箱車をいとおしそうに撫でた。

「よし。じゃあ俺が家までおぶってってやるよ。三吉、箱車を押してついてこい」

　辰五郎は、照れる老婆を背におぶった。ひどく軽い。なるほど、翁丸が楽々と引けるわけだ。

「息子が生きていたら、あなたみたいに優しくなっていたんですかねぇ」

老婆がしみじみと言った。

「よせやい、俺はろくでなしだ。ま、でも俺のお袋はきっと、ばあさんとは似ても似つかねえ鬼婆《おにばば》よ。優しくないしな」

「いいえ。子供に優しくない親なんていやしません」

「そうかねぇ」

生まれたときから母親がいなかった辰五郎の胸の内にはいつもからっ風が吹いていた。何か事情があったのかもしれないが、いいも悪いも確かめるすべがない。いつしかそのことも忘れてしまっていた。

「今日はほんとにありがとう」

背中で老婆が言った。

「わんっ！」

誇るように翁丸が吠えた。

「おめえじゃねえ！」

茶屋の横で翁丸は老婆にむけて尻尾をぶんぶん振っていた。まるで別れの挨拶で手を振るように。

老婆を家まで送って茶屋まで帰ってくると、翁丸は沙夜から饅頭をもらい、嬉しそうに食べていた。

「ちゃっかりしてやがらぁ。こんなに楽なら俺も犬になりてえぜ」

「じゃあ辰さん、お手！」

三吉がからかうように手を出した。

「金がなくて足が出そうだ。行くぜ」

辰五郎たちは、縁台に置いた荷物を持つと、でこぼこの石畳を上り始めた。坂道というより、もはや石の階段のようである。

坂の中程まで来ると、翁丸がこてんと転がった。

「おい、何休んでやがる！」

「疲れたのかな、翁丸？」

「きっとさっきので味をしめやがったんだ。このなまけ者め」

「くぅ～ん」

翁丸が甘えるように鳴く。

「もしかして翁丸は坂道が嫌いなんじゃないの？」

「そんなもん好きな奴がいるかよ」

辰五郎たちはそのまま上り続けた。翁丸が坂の下で転がったまま見上げている。

「ねえ、かわいそうだよ」

「ここで情けを見せたら奴の思う壺だ。見とけ」

辰五郎は先ほど茶屋で握ってもらった、笹の葉に包まれた握り飯を懐から取り出した。

においに気づいたのか、寝そべっている翁丸が首を上げた。

「これはお前にやろうと思ってたんだが、来られないんじゃしょうがねえ。食っちまおうかな」

辰五郎と翁丸の目が合った。ここが我慢のしどころだ。

「おかかのいいにおいがするなぁ」

握り飯を口に近づけると翁丸が飛び上がった。稲妻のように石畳の道を駆け上がり、辰五郎の足に抱きつく。

「わん!」

その目に欲が溢《あふ》れている。

「嘘……。弱ったふりだったの?」

三吉が呆気にとられた。

「こいつは相当な食わせ者さ」

言ったとたん、翁丸は跳んで辰五郎の手に持った握り飯をかすめとった。

「あっ！」

翁丸は奪われまいと、半ば飲み込むように握り飯を食べ、ひどくむせた。刺激で鼻から飯粒が飛び出してくる。

「ぷっ。ふふ、ふふふふ」

沙夜が腹を押さえて笑い出した。

「翁丸。慌てないでよく嚙んで食え」

辰五郎が眉をひそめた。


金谷宿を過ぎ、箭置坂《やおきざか》を上ると小夜《さよ》の中山に至る。このあたりは小箱根と呼ばれるほどの難所であり、辰五郎たちはふうふう言いながら山を越え、そうかと思えば今度は思わず走り出してしまうような下り坂を一気におりると、道脇に大きな石が転がっているのに出くわした。

石の表面には〈南無阿弥陀仏〉と記されている。

「辰さん、これ何？」

「そいつは夜泣き石というやつだ。気安く触るんじゃねえぞ、ちょいとヤバい石だからな」

「どういう由来があるんですか、辰五郎さん?」

疲れた様子で足をもみながら沙夜が聞いた。

「昔な、腹に赤子のいる女がこの道を歩いてたのさ。そしたら山賊に襲われて、あわれ、女は死んじまってな。幸い切り口から生まれた赤子だけはなんとか助かったそうだが」

「そうだったんだ……」

三吉が石を見つめて悲しそうな顔をした。

「その子供は久延寺《きゆうえんじ》の和尚が水飴《みずあめ》で育てたそうだ。ところが収まらねえのが母親の霊よ」

「子供を一人残して亡くなったらさぞ心配だったでしょうね」

沙夜が上品な眉を寄せた。

「そうよ。この石に霊がこもって毎晩泣いたそうだ。和尚は気の毒に思ってなぁ。経を読んで毎日慰めた。だから夜泣き石と名がついたんだそうだ」

「へえ、この石にお母さんが……」

「世にいくつ不幸があるといっても、子と死に別れた親ほど哀しいもんはねえってことよ」

子のいない辰五郎が偉そうに言った。

「私なんか、まだまだだったんですね」

沙夜は石をじっと見つめた。

辰五郎が沙夜の細い肩にそっと手を置いた。

「あんたはまだ若いし、大事なものを亡くしたわけでもねえ。親と一緒になってあんたを追い出した亭主なんざ情けのかけらもねえよ。そんなもの翁丸にでも食わしてやりな」

「わんっ？」

呼ばれたと思ったのか、翁丸が顔を上げた。

「沙夜さんが死んだら辰さんが夜泣きするね、きっと」

「ませたことを言うんじゃねえ、このガキ！」

辰五郎が慌てて沙夜の肩から手を離した。

そんな辰五郎を沙夜が伏し目がちに見た。

十七　日坂宿〜袋井宿

小夜の中山から急坂を下ると、日坂《につさか》の宿である。

むかし、神に退治された鯨の名残だといわれる雄鯨《おくじら》山と雌鯨《めくじら》山を眺めつつ歩き、逆川《さかがわ》の馬喰橋《ばくろうばし》という土橋を渡ると新町の七曲がりに出た。

城下町の宿場の出入り口付近にはこのような直角に曲がりくねった枡形の道が多い。これは城中で敵の侵入を防ぐためになされる、構造上の工夫を街道に取り入れたものであるが、それとは別の利点もあった。たとえば大名行列がここを通るとき、行列の歩みはどうしても遅くなる。その間に物見の武士がいち早く先へ行き、どこか他の大名行列とすれ違うことがあれば事前に察知することができた。このような場合、格下の大名は慌てて脇道や寺に避難するのである。

その後掛川宿を過ぎ、雄々しい松並木を過ぎて天橋《あまばし》を渡ると東海道五十三次のちょうど真ん中、袋井宿に至る。辰五郎たちは東海道の途中で伊勢に向かうので、京の都を見る予定はなかったが、伊勢参りに行く人たちの中には一生に一度の大旅行ということで、参拝のあと京や大坂、さらには金毘羅《こんぴら》参りにまで足を延ばす者も多い。南北に小路の多い宿場を物珍しそうに見ながら歩いていると、小料理屋の軒先に人だかりが見えた。

近づいていくと老婆が辻占《つじうらな》いをしていた。木の椅子に座り、台の上に梵字《ぼんじ》のようなものが書かれた紙を敷いている。

客が並んでいるところを見ると、よく当たるらしい。

「辰さん、あの人が持ってる、蕎麦みたいなのは何なの？」

初めて易占いを見たらしい三吉がたずねた。

「ありゃ筮竹《ぜいちく》っていってな。易者が使うもんさ」

「へえ……」

三吉が珍しそうに見つめた。老婆の持っているものは竹ひごを墨で染めたものだろう。じゃらじゃらと甲高い、よい音がする。

このような類の易者が卦《け》を立てるには、まず五十本の筮竹の中から一本を取り、筮筒に立てる。この一本は太極を表す。残りの四十九本を〈天〉の左手と〈地〉の右手で二つに分け、右手の中から一本を取って左手の指に挟む。これが〈人〉となる。左手の中からさらに八本ずつ間引きし、余った数に、〈人〉の一本を加えた数で吉凶を占うのだ。

老婆が筮竹を扇のように開くさまは見事なものであった。

「辰さん、占ってもらおうよ」

「馬鹿言え。博徒は自分の手で運勢を切り開くものなんだ」

「とかいって、金が惜しいんじゃない？」

「無駄だって言ってるんだ。易者なんてもんはな、どうとでも取れることを、訳知り顔で言って金を取る商売よ。俺の仲間がインチキでやってたんだから間違いねえ」

辰五郎の知っていた偽占い師は、そうやって客から巻き上げた金で賭場に来ていた。そもそも占いが当たるなら、博打で大勝ちできるはずである。そんな力が授かるなら、みんな喜んで弟子入りするだろう。

「ねえねえ、沙夜さんも占ってほしいだろ？」

三吉があきらめ悪く言った。

「……でも」

沙夜が辰五郎を窺うように見た。その目はどうやら「私も占ってもらいたい」と言っているようである。

「どうするかなぁ」

辰五郎は頭を掻いた。とかく女は占い好きである。沙夜も女の一人ということか。でも行く末に興味を持ったということは明るい兆しだろうし、沙夜の笑顔も見てみたくなった。

「わんっ」

後押しするように翁丸も吠える。

「よし、行くか」

「やった！」

三吉が嬉しそうにぴょんぴょん跳んだ。

列の一番後ろにつき、四半刻もすると、辰五郎たちの順番が回ってきた。

「辰五郎さん、何を占ってもらうの？」

「俺はいい。お前たちがやってもらいな」

本当に当たるなら、江戸からの恐ろしい追っ手、鉄砲洲の菊佐の居所でも占って欲しいところだが、どうせ当たるも八卦、当たらぬも八卦だろう。

「次の方」

老婆の声が聞こえた。

「さて、やっとだな」

辰五郎たちが前に進むと、老婆が顔を上げた。その刹那《せつな》、

「ぎゃあああっ！」

と、老婆が絶叫した。

「な、なんだよ！」

「近寄るなっ！」

老婆がなおも叫んだ。

辰五郎はよくわからないながらも少し下がった。

「恐ろしいことじゃ……。まさかここできわめつけの悪霊に会ってしまうとは」

辰五郎は何やら寒気がした。

「三吉、まさかお前、悪霊にとり憑かれてるのか？」

言われてみれば、こいつの口の悪さと言ったら、到底普通の子供とは思えない。

「えっ？　違うよ！」

「じゃあ沙夜さんか、それともワン公……？」

辰五郎は後ずさった。死の淵に誘《いざな》われていた沙夜、そして異常な行動をとる犬。どちらに悪霊がついていてもおかしくはない。

「何をきょろきょろしておる！　お前じゃ、この悪霊憑きめ！」

老婆が辰五郎にぴしりと指を指した。

「は……？　なあんだ。やっぱりインチキじゃねえか。俺に悪霊がついてるなんてありえねえよ。ばかばかしい。行くぞ、三吉」

「触らないで！」

三吉が素早く辰五郎の伸ばした手から逃れた。

「お、おい……」

助けを求めるように翁丸を見ると、尻尾を股の間に挟んで、沙夜の後ろにさっと隠れた。

「ワン公、てめえまでなんだ！　あれだけ餌をもらっといて……」

「やめんか！　衆生《しゅじょう》に迷惑をかけてはならぬ」

老婆が唾を飛ばした。

「やい！　黙って聞いてりゃいい気になりやがって。まだ卦も立てていないのに、人の素性がわかるってのか。このイカサマババア！」

「これがなくとも、お主の禍々《まがまが》しい瘴気はびんびんと伝わってくるわい。わしには霊感もあるのじゃ」

老婆は筮竹を台に置くと、懐から数珠を取り出した。

「阿毘羅吽欠蘇婆訶《あびらうんけんそわか》！」

数珠を辰五郎に突き出して叫ぶ。

「いろいろ出しやがって。てめえ正体は小間物屋だろ？」

「むむ……。手強《てごわ》い！　神をも恐れぬ痴《し》れ者め」

老婆は珠のように浮かんだ額の汗を拭うと、巾着袋から小さな竹筒を取り出し、口の中で何かを唱えた。

「ええいっ！」

鋭い叫び声を発したかと思うと老婆は竹筒のふたをとり、中の水を辰五郎にぶっかけた。

「ぺっぺっ。しょっぺえぞ。何しやがる！」

「霊峰富士の硫黄水じゃ。これでなんとか……」

老婆はがっくりと疲れ切ったように膝をついた。

「おばあちゃん、大丈夫？」

三吉が駆け寄る。

「悪霊はしばし退散した。まだあたりを漂い、再びこの男にとり憑くかもしれぬが、しばらくは大丈夫であろう」

老婆はよっこらしょと立ち上がった。

「辰さん、お礼くらい言いなよ」

「ふざけんな！　こんなにずぶ濡れにされて何が礼だ」

辰五郎は懐から手ぬぐいを出して顔を拭いた。

「どうじゃ。憑き物が落ちたであろう？」

「そんなことあるわけないだろう」

辰五郎は威嚇するように両肩をぐるぐると回した。しかし言われてみるとたしかに肩が軽くなったような気がする。

（いや、これは言葉のまやかしだ。そんな気がするだけに違いない）

騙されまいと辰五郎は老婆を睨みつけた。

「こんな大芝居なんか打って、俺からしこたま銭を取ろうっていうんだろ？」

「銭などいらぬ。お主、わしに会うて幸運だったぞ」

「まあ銭がいらねえなら、なんだっていいや」

「そこに座れ。今なら卦も立てられる」

老婆が筮竹を手にした。

「やってもらおうよ、辰さん」

三吉がわくわくしたような顔つきで言った。

「そっちは銭がかかるのか？」

「当たり前じゃ。こっちも商売じゃからな」

「じゃあさっきのは何だったんだよ……」

「御仏のための務めじゃ。少しは感謝せんか」

「感謝ねえ……」

辰五郎は口を尖らせた。

「占うぞ、よいか」

「よし。だったら俺のツキを占ってもらおうか。この先、岡崎の大博打で俺は勝てるかい？」

「まだ修羅道に行くか。この罰当たりめが」

言いながら老婆は筮竹を操った。作法にのっとり、その左手に何本かの筮竹が残る。

「ううむ、そうか」

「どうなんだ婆さん？」

「……気《け》も無し」

「は？」

「つまり勝つ見込みは全くないということじゃ」

「なんだよそれ！　俺は大勝ちするに決まってるんだぞ？」

なにせ鞠子宿で聞いたのだ。岡崎の賭場で必ず勝つ仕掛けを。

「これから俺は大勝ちした金で極楽暮らしさ。紀伊国屋文左衛門《きのくにやぶんざえもん》みたいによ」

鼻息荒く辰五郎が言った。

「いいや、お主は地獄へ行く。これはもう決まったことだ」

「なんで決まってんだよ！」

「あんな恐ろしい悪霊が憑いてたんだ。行いが悪いに決まってるさ」

「とんでもない。品行方正のつもりだがねえ」

「いいかい、よくお聞き。悪霊ってのはね、心の陰に目をつけるのさ。まっとうに暮らしていれば自《おの》ずから心が輝く。悪霊はそんな光が苦手なのさ。だから陰の多い心を持った者を見つけると、喜んでとり憑くんだよ」

「おいおい、いい加減なことを……」

「あんた、追われてるね」

老婆がズバリと言った。

（まさか菊佐のことを言ってるのか？）

辰五郎の顔からさっと血の気が引いた。

「なぜわかった？」

「どれだけ逃げても捕まるよ、あんた」

老婆はきっぱりと言った。

「ほんとかよ？」

「あんたがずっと頼って来たツキはもう夕暮れだ。これまでは若さでなんとか乗り切ってきたろうが、いよいよツケをはらうときが来たのさ。老いには神様も手の平を返す。これまで功徳の一つも積まず、ずいぶん勝手をやってきたんだろう？」

「それは……」

確かにそうだった。無茶な喧嘩もやったし、博打におぼれ、惚《ほ》れてくれた女も泣かせてきた。

「おまけにあんた、女難の相が出ている」

「女難？」

辰五郎はふと沙夜を見た。その視線を感じて沙夜はうつむいた。敏感な沙夜は少し傷ついたかもしれない。

「いいかげんなこと言うなババア！」

「確かなことじゃ。わしに占えぬものはない」

老婆は自信満々に言った。

「へえ、占えぬものはないと来たもんだ。そりゃすげえ。だったらひとつ、試してみようじゃねえか」

「試すじゃと？」

「なんでも占えると言ったな。じゃあ、この犬の性根《しようね》を当ててもらおう」

辰五郎は翁丸を指さした。

「犬のことまでわかるわけないだろ、辰さん」

三吉があきれて言う。

「いや、わかるぞ」

老婆が言った。

「ええっ⁉」

「犬など人よりたやすいもの。しかし占うからには料金はもらう」

「わかった。やってもらおうじゃねえか。でも外れたら返してもらうぜ」

「わんっ」

話題の中心になったのがわかったのか、翁丸が嬉しそうに吠えた。

老婆は筮竹を握ると、再び卦を立て始めた。

「おおっ、この犬は！」

老婆の目が、カッと開かれた。

「どうだい。何かわかるかい？」

「これは今まで見たことがないほどの……」

「おう」

「役立たずの駄犬じゃ」

老婆が面倒そうに筮竹を閉じた。

「嘘だろ……。当たってやがる。信じられねえ！」

辰五郎が目を丸くした。

「わんっ？」

翁丸が抗議するように吠える。

「ねえねえ、おいらも占ってもらっていい？」

「そりゃいいが、いきなり地獄行きが決まってても知らねえぞ」

「大丈夫だよ。辰さんじゃあるまいし」

「何てこと言いやがる！」

辰五郎を無視して三吉は老婆の前に立った。

「よいか、小僧？」

「うん。あの占いなんだけど……。父ちゃんと母ちゃんがどこにいるかわかる？」

「ふむ。それは難しいのう」

「ええっ？」

三吉がひどく落ち込んだ顔をした。

「当たり前だ、三吉」

辰五郎がしゃしゃり出た。

「そんな具体的なことは言えないに決まってる。今からどうやってごまかすか、とくと聞けよ」

「黙らっしゃい！」

老婆が再び竹筒を打ち振り、富士の硫黄水を浴びせた。

「ぶぶっ！　やめねえか！」

「場所ならちゃんとわかる。わしが言うのはこの坊主にとってつらい結果になるかもしれないということじゃ。占ってみて、もし死んでいたとわかったらどうする？」

「えっ？」

三吉が色を失った。そんなことは考えてもいなかったらしい。

「ば、馬鹿。生きてるに決まってるだろ……」

辰五郎がしどろもどろに言った。

「そういうこともあり得ると言っておるのじゃ。人には知らないほうがよいことも多分にある。想像しているだけのほうが、はるかによかったということがな」

老婆は重々しく言った。

「まあそりゃそうだが……」

「でも、知りたいよ、おばあちゃん」

三吉が腹を決めた顔つきで言った。

「そうか。覚悟はできておるのか、小僧」

「うん。ずっと会えないのなら死んだのと同じことだしね」

「三吉さん……」

沙夜が三吉の肩にそっと手を置いた。

「もうすぐ姉ちゃんの祝言だっていうのに文も寄越さないなんてあんまりだよ。少しでもわかるなら知りたいんだ、おいら」

「わかった。そこまで言うなら占うてやろう。できるだけ詳しくな」

老婆は台の下の袋から算木《さんぎ》と半紙を取り出した。筮竹の占いを三回繰り返し、結果の本数を矢立から出した筆で半紙に書き留めていく。

「ほう……」

「わかったの？」

「いや、これは少し時がかかる。おい渡世人。そこの店の奥でわしの肩を揉《も》め」

老婆は立ち上がって小料理屋へ向かった。

「はあ？　なんで俺がそんなことしなきゃなんねえんだ」

「心気を澄まさねば、よい占いができぬ」

「けっ。そんなご大層なものか」

「辰五郎さん、お願いします」

沙夜が辰五郎に手を合わせた。

「しょうがねえなぁ……」

小料理屋に入り、早くも小上がりに腰かけた老婆の肩を後ろからガッとつかんだ。

「いたたた！　肩の骨が折れる！」

「ひ弱な婆さんだなぁ」

「罰当たりめ。お前、親の肩を揉んだことがないな」

「ないね」

「おお、そうか。親に捨てられたのだったな」

老婆はやや申し訳なさそうに言った。

「てめえ、なんでそれを……」

辰五郎はあんぐりと口を開けた。そんなことがほんとにわかるというのか。

「先ほど占っただろうが。お主の知らぬことまでわしは知っておるぞ」

「ふん。でたらめ言うな。大方、当てずっぽうだろう」

「罰当たりめ。お主はもう勝手に死ね。それより小僧の親のことだがな」

老婆の声が低くなった。

「おう、そうだ。もったいぶらずにさっさと占ってやれよ」

「もう卦は出ておる。親は案外この近くにおるとな」

「なに⁉」

「大声を出すな。騒がしい奴じゃのう。それに肝心なのはここからじゃ」

「なんだってんだよ?」

「親は生きてはおる。しかし小僧には会いたがっていない」

「……ふん。まあ、そうだろうな」

子供二人を奉公に出して連絡がつかなくなったのだ。売り飛ばしたようなものである。会ったとしても良い顔はできないだろう。自らの罪の意識に責められるに違いない。

「そいつらはきっと子供のことなんて忘れたいんだろうよ」

「残酷なことよ。だから占うなと言うたのに……」

「でもな、三吉が知りたい気持ちはわかるさ」

辰五郎も昔、親を探そうとしたことがある。しかし捨てられて何の手がかりもないのでは雲をつかむような話だった。

「そこで、ものは相談じゃが、このことを黙っているという手立てもある」

「どういうことだよ」

「つまり『占いではわからなかった』と言うんじゃ」

「なるほどな。いいとこあるじゃねぇか、婆さん」

肩を揉む辰五郎の手が柔らかい動きになった。

「しかしわからないと言うてはわしの沽券《こけん》に関わる。これは悔しい。だからお主から口止め料をいただいておこう」

「なに⁉ ちょっと待て。なんでそんな話になる？」

「あのいたいけな子供に本当のことを知らせてよいのか？」

老婆が振り返って辰五郎を見た。

「それは……」

辰五郎は店の外の三吉の顔を見た。口は達者だが意外に傷つきやすいところがある。その三吉に「親はお前のことを避けている」とはたして言えるものだろうか。まるで三吉を人質に取られたようなものだ。

「てめえ、鬼のような奴だな……」

「鬼だったらそのまま本当のことを教えておるわい」

「だったら口止め料も勘弁してくれよ！」

「いいや。世の中は金じゃ。これは神様より確かなことよ」

「くそっ！」

辰五郎は追い込まれた。まさかこんなことになってしまうとは。

「いや、待て待て。よく考えてみると、その理屈はやっぱりおかしいぜ」

「どこがどうおかしい？」

老婆は余裕綽々《しゃくしゃく》で言った。

「その占いがインチキかもしれないだろう。いや、きっとイカサマだ。もともと親のことなんてわからないんだ。嘘でごまかすんじゃねえ！」

「本当だろうとインチキだろうと関係ない。わしが会いたがってないと言えば、あの小僧は信じるぞ。きっと傷つくじゃろうのう」

「このクソババア……！」

老婆をにらみつけた。しかし確かに言うことは間違っていない。三吉はこの占い師を完全に信じ込んでいる。ハメられたのだ。

「辰さん、しっかり揉んでよ！」

三吉が店の外から言う。

「お主の負けじゃ。口止め料は百文にまけておいてやる」

「高えな！　足元を見やがって、このごうつくババアめ！」

「ここで功徳を積んでおけ。そうすれば死んでも針山地獄くらいで許されるかもしれん」

「そんなのちっとも嬉しい気がしねえや」

辰五郎はしぶしぶ金を老婆に渡した。

「そうそう。あきらめが肝心じゃ」

老婆がにたっと笑った。

「よし……。出た」

老婆は外に出て筮竹をまとめると、三吉を見つめた。

「そなたの両親は生きておる」

「ほんとに！」

三吉の顔が上気した。

「しかし、場所まではわからぬ」

「ええっ？」

「すまぬ。わしの力不足じゃ」

老婆が頭を下げた。

「そっか……。でも生きているってわかっただけでもいいや。ありがとう、おばあちゃん！」

「悪いのう」

老婆は咳払いをひとつすると、算木を片づけた。

「そこのお姉さん」

「はい」

「あんたは何を占う？　坊主の占いが今一つだったゆえ、あんたの分は無料にして進ぜよう」

沙夜は迷った様子だったが、やがて口を開いた。

「あの、私には子が産めるのかどうかを……」

「なんだって？」

老婆が片眉を上げた。

「私は子を産めず、離縁されてしまったのです。私が悪かったのかどうか、それを教えていただけませんか」

「やれやれ……。お主らはきついことばかり聞くのう。これも小僧と同じように聞くのがつらい結果になるかもしれんが、構わんか？」

「はい。一度は死んだ身ですから……」

沙夜が伏し目がちに答えた。

「そうか。いつもつらい目に遭うのは女じゃ。わかるぞ」

慰めるように言って老婆は筮竹を手に取った。じゃらじゃらと小気味よく混ぜ、卦を立てていく。

「ふむ……」

「いかがですか？」

「いささか肩が凝ったのう」

老婆が肩を押さえて辰五郎を見た。

「お、おい！　もうこれ以上は……」

辰五郎は焦った。このババアはまた口止め料を取る気なのか。

「ふふ、冗談じゃ」

「脅かすなよ……」

「ま、この結果はたやすい。つまり子ができるかどうかは相手次第」

「えっ？」

「子をなすは陰陽の気よ。お主の陰と引き合う陽が現れれば、子もできるであろう」

「そうですか……」

　沙夜の顔が少しほころんだ。

「でもなぁ。それだと結果がどう転んでも、占いが当たったということになるんじゃねえのか？」

「それが真《まこと》のことだから仕方ないであろう」

　老婆はびくともしなかった。

「くそ……。ま、ともかくだ。相手次第で子ができるってことは、離縁は沙夜さんのせいじゃなくて、単に陰陽の気が合わなかったと。ババア、そうだよな？」

「まあ、おおよそ、そういうことじゃ」

「沙夜さん、よかったな」

「はい」

　沙夜が微笑んだ。この笑顔が見られるなら、インチキ占いもまんざら悪くはない。

「お主……。そうか」

老婆が辰五郎を見てにやりと笑った。

「情け心がわいてくるとは悪霊の離れた証。わしの功徳のようじゃな」

「馬鹿言え。もともと俺は情け深い男なんだ」

「その気持ちに免じてもうひとつ教えてやろう。耳を貸せ」

老婆が手招きした。

「なんだよ、気持ち悪いなぁ」

辰五郎はいやいやながらも耳を近づけた。

「小僧の親のことだがな」

老婆が小声で言った。

「お、おう」

「もうすぐ出会うことになるだろう」

「なに！」

辰五郎は三吉のほうを見た。三吉は楽しそうに翁丸の頭を撫でている。

「だが小僧にはつらい結果となる。相手の様子を判断して、必要ならお主が助けてやれ。冷たい親を見たとしても、力となる者はいる」

「そんなもんか？」

「そんなもんじゃ。人は弱いように見えて案外強い。ま、お主もわしのように、人に功徳を施し続ければ地獄行きを免れるかもしれんぞ」

「てことはあんたも相当の悪だったんだろうな」

　辰五郎は笑った。

「何人も殺したからのう」

　老婆は後悔するような目で言った。

（くわばら、くわばら）

　少し寒気がこみ上げて来た辰五郎は、そそくさと老婆の元を去った。

「わんっ！」

　すぐに翁丸がすり寄ってくる。いつもよりねんごろであった。やはり悪霊が飛んでいったのか。辰五郎が翁丸の首をかいてやると、気持ちよさそうに目を細めた。

　辰五郎たちが去ったあと、老婆は小料理屋の奥に声をかけた。

「ごめんよ。ちょいと厠を貸しておくれ」

「またですか？　さっき行ったばかりなのに。今日は暑いから腹を壊しなさったね」

「なに、神聖な水を使いすぎたでな。また作らねばならぬ」

　老婆は竹筒を持って厠に入った。

十八　見付宿

太田川を過ぎ、遠州鈴ヶ森を抜けると見付宿であった。西の京から江戸に下ると、ここで初めて富士が見えることから「見付」の名がついたという。

街道を歩いていると、畑のほうから女のすすり泣くような声が聞こえてきた。

「辰さん、誰か泣いているんじゃない？」

「俺には女難の相が出ているそうだからな。放っとこう」

「でも功徳をつまないと地獄に行くんでしょ？」

「あんなババアの占いなんかインチキに決まってるさ」

「でも、おいらの親が生きてるって言ってくれたもん」

「うーん、そりゃまあ……」

「わんっ」

翁丸が元気よく吠えると、畑のほうへ駆けていった。

「待ってよ、翁丸！」

三吉も一緒になって走っていく。

「ちぇっ、おせっかいな奴らめ」

辰五郎も仕方なくついていった。

しかし後から行く沙夜がふと笑みを漏らしたことに辰五郎は気づかなかった。辰五郎とて相当なもの好きである。


畑のあぜ道を行くと、畝《うね》にひざまずき、若い女が泣いていた。

畝には蔓《つる》が絡んで西瓜《すいか》がなっているのが見える。そのいくつかは割れ、赤い果肉をのぞかせていた。

「お姉ちゃん、どうしたの？」

三吉がおずおずと声をかけた。

「西瓜を食べられてしまったの……」

「なに、西瓜泥棒か？」

辰五郎が畑を見回した。しかし怪しい足跡はない。

「違うんです。西瓜を食べに来るのは猿なんです」

女が悔しそうに言った。

「猿だって？」

言われてみれば、かかしがそこかしこに立っており、畑の端には網も張られている。

「はい、一匹頭のいい猿がいて、群れを率いているんです。どんな罠《わな》を使っても捕まえられなくて」

「そりゃ大変だなぁ」

「このままじゃ百姓を続けていけません」

女が目を押さえてうつむいたとき、三吉と同じくらいの年ごろの子供が駆けてきた。

「姉ちゃん！」

「太助、どうしたの？」

「おとっつぁんがまた発作を！」

「えっ⁉」

女が畑の奥に向かって走り出した。

「辰さん」

「おう」

辰五郎たちも後ろについて走った。

「おとっつぁん、薬飲んで！」

家に駆け込み、女が薬湯を飲ますと、初老の男の咳はようやく止まった。

床にこぼれた薬湯を沙夜が素早く雑巾で拭いてやる。

辰五郎はぐったりした男を布団まで運んでやった。一人で薬を飲もうとして力つきたらしい。

「すみません、手伝っていただいて」

「いいってことよ。それよりあんた、さっき百姓を続けていけねえって言ってたけど、どういうことだい？」

「西瓜の数が足りなくて……。十日後にどうしても八十個、卸に納めないと、借金で畑が取られてしまうのです」

「親父《おやじ》さんの薬代か……」

「はい。今はまだ百個は畑にあるんですが、育ち切る前に猿に食べられてしまったら、もうおしまいです」

女は肩を落とした。

「夜通し見張るわけにはいかねえのかい？」

「このあたりには蚊がたくさんいて、そんなことしたら体中が腫れあがってしまいます。それでも我慢して見張っても、猿はたくみにかわして西瓜を食べてしまうんです」

「食い意地の張ったエテ公だなぁ」

「うちが森から一番近い畑ですから」

女の顔が沈んだ。もはや沙夜よりも暗い顔をしている。

「お豊《とよ》さん、いるかい？」

戸が叩かれた。

「はい」

女が立ち上がる。お豊という名らしい。

戸の外には仕立てのよい絹の袷《あわせ》を着た、恰幅《かっぷく》のいい初老の男が立っていた。

「鶴右衛門さん……」

「またやられたみたいだねぇ」

「はい。どうしようもなくて……」

「どうだい、あの話。受ける気になったかい？」

鶴右衛門がにたりと笑った。

「でも、先祖代々の畑を守っていかないと……」

「かといってあれだけ猿に荒らされてはどうしようもあるまい」

お豊が黙り込んだ。

「ま、考えといておくれ。悪いようにはしないから」

脂ぎった笑みを浮かべ鶴右衛門は帰っていった。

「なんだ、あいつ？」

辰五郎は聞いた。

「お隣の方です。このあたりの大地主の方で……」

お豊が悔しそうな顔をした。

「あの話、というのはなんでえ？」

「それは……」

「嫁に来いっていうんだよ」

太助が後を引き取って言った。

「えっ？　あんなジジイなのに？」

辰五郎はお豊を見た。お豊はまだ二十歳そこそこだろう。

「姉ちゃんが後妻に来たら、畑も守ってやるってさ」

太助が吐き捨てた。

「もう、そうするしかないね。薬代もかさむばかりだし」

打ちひしがれたお豊がつぶやいた。

「辰五郎さん。なんとかならないのですか」

沙夜がどこか張り詰めた声で言った。

「そうだなぁ。猟師でもいれば……」

「このあたりには猟をする人がいないのです」

「そうなのか……」

「くそっ。しっぺい太郎がいてくれたら」

太助が悔しそうに言った。

「しっぺい太郎って?」

三吉が聞いた。

「昔このあたりを荒らしまわった狒々《ひひ》がいたんだけど、それを退治してくれたのが、しっぺい太郎という犬なんだよ」

太助は話し出した。

かつて見付天神の森に住み着いた巨大な狒々は、人身御供《ひとみごくう》として村の娘を差し出さないと、怒り狂って田畑を荒らし、逃げ惑う人々を殺したという。

そのとき、たまたま村を通りかかった僧が狒々のこんなつぶやきを聞いた。

あのことこのこと聞かせるな

しっぺい太郎に聞かせるな

信州信濃《しなの》の光前寺

しっぺい太郎に聞かせるな

僧は信濃まで行き、しっぺい太郎を見つけ、連れて来て、狒々を退治した、という話である。

「太助、あれはただの言い伝えだから。本当にあるわけないよ」

お豊がか細い声で言った。

「いや、ちょっと待て」

辰五郎が言った。

「しっぺい太郎を呼ぼうじゃねえか」

「えっ⁉　辰さん、まさか……」

「ワン公！　出番だぜ」

辰五郎が戸口に向かって大声で言った。

「わんっ？」

何か用ですか、という風に翁丸が顔だけのぞかせた。

「ワン公。今晩、猿を退治するぞ。心の準備をしとけ」

翁丸がきょとんとした顔で辰五郎を見返した。

「翁丸で大丈夫かなぁ……」

三吉が心配そうに言う。

「なぁに、相手は狒々じゃなくて猿だ。大丈夫さ。犬猿の仲って言うだろう？　あいつが畑にいるだけで猿は近寄りゃあしねえさ」

「だといいけど」

「そうと決まりゃあ今日の泊まりはここだ。姉さん、猿退治のかわりに一晩泊めてくれねえか？」

お豊が辰五郎を見た。よく見ればなかなか細面の美人である。

さしずめ、隣の地主が狒々爺というところか。

「わかりました。どうか、猿を退治してください」

お豊が手をついて頼んだ。

「任しときな」

勇ましく答えると何やら辰五郎の気持ちも盛り上がってきた。

日も暮れた頃、辰五郎は畑を見回った。確かに隣にある鶴右衛門の西瓜畑にはしっかりした木の柵があって、さすがの猿も入りにくいようである。

(俺が猿ならどう考えるだろうか)

辰五郎は西瓜を見た。今のところ畑の東に、熟れた西瓜が集中している。

畑の東側の外には網が張ってあり、そこは猿が避けるらしい。すると猿は西から回り込んで西瓜を食べに来るだろう。ならばそこを翁丸と辰五郎が見張ればいい。

夜も更け、辰五郎は蚊帳《かや》を借りて畑に向かった。森に近いほうの端に翁丸を見張り番として杭《くい》につないで立たせておく。反対の端に蚊帳をすっぽりかぶった辰五郎が潜んだ。手には棍棒《こんぼう》を持っている。猿が多いとはいえ、群れの頭をやっつければ、あとは烏合《うごう》の衆だろう。

草木も眠る丑三つ時、「わんっ」という翁丸の緊張した声が聞こえた。やって来たらしい。猿たちは翁丸を避け、辰五郎のほうに来るだろう。辰五郎は棍棒を振りかぶった。

しかし、猿はいつまで待っても訪れなかった。翁丸を見てそのまま帰ってしまったのか？　だがそれでは退治したことにならないのだが……。

どうしようかと思案したとき、後ろの畑のほうからガサッと音がした。

「ワン公か？」

振り向くと、闇の中に赤い光が二つ浮いていた。目なのか？　その後ろにも小さな赤い光が群れている。

「猿か！」

辰五郎は一番前の赤い目の真ん中に棍棒を振り下ろした。しかし手ごたえはなく、さっと風が頰を撫で、猿たちは逃げて行った。ホタルのように赤い光がふわふわと森へ帰っていく。

「待ちやがれ！」

怒鳴ったとき、辰五郎は妙に涼しくなったように感じた。いったい何が起こったのか。

そのとき右手にちくっとした小さな痛みを感じた。

「あっ！」

辰五郎は仰天した。かぶっていた蚊帳が消えていたのである。大猿とすれ違ったときに奪われたのだとわかったが、もう遅かった。プゥンという高い音を立て、蚊の大群が辰五郎を襲ってくる。

「うわっ！　くそっ！」

息を吸うと口の中に蚊が入った。濃厚な蚊柱の中にいる。棍棒を振り回すがなんともならない。そればかりか割れた西瓜で足を滑らせ、隣の木の柵で頭を打ち、気を失ってしまった。

「辰さん！　辰さん！　しっかりして。畑が荒らされてるよ！」

三吉の声で目を覚ました。何やら体中が熱を持っている。

「三吉か……？」

顔を上げると、三吉があんぐり口を開けた。

「辰さん、太った？」

「何言ってやがる」

しかし、顔に手を当ててみると、顔がパンパンに腫れていた。

「くそ、蚊に刺されたんだ！」

「そんなにまん丸じゃ西瓜と見分けがつかないよ」

「うるせえ！　ワン公は何やってやがった！」

辰五郎は翁丸の元へ走った。

翁丸は昨夜と同じように縄につながれていた。しかし口元がべっとりと赤く染まっている。

「ワン公、猿をやっつけたのか！　よし！」

天晴《あっぱ》れ翁丸。ついに役立つときが来たのか。

「あっ、西瓜が！」

三吉が声を上げた。翁丸のまわりに小さな西瓜が割れて散らばっている。

「おめえまさか……」

小さな西瓜は畑の西側にあったはずだ。縄につながれた翁丸の近くにあるはずもない。

猿が小さな西瓜を割って翁丸に投げ渡し、その隙に横を通って畑に侵入したとしか考えられない。

「てめえ、猿に手なずけられやがったな！　それでも犬か？」

「わんっ」

西瓜の果肉をたらふく食べ、すっかり赤くなった口で翁丸は楽しげに吠えた。

「ワン公。てめえはしっぺい太郎じゃねえ。しっぱい太郎だ！」

翁丸はぶんぶんと尻尾を振った。

「すまねえ……。こんなはずじゃ」

辰五郎はお豊に頭を下げた。

「ぷっ。その顔……！」

お豊が笑った。これは助かった、泣いて責められるよりはいい。

「蚊帳を取られるとは、とんだ羽衣天女になっちまったよ」

「辰さんが天女なわけないだろ」

「くそっ、俺も男だ。このままにはしておかねえ」

「もう、いいんです。私が鶴右衛門さんに嫁げば……」

お豊の顔にあきらめの色が浮かんだ。

「いやいや、頭を打ったときに少しひらめいたんだ。もう一度だけやらせてくれ！」

辰五郎は頼み込んだ。


その夜、辰五郎は再び畑の番に立った。森に一番近い畑の端である。そばには翁丸もいた。少なくとも猿に気づくのは翁丸のほうが早い。

夜も更け、丑三つ時がやってくると、翁丸が小さく吠えた。

「来たか？」

「わんっ」

再び闇の中から赤い目の群れが現れた。

辰五郎が梶棒を振り上げると、先頭の赤い目が大きく跳んだ。

「こっちだ！」

辰五郎は今だとばかりに隣の畑の木の柵を叩き壊した。

先頭の赤い目が戸惑ったようにゆらぐ。

「おい、エテ公。こっちの西瓜のほうが甘いぜ。高い肥料をたっぷり使ってるからな」

辰五郎はさっと身を引いた。猿の群れは了解したように鶴右衛門の西瓜畑に入っていく。

「あとはここを閉じれば細工は流々よ」

辰五郎は壊れた木の板をはがすと、小田原提灯に火を入れ、修理を始めた。音が立たないように、釘《くぎ》は布を巻いた棍棒で叩く。

寄って来た蚊が火の中でパチパチと爆《は》ぜた。

「よし。仕掛けも上々」

辰五郎が木の板を足で押すと、それはくるりと回った。昔、丁半博打の賭場でこんなイカサマを見たことがある。床板が開いて、上の畳越しに針を刺し、中の賽子を転がすことができるのだ。

「こんなどんでん返しがあるとは狒々爺も気づくめえ」

もっとも、あの頭のいい猿はこの仕掛けに感づくに違いない。あとは甘い西瓜の畑ばかりを襲うはずだ。

「じゃあ、達者でやりな」

翌日、辰五郎たちはお豊の家を出た。

鶴右衛門の畑では下男たちが大騒ぎしている。

「なんで急にお隣が襲われたのか、ちっともわかりませんが」

猿の軍団は西瓜のみならず、胡瓜や桃まで略奪したらしい。

「鶴右衛門さんは信濃から猟師を雇うそうで……」

「じゃあ、あの猿も一巻の終わりかな」

「辰五郎さんのおかげです」

「多分、うちのワン公が守ったんだよ」

「しっぺい太郎ってほんとにいたのかもしれませんね」

「わんっ」

翁丸が自慢げに吠えた。

「ところで辰五郎さん」

「なんだ？」

お豊が身を寄せた。

「あの、ずっとここにいていただくわけにはいきませんか？」

お豊の目に切ない光が灯った。

急なことに辰五郎はどぎまぎした。

「いけねえよ……。俺は渡世人だ。悪いことは言わねえ。あんたにはもっとまともな働き者が似合うさ」

辰五郎は苦み走った顔で言ったが、その心は既に岡崎に飛んでいる。必ず勝てる大博打があるのだ。ここで二晩も泊まったのだから急がねばなるまい。

「やっぱり……。もう決まった人がいらっしゃるものね」

お豊が沙夜を見た。

「いや、あの人はその、なんというか……」

「あんな美しい人にはやはり勝てませんね。ありがとうございました」

お豊が頭を下げた。

「む……。ああ」

辰五郎は振り返らずに街道に向かった。

田畑を耕して生きるような暮らしもある。しかし、辰五郎は血のたぎるような鉄火場が好きだった。そこで燃え尽きれば死んでも本望である。

「辰さん、早く行こうよ！」

三吉が手を振って呼んでいた。

街道に出ると、辰五郎たちは朝日を背に浴びつつ浜松宿へと向かった。

十九　浜松宿

　一行は、たびたび氾濫したため〈あばれ天竜〉ともいわれる天竜川を舟で渡り、浜松に着いた。浜松城の城下町でもあるこの宿は箱根と同じく本陣を六つ抱え、出店や飯盛り女も集まり、大変なにぎわいを見せている。

「おい三吉、そろそろ昼飯にしようか？」

　辰五郎がうきうきして言った。

「そうだね、お腹すいたよ」

「見付から浜松までずいぶんありましたからね」

　沙夜も額の汗を拭いた。

「四里（約十六キロメートル）もあったからな。ここはひとつ精をつけようぜ」

「わんっ！」

　翁丸も尻尾を振った。

「辰さん、何を食べるの？」

「浜松といえば決まってるだろう？　鰻だ」

　辰五郎は目尻を下げた。

「うなぎ？　あんなのおいしくないよ」

　三吉が不服そうに言った。

「なにを言ってる。お前、鰻のかば焼きほどうまいもんはねえだろう」

「かば焼きって？」

「お前、知らねえのか？　まさか、塩焼きやら味噌焼きしか食べたことがないって言うんじゃねえだろうな？」

「そうだよ。悪かったね」

　三吉が頬を膨らました。

「か〜、貧しいなぁ、お前と言う奴は。でも喜べ、三吉。これからお前はこの世の極楽を味わうことになる」

「そんな大げさなこと言って。ほんとにおいしいの？」

「うまいなんてもんじゃねえ。あれぞ至福よ。醤油《しようゆ》に酒、砂糖、みりんを入れてな、これがかば焼きのタレになる。で、鰻の頭を焼いたのなんかをタレに入れると出汁が出てこたえられねえな。背開きにした鰻に串を打ったあと、白焼きして蒸したものをタレに漬け、存分に味を染み込ませて炭火であぶるんだ。するってえと、焼いた鰻の脂がぽたぽたと落ちて、じゅうじゅうと煙が立ちのぼる。もうその匂いで一杯飯が食えらあな」

辰五郎は深川八幡《はちまん》の露店の名物〈鰻の大かば焼き〉のことを思い出して口の中に唾がたまった。博打で勝ったあと豪勢に食べる鰻は格別である。負けたときだって、ぼそぼそと食べる鰻飯は傷ついた心を温めてくれる。

「そんなの聞いてたら、なんだかおいしそうに思えてきたよ」

知らぬながらもかば焼きの光景を想像したらしい三吉の目が輝いてきた。

「ま、かば焼きに山椒《さんしょう》をちゃっちゃとかけてよ、飯と一緒にかきこんでみろ。この世の極楽さ。甘じょっぱいタレが飯に染み込んでうめえぞ。かば焼きをぶつ切りにして飯にのせたあと、もみ海苔をかけて茶漬けにしてもうめえし、なんてったって精力がつく。これを食わずに浜名湖を通り過ぎる奴は大馬鹿だ」

「どこかいい店を知ってるの？」

「知ってるとも。ただしな、ちょいと時がかかる。注文してから、でき上がるまで四半刻ってとこかな。焼き上がるあいだ、お新香と酒で待つのが江戸っ子の乙ってもんよ。焦っちゃなんねえ」

辰五郎は早くも夢心地で、覚えのある店へ向かった。三吉と沙夜も期待しているようで、朝から歩き通しで疲れた足取りも軽くなっている。

「ごめんよ」

声をかけてのれんをくぐり、辰五郎たちは店の奥の席に座った。

しかしどうも様子が変である。客が全くいない。前に来たときは、たいそう混み合っていたのだが。

「おい、誰かいねえのか？」

声をかけると、赤い前掛けをした小女《こおんな》がけげんそうな顔で出てきた。

「ご注文ですか？」

「それ以外に何がある。鰻と飯を頼みてえんだが」

小女が、やっぱりなというような顔をした。

「すみません。このところ、鰻が不漁で料理が出せないんですよ」

「なに！　鰻はねえっていうのか？」

「はい。柳川《やながわ》ならご用意できますが……」

「泥鰌《どじょう》なんかに用はねえ。俺は鰻が食いてえんだ！」

辰五郎は悔しさのあまり思わず涙ぐんだ。

柳川とは泥鰌鍋のことで、江戸発祥の料理法だが、今や浜名湖にもその流行は及んでいた。

「俺はな、見付の宿からここまで、『うなぎうなぎ』と心の中で唱えながら歩いてきたんだ。今ここで鰻が食えないとなったら、俺の疲れ切った体になんと言い訳したらいいんでえ?」

「でもないものはないんですよ」

小女が顔をしかめた。

「じゃあ、鰻がいれば料理は出せるって言うんだな?」

「そりゃ板さんはいますからね」

「よしわかった。任せとけ」

辰五郎は立ち上がると店を出た。

「辰さん、任せとけって、いったいどうするんだよ?」

ついてきた三吉がけげんそうな面持ちで言った。

「三吉。鰻が出せないからといって俺がおめおめ引き下がる男だと思うか?」

「そりゃ、食い意地は張ってるけどさ。いないものはしょうがないだろ?」

「いや、鰻は浜名湖にいる。獲れていないだけだ」

「ええっ?」

「俺も江戸の釣り将軍と呼ばれた男よ。なんとしても鰻を手に入れてみせる」

辰五郎は腕をまくった。

「考えてみりゃ、鰻を食うことばっかり考えて金がないことを忘れてたしな。自分で釣った鰻のほうがうめえに決まってる」

「辰さん、まさか鰻を釣るつもり⁉　っていうか釣れるの？」

「あたぼうよ。俺に釣れない魚はねえ。口がついてるかぎり魚は必ず餌を食う。ついてきな。舞阪《まいさか》まで行くぞ」

辰五郎は店を出ると足を速めた。本陣の連なる街道の右手には、遠く浜松城が見える。

藤原秀衡《ふじわらのひでひら》とその愛妾《あいしょう》を弔う〈二つ御堂〉のそばで、辰五郎は道沿いの店に入ると、名物の浜納豆を買い求めた。

「浜名湖につくまで、これを舐めて我慢しな」

辰五郎は浜納豆を二つ三つ口に放り込むと、三吉たちに渡した。浜納豆を嚙むと、口の中に味噌のような風味が広がる。これは発酵させた大豆を塩と生姜《しょうが》、山椒で味付けしたもので、携帯もできる。徳川家康公の大好物でもあった。

「辰さん、翁丸にもあげていい？」

辰五郎がいいぜと返事をすると、三吉は浜納豆をぽんと宙に放った。ひらりと翁丸が飛んで口に入れる。

「うまい！」

辰五郎は感心した。

「ワン公、お前、見世物小屋でも活躍できるぜ」

辰五郎はかつて自分がいた見世物小屋で飼われていた犬のことを思い出した。たしかあれは忍者が育てた忍犬だという触れ込みであったが、実に身が軽かった。

しかしその犬はろくに餌をもらっていなかったことも思い出した。飯を食えるのは芸が成功したときのみである。

「ま、芸なんてしなくてもそのままでいいさ、翁丸」

「わんっ？」

翁丸がきょとんと辰五郎を見た。

二十　舞阪宿

そこからさらに二里半、松並木の中を再び「うなぎうなぎ」と唱えながら歩いて舞阪の宿に入った。目の前に大きな浜名湖が見えてくる。

もともとこの湖は陸に囲まれた淡水湖だったが、明応七年（一四九八年）の大地震とそれにともなう津波によって湖南の陸が切れ、外海とつながった。よってここを今切《いまぎれ》といい、陸路で歩けなくなって以降、人々はここを舟で渡っている。また、淡水湖が汽水湖にかわったことにより、黒鯛や鱸《すずき》、平目や鯒《こち》などさまざまな魚が浜名湖に入り込むようになった。

辰五郎が浜名湖の湖畔の漁師たちにすぐさま話を聞きに行ったところ、やはり鰻は不漁とのことであった。延縄《はえなわ》ももじり（竹で編んだ筒のような仕掛け）も、ぜんぜん駄目だという。

しかし駄目だと言われるとますます食べたくなるのが人情だ。

「辰さん、あきらめなよ。お腹すいたよ。もう泥鰌でいいよ」

「いや。男は一度こうと決めたら曲げちゃなんねえ。それに鰻をさんざん期待させて歩き続けさせた足に申し訳が立たない」

「しつこいねえ、辰さんも」

「こだわりと言ってくれ」

辰五郎は浜名湖を睨んだ。きっとこの中に何千匹もの鰻がうごめいているはずだ。

「でも鰻は夜に獲るものだとさっき漁師の方が言っていませんでしたか？」

沙夜が心配そうに聞いた。

確かに鰻は夜に釣れやすい。昼間は寝ているのだろう。かといって夜まで腹をすかせたままではつらい。三吉たちもいる。とりあえず泥鰌を食ってからまた釣るか？

ちょっと負けたような気持ちで悩んでいたとき、翁丸が浜名湖にそそぐ小川に飛び込んだ。澄んだ水の中で気持ちよさそうにバシャバシャと水浴びする。

「それだ！」

辰五郎は叫んだ。

三吉が大声に驚いて跳び上がった。

「なんだよ！」

「釣ると考えたのが間違いだ。今は餌を食わねえときなんだから」

辰五郎はふと冬の鮒のことを思い出した。寒鮒《かんぶな》とも呼ばれる師走《しわす》から如月《きさらぎ》までの鮒は、自分からは餌を食べにいこうとしない。そのため、川魚独特の臭みがなく、甘露煮にすると美味である。この寒鮒を釣るには群れの真ん中に餌を落とすしかなく、一尺（約三十センチメートル）でもずれるとけして釣れはしない。

食う気のない魚を釣るにはそれなりの工夫が必要なのである。

（鰻もそうなんだろうな）

体の長い魚は胃の腑《ふ》も長くて、気が乗らないときはしばらく食わなくても大丈夫なのかもしれない。

しかし、鮒と違って、鰻は群れないし、多くは穴の中に入っているから餌も届かない。この鰻をどうやって仕留めるのか。

「鰻、釣るのやめるの？」

「いいや。ま、見てろって」

辰五郎は勢いよく小川の中に飛び込んだ。

半刻かけて小川の上流に岩を積み、流れをせき止めた。すると見る間に流量が減り、川の底が見えてくる。泥にまみれた岩の上で鯉《こい》や鯰《なまず》が跳ねた。

「三吉！　下流から派手に音を立てて、魚を追い込め！」

「う、うん！」

三吉も川に飛び込んで、木ぎれでめったやたらに水面を叩き、じゃぶじゃぶと歩いた。

そのまま上流へと歩いてくる。

「いいぞ、そのまま！」

「足に魚が当たって気持ち悪いよ！」

三吉が叫んだ。

「大丈夫だ、噛むやつはいねえ。そのまま暴れてろ！」

辰五郎は浅くなった川の下流に漁師に借りた網を張った。逃げ場を失った魚は網にかかったり、堰《せき》の近くに溜まる。

今や水面が魚の動く波紋で埋め尽くされていた。

「三吉、つかめ！」

声を上げて、辰五郎は手当たり次第に魚をつかみ、陸に放り投げた。どんどん魚は獲れる。鯉も鮒も黒鯛も鯆もいた。

それを見た三吉もおそるおそる手を出して魚をつかんだ。

「魚だ！」

自分のつかんだ魚を見て、目を丸くする。

「きっと鰻もいるはずだ。長いやつを探せ！」

「うん！」

三吉は濁った水の中を、手探りで探した。

辰五郎も血眼で鰻をさぐった。餌は食わなくても手づかみなら獲れる。

辰五郎が小さな淵《ふち》のようになったところの岩の下の穴に手を突っ込んだとき、ひときわぬるりとした手触りがあった。

「いた！」

辰五郎はそれをつかんで引っ張り出した。灰色の長い魚体がうねる。確かに鰻だった。しかもかなり大きい。長さが辰五郎の身の丈くらいある。

「召し捕ったり！」

喜びのあまり叫んだが、力を入れたせいで鰻はぬるっと滑って手から抜けた。鰻が素早く三吉のほうに泳いでいく。

「三吉！　逃がすな！」

「うん！」

しかし三吉の手もすり抜けた鰻はさらに泳いだ。潜られると見えなくなるかもしれない。急ごしらえの堰は、岩の間につめた泥が溶け、徐々に川の水位は増してきている。この機会を逃したらもう鰻は獲れないだろう。

辰五郎が追いかけた先に翁丸がいた。川に入って魚たちを珍しそうに見ている。

「ワン公、そいつを捕まえろ！」

「わんっ！」

雄々しく立った翁丸は鰻を待ち構えた。しかしその長い姿が見えるやいなや、翁丸の背中の毛がそそけ立った。

「きゃん！」

翁丸は尻尾を股間に挟み、小川から飛び出した。

「こら！　この役立たず！」

だが、鰻が川底に消えようとしたとき、白い手が伸びて、むんずと鰻をつかんだ。

「沙夜さん！」

膝まで川に浸かった沙夜が恥ずかしそうに鰻をかかげた。

「捕まえました……」

「お手柄だ！」

「すごいよ、沙夜さん！　怖くなかったの？」

三吉も喜ぶ。

「鰻を料理したことがありますので……」

沙夜が少し笑う。

「よし、沙夜さん。そのまま岸にあがって」

「はい」

沙夜が鰻をつかんだまま岸に上がり、辰五郎と三吉も手を出して、三人でつかんだ。

「でけえな！　こんなの初めてだぜ」

気分爽快となった辰五郎が叫んだ。

「おもしろかった。こんなので魚って獲れるんだね」

三吉も大喜びだった。

「ワン公。どうだ？」

辰五郎は鰻の頭を持って翁丸の顔につきつけると、

「きゃん！」

と翁丸が尻尾を巻いて逃げた。

「待て、鰻の襟巻きをしてやる！」

辰五郎は翁丸を追いかけ回した。翁丸は鰻と蛇を間違えているのかもしれない。

「これが京名物、うまきだ！　いてっ！」

辰五郎は翁丸の首に鰻を巻きつけようとして噛まれた。

「ったく子供みたいなんだから……」

三吉があきれて言った。

「でもね、私の前の夫は鰻を料理しても、ちっとも喜ばなかったわ。あんなに喜ぶなんて、逆にすがすがしい」

沙夜が微笑んだ。

「馬鹿なだけのような気もするけどね」

三吉が沙夜の微笑みを見て首を傾げた。

「よし。沙夜さんが料理できるんなら、漁師小屋で焼かせてもらうか」

辰五郎たちは大量の獲物をもって浜の漁師小屋に戻った。漁師たちも手伝ってくれる。大鰻は背開きにされたあと竹串を打たれ、かば焼きになった。切って残った端の部分は焼いて、飯に混ぜて茶漬けにする。

他にも黒鯛の刺身や鯉の洗いなども用意され、豪華な食卓となった。

「みんな、遠慮なく食ってくれ」

辰五郎は陽気に声をかけた。

漁師たちも喜んで酒を持ってきて、湯飲みを差し出してくる。

「旅の人、かえどりをやりなすったね？」

漁師の長《おさ》が言った。

かえどりとは川や池の水を掻き出して魚を捕まえる〈掻い捕り〉がなまったものである。地方によっては掻い掘りともいう。

「そうよ。釣れねえのなら捕まえるしかあんめえ」

「まあ売るほどは獲れないが、こうやって食うぶんには十分だね。考えなすったな」

「とにかく鰻が食いたくてよお」

辰五郎が酒をついでもらいつつ笑った。

鰻のかば焼きから香ばしい匂いが漂っている。

辰五郎はたっぷりと脂ののった分厚い鰻を口に放り込んだ。

「うめえっ！」

辰五郎が叫んだ。

三吉もそのうまさに思わずうなった。

「ほんとだ……。口の中で溶けるよ。塩焼きなんてしたらもったいないね」

「だろう？　泥抜きが足りねえからどうかとも思ったんだが、あの小川はきれいだったからな。清流の鰻はうめえよ。さすがは浜名湖だ」

「よかったですね、辰五郎さん。おいしい鰻が食べられて」

沙夜が微笑んだ。

「沙夜さん、あんたのおかげさ」

「いえ……」

「よし、もう一度、ワン公をからかってやるか」

辰五郎はかば焼きをひと切れ、小屋の外にいる翁丸に持って行った。

「ワン公、ほら、鰻だぜ？」

辰五郎は脅かそうと近づいた。

しかし翁丸は辰五郎の手ごと、鰻のかば焼きにかぶりついた。

「わんっ！」

「いてっ！　また嚙みやがった」

辰五郎は慌てて手を引いた。手の甲に歯形がくっきりついている。

「手まで食うやつがあるか」

文句を言っているあいだに翁丸はぺろりとかば焼きを食べてしまった。

「短くなっちまえば、鰻も怖くないか」

「わんっ」

翁丸は口を大きく開けた。もっとほしいという風情である。

「ま、鰻は犬にはもったいねえ。漁師からするめをもらってきてやるから我慢しな」

「わんっ」

辰五郎が翁丸の好物のするめを取りに戻ると、すでに鰻のかば焼きはなかった。

「お、おい！　みんな食っちまったのか？」

「悪いね、久々の鰻だったもんで」

漁師たちが笑い、頭を掻いた。

「嘘だろ？　俺、まだひと切れしか食ってねえんだよ……」

辰五郎は呆然とした。

漁師の一人がとりなすように言った。

「兄ちゃん。柳川ならできるぜ？」

「だから泥鰌はいらねえって！」

辰五郎は情けない顔になった。

二十一　荒井宿

辰五郎は翁丸とともにするめを嚙みながら再び街道を進んだ。

今切を渡し舟に乗って進むと、右に弁天島、左に遠州灘《なだ》が見える。

明応の大地震で弁天島は舞阪から孤立してしまい、村全体が引っ越したことから村《むら》櫛《くし》という地名がついたところもある。

舟で一里ほど行くと向こう岸の荒井宿に至った。

荒井の木戸につくと、民衆がせき止められ、黒山の人だかりとなっていた。

「おっ、関所か」

「箱根にもあったやつだよね」

三吉が帯にさした柄杓を手に持つ。おかげ参りの者に関所の詮議がゆるいのは箱根で経験ずみだった。

「こんなに並んでるんだから、さっさと通しゃいいのにな」

辰五郎たちは列の最後尾につき、順番を待った。翁丸もその後ろにちょこんと控えている。

辰五郎の前には背の低い男が並んでいた。顔がひどく蒼白《そうはく》で具合が悪そうである。

「辰さん、前の人、すごい汗だよ。病かな？」

「なんか悪いものでも食ったんじゃねえか」

「私、少し薬を持っています。反魂丹《はんごんたん》ですが……」

沙夜が心配そうに言った。反魂丹は富山の薬売りがよく売り歩いている常備薬で、二十数種の生薬などを調合し、胃痛や腹痛、さしこみ、胸やけなどに効果があるとされている。

辰五郎は沙夜に頷いた。

「どうしたい、兄ちゃん。薬飲むか？」

辰五郎は男に声をかけた。

「いえ……」

振り向き、か細い声で言うと、男はふたたび前を向いた。

「やせ我慢するなよ。なんなら、並んどいてやるから、そのあたりで用を足してきなよ」

「ええ……。でも結構です」

男は小さく会釈したが、今や震えまで走っている。

「大丈夫かなぁ」

三吉が気の毒そうに男を見た。

やがて順番が回ってきて、先ほどの男が関所の建物に入って行った。

すると、しばし時がたったあとに、

「あーっ！」

という甲高い悲鳴が聞こえた。

翁丸がピンと尻尾を立てて警戒する。

「倒れたのかな、あの人？」

「いや、きっと漏らしたんだろう。だから我慢するなって言ったのに……」

「でもあんなに並んでたらお腹も痛くなるよね」

「いっときの恥を忍んだばかりに大恥をかいたなぁ。南無……」

辰五郎は黙とうして手を合わせた。

その後、ようやく男の詮議が終わったらしく、辰五郎たちの番がまわってきた。

「行ってくらあ」

辰五郎がつかつかと関所へと入って行く。

その手にはしっかり柄杓を持っていた。おかげ参りの途中であり、なんら臆することもない。

「伊勢まで行くからよろしく」

辰五郎が柄杓をぶんぶん振り回しながら畳の上を進むと、役人と怪しい老婆が待ち構えていた。

役人が「頼む」とひと声かけると、老婆がおもむろに近づいてくる。

「なんだよ。俺はただのおかげ参りだってば」

「問答無用です」

老婆は厳しく言うと、突然、辰五郎の股間をむんずとつかんだ。

「ぎゃあああっ！」

辰五郎は悲鳴を上げたが、老婆はしっかりつかんで放さない。

「放せ！　何しやがる」

辰五郎はたまげた。これはいったいなんの真似なのか。

「温かい」

「は？」

「どうやら真の男のようでございます」

老婆は役人に言うと、股間を優しく揉んでほぐし、手を放した。

「ちょっと待て！　こりゃあどういうことだ、いったい！」

役人が苦笑いしつつ、答えた。

「すまぬのう。実はさきほど、男に化けてここを通過しようとする女がおったのでな。確かめさせてもらった」

「じゃさっきの男は……」

具合が悪そうにしていたあの男は、女だったというのか？

言われてみれば背も低く、生白い顔をしていた。関所が近づくにつれて緊張していたのかもしれない。

「うむ、やはり女であった。そうでなくても昨日はおかげ参りに化けた女が関所やぶりをしてのう。強く警戒しておるところじゃ」

役人が苦々しく言った。

この老婆は〈人見女《ひとみおんな》〉という女性専門の検閲人であり、男子に変装する女子を確かめるため、男の股間を調べるのもまたこの老女の務めである。

「ふうん、そうだったのかい。でもよ、俺が男だってのは見てわかるだろうよ？」

博徒の辰五郎は自分が男の中の男であると自負している。その自分をあんな手段で確かめるとは何ごとか。

「男のような女もいる。許せ」

「せめて調べるのが若い女ならよかったのによ……」

辰五郎が愚痴ると老婆がにかっと笑った。

「うへえ、気持ち悪い」

辰五郎は一目散に関所を出た。

関所を出た辰五郎が待っていると三吉はすぐにやってきた。さすがに子供は詮議も早い。

しかし沙夜はいつまでたってもなかなか出てこなかった。

「どうしたんだろうね、沙夜さん」

「ここはな、女改《おんなあらため》が厳しいことで有名なんだ。なんでも裸にされて調べられるらしい」

「うわ、大丈夫かな沙夜さん」

「ま、往来手形もあるし、平気なはずだが……」

辰五郎も腕を組んだ。

〈女改〉は、まず人見女が女性の髪をとかし、毛先を見る。もし毛先が切り揃えられていれば、それは武家の女性にのみ許されていることなので、出女を見張っている関所の、さらに厳しい詮議が待っている。

旅人の女は上半身を裸にされると怪我《けが》の跡や痣《あざ》などの特徴が往来手形の記述と照らし合わされ、関所にその詳細が記録される。

大名の子女などはこれを嫌い、荒井の関所を避けるため、浜松から〈姫街道〉と呼ばれる迂回路《うかいろ》を通ることもあった。

〈姫街道〉は浜松から東海道を外れ、浜名湖岸を北に行き、本坂峠《ほんざか》を越えて、御油《ごゆ》の手前で再び東海道に戻るというものである。

もっとも途中の気賀《けが》というところにも関所があり、詮議は免れなかったが、一里を舟で渡る危険性も考えあわせて〈姫街道〉を通った者も多かった。


辰五郎が、沙夜の詮議の遅さを心配して関所をのぞきに行こうとしたとき、

「いやっ！」

という悲鳴が聞こえた。

「沙夜さん！」

三吉が叫ぶ。それは確かに沙夜の声だった。

「何があった！」

辰五郎が関所に駆け寄ったとき、犬の吠える声が聞こえた。

「わわん！」

翁丸がいきり立っているときの声だった。

「翁丸、何があったの⁉」

三吉が叫ぶ。

そのとき関所の戸が開き、翁丸の尻がのぞいた。

「その犬を……犬を早く外に！」

先ほどの老婆の声が震えていた。

翁丸は背中の毛を逆立てて怒っている。

「斬れ！ 斬ってしまえ！」

物騒な役人の声が飛んだ。

「ワン公、来い！」

辰五郎が慌てて翁丸をかつぎあげ、植え込みの中に隠した。翁丸はまだ唸っている。

「おい、犬はどこへ行った？」

すぐさまさっきの役人が出て来た。

「走って行ったよ。足が速いなあ、あの犬は」

辰五郎が植え込みを背にそ知らぬ顔をすると、役人は苦々しい顔をして戸を閉めた。

「どうなったのかな？」

「わからん。でも待つしかねえ」

三吉と二人、気をもんでしばらく待っていると、ようやく沙夜が出てきた。

その目は真っ赤で、泣き腫らしている。

「どうしたの沙夜さん！」

三吉が駆け寄った。

「なんでもないの……。翁丸はどこ？」

「あっちだ」

辰五郎の指さす先に、植え込みから顔だけひょっこり出している翁丸がいた。

「翁丸」

沙夜は翁丸に走り寄って抱きしめた。

「くぅ〜ん」

翁丸が嬉しそうな顔をする。

「いったいなにがあったんだい？」

辰五郎は沙夜の様子に驚きつつ聞いた。

「怪しいからと体中を調べられたんです。女の人に着物を脱がされて……」

「そうか……。つらかったな。ここの関所は女には厳しいんだ。おかげ参りだから大丈夫かと思ったんだが、これだったら姫街道から行けばよかったよ」

辰五郎は唇を噛んだ。

「違うんです。関所は悪くないんです。ただ私、思い出してしまって……」

沙夜は両手で顔を覆った。

「子供を産める身体かどうか、お義父さまから調べられたときのことが頭によみがえってきて……。どうしても耐えられなかったんです」

「そうか」

辰五郎は三吉の耳を両手でふさいで頷いた。

「辰さん、何するんだよ！」

「子供は聞かなくていい話さ」

「放せ！」

三吉はじたばたともがいたが、辰五郎はしっかりと頭を挟み込んで放さなかった。

「沙夜さん。あんた、悔しかったんだなぁ」

「えっ？」

「そりゃいいことだよ。あんたは自分の気持ちがわかったからようやく泣けたんだ。頭の中じゃ子供が産めないのが悪いと自分に言い聞かせてたんだろうけど、心の中じゃ悔しがってたのさ。ひどいことをされたってな。そこは怒っていいところだ」

「……」

戸惑うように沙夜の目が揺れた。

「でも死ななくてよかったじゃねえか」

「えっ？」

「前の沙夜さんなら絶望して今ごろ浜名湖に身を投げてたろうさ。それが悔しがって泣いてるんだ。しっかりした心に戻って来たってことよ」

「辰五郎さん……」

「あんたは悪くねえ」

辰五郎が言うと沙夜の目からまた涙がこぼれた。

「でもね、辰五郎さん。翁丸が助けてくれたんです」

「えっ？　ワン公が？」

「私がどうしようもなくなったとき、飛び込んできて。あの女の人の手に嚙みついたんです」

「へえ、そりゃ……」

辰五郎は翁丸を見た。

（あまたの男の股間を握って臭くなったあのババアの手を嚙んだのか……）

しかし、よくやったか。

「ありがとうね、翁丸」

沙夜は翁丸の頭を撫でた。

「沙夜さんよ、これをワン公に食わせてやりな」

辰五郎は懐からするめを出した。

「こいつが何かいいことをするときは、いつもするめが目的さ」

「そんな……」

「いいからいいから」

辰五郎が沙夜の手にするめを押しつけた。

とたんに翁丸の尻尾がパタパタと振られる。

沙夜が翁丸にするめを差し出すと、翁丸はかっさらうように食べた。

「沙夜さんからご褒美だ、ワン公」

「わんっ」

翁丸がタレ目の目尻を下げた。


関所を後にして歩き始めると、粋ないでたちをした女が早足で寄って来た。

「あの、お願いがあるのですが」

辰五郎の胸はひそかにときめいた。

紅《あか》くてぽってりした唇、つやつやとした黒髪に引き締まった柳腰。凝脂《ぎょうし》も照った絶世の美女である。

「わかった。任せろ」

辰五郎は即答した。

「辰さん、まだ何も言ってないじゃないか」

三吉が顔をしかめた。

一番後ろにいた沙夜はその女と交互に辰五郎を見て、やや不安そうな面持ちとなった。

「旅の道連れとなっていただきたいのです」

女はおりんと名乗り、切れ長の目で辰五郎を見つめた。

「俺たちと一緒に行きたいってのか？」

「できれば……」

おりんは口ごもった。何やら事情のありそうなようすである。

「辰さん、おいらたち三人は家族ってことで旅してるんだから、都合が悪いんじゃない？」

「そうか？　沙夜さんの姉か妹ってことにしとけばいいだろ？」

辰五郎は微笑みを浮かべた。

「てなわけで姉さん。まあ、事情を話してみなよ」

辰五郎はいなせに言った。

「実は、悪い男に追われていまして……」

「そうだろうなぁ」

「一緒に来な」

「えっ？」

「あんたほどの美人なら、のぼせあがる男も出てくるだろう。よし、一緒に来な」

「いいんですか」

「ここで会ったのも何かの縁だ。この辰五郎、ひとつその男にとっくりと説教してやろう」

辰五郎は調子よく胸を叩いた。

「助かります。恩に着ます……」

おりんが辰五郎の袖をつかみ、ひしとすがりついた。

「お、おい、そんなに近づくなって」

おりんの髪からよい匂いが立ちのぼってきて辰五郎は照れた。

それを見てますます沙夜はうつむいた。

「辰さん、相談もなしに決めないでよ」

三吉が口を尖らせた。

「一人旅のお姉さんが困ってるんだ。お前には慈悲の心ってもんがないのか？」

「辰さんが慈悲の心を持ってるなんてとうてい思えないけどね。沙夜さんはいいの？」

三吉が沙夜を見た。

「……一緒に行きましょう。辰五郎さんが決めたことですし」

「さすがだ、沙夜さん。困った人を見ると、ほっとけないんだな、あんたも」

辰五郎は陽気に歩き出したが、目の前に翁丸が走り出て、立ちふさがった。

「ぐるる……」

翁丸は低く唸っていた。

「どうしたワン公。腹が減ったのか？」

「なんか、行くなって言ってるみたいだけど……」

三吉も不思議そうに翁丸を見た。

「馬鹿言え。こんなところで止まってたら日が暮れるじゃねえか」

しかし翁丸は怒るように吠えた。

「わわん！」

「ワン公、お前の意見は聞いてねえ。行くぞ」

辰五郎は翁丸をよけて進んだ。

翁丸はなおも唸りながら辰五郎を見上げ、しぶしぶついてきた。

「お腹を下してるのかしら」

沙夜が心配そうに眉を寄せた。

二十二　白須賀宿

夕焼けで空が赤く染まるころ、ようやく一行は遠江国《とおとうみのくに》の西端、白須賀の宿に入った。枡形に次々と折れている曲尺手《かねんて》を進むと、道の端には槇《まき》の木がずらりと植えられている。これは火事の延焼を防ぐためのものだ。

「今日はこの宿で泊まるか」

脇本陣近くで旅籠はすぐに見つかった。三人家族と叔母の四人連れという触れ込みである。翁丸は縁側に面した庭にするりと入ってきて隅で丸まった。

辰五郎と三吉は荷をほどくと、すぐ湯に向かった。

「うわっ、長州風呂だね」

三吉が離れの小屋にある黒い湯釜を見て、歓声を上げた。五右衛門風呂は底だけが鉄釜になっているが、長州風呂は全体が鉄でできている。

「よし、まずは俺からだ。なんてったって一番湯は体に悪いからな」

「そうなの？」

「体の弱い子供は一番最後と決まってるのさ」

「ふうん」

「そうとわかったら薪をもっと足してくれ。俺は熱いのが好きなんだ。江戸っ子だからな」

言うなり、辰五郎は丸い木の風呂ぶたを踏んで湯釜に入った。釜の鉄底にそのまま足をつけると火傷《やけど》してしまうので、入るのには少しコツがいる。

「ふい〜、いい湯だな。疲れがとれらぁ」

辰五郎はうっとりと目を細めた。窓から入ってきて頰に当たる風も気持ちよい。

「辰さん」

三吉が薪をくべながら湯殿の外から声をかけてきた。

「ん？」

「あのおりんって人、ずっと伊勢まで行くの？」

「さあなあ。でも一緒だと楽しいかもなぁ」

辰五郎は目を細めた。

「どうせ鼻の下を伸ばしてるんだろ」

「は？　そんなことねえ」

「沙夜さんはどうするの？」

「沙夜さん？　沙夜さんがどうしたって言うんだ？」

「絶対にないと思うけどさ、もし沙夜さんが辰さんのこと、好きだったらどうなるんだよ」

「え？　沙夜さんが？」

辰五郎は立ちのぼる湯気の中に沙夜の顔を思い浮かべた。初恋の女に似ている面影はたしかに恋しい。しかし沙夜自身にわけがありすぎて、近づきがたいところもある。

「まずありえないけど、もし沙夜さんが辰さんを思ってるなら、おりんさんを道連れにしたことはつらいと思うよ」

「何言ってやがる、ませガキが。あの姉さんは困ってただろ？　助けてやらなきゃ男がすたる」

「ふん。沙夜さんのときは見捨てようとしたくせに」

「あれはなぁ、お前、死にたがりに関わるとツキが落ちそうだったからよ」

辰五郎は湯につけた手ぬぐいで顔をこすった。

「でもね、翁丸が唸ったことも気になるんだよ。おりんさんって人、なんか怪しいようすだったし」

「あんな美人がか？」

「美人でも悪い人はいるだろ」

「そりゃいるだろうが……。おりんさんはきっといい人さ」

辰五郎は陽気に言った。なにせ旅に出てから、女っ気が全くない。小田原の飯盛り宿でも、女に化けた男が出て来て肘鉄を食わされた。

「でも沙夜さんに会ったのが先だろ？　後から出て来た女の人に持っていかれたら傷つくんじゃない？」

「そうかなぁ」

「誰に言っても信じないだろうけど、もし沙夜さんが辰さんのことを思ってるなら……」

「いちいち持って回った言い方するんじゃねえ！　ま、そういうことがあったとしたらだなぁ……」

辰五郎は腕を組み、考えてみた。初恋の相手に似てる沙夜と、あの色っぽい美女のおりん。どちらも捨てがたい。しかも、二人とも辰五郎を好いているなどということがありえるのか。

さらに沈思して辰五郎は叫んだ。

「ある！　これはあるな！」

「えっ？」

「そうか。二人ともとはなあ。つれえな、いい男ってのは。三吉、恋ってやつは、袖にされるより、袖にするほうがつらいもんなんだぜ？」

うっとりと目を閉じた辰五郎の、小鼻が広がった。

「ないない。やっぱり沙夜さんがそんなこと思うはずないや。もしそうでもおいらがやめるように言い聞かせるよ」

三吉が吐き捨てるように言った。

「おい三吉。熱いぞ」

辰五郎の肌は、湯の熱さでだんだんかゆくなってきていた。

「占い婆さんが言ってたじゃないか。辰さんは地獄へ行くって。今から体を鍛えておいたほうがいいよ」

そう言って三吉が勢いよく火吹き竹を吹いた。釜の下にたっぷりつめられた薪がごうごうと音を立てて燃えさかる。

「浜の真砂は尽きるとも……っておい！　これじゃ釜ゆでじゃねえか」

「辰さんは苦労が足りないんだ。もっと人の痛みを知ればいいと思うよ」

三吉はさらに強く火吹き竹を使った。

「ちょっと待て！　あちっ。あちちっ！」

辰五郎は出ようとしたが、もはや釜の縁まで熱くなっていて触れない。ままよ、と真上に跳び上がったが、そこは湯の中、いつもの半分ほどまでしか跳べず、再び釜の中に落ちた。しかも悪いことに木のふたが外れ、風呂釜の鉄底がそのまま辰五郎の足と尻を焼いた。

「あちい！」

今度は勢いよく跳び上がって、湯釜の外に倒れた。

「三吉、なんてことしやがる！」

三吉が素早く逃げた。襟首を捕まえようと手を伸ばした辰五郎だったが、足にふさふさとした温かいものが当たり、全裸で転倒して地面に頭を打ちつけた。鼻の奥がつんと、かな臭くなる。

辰五郎が気を失う前に聞いたのは「わんっ」という大きな鳴き声だった。


その頃、部屋には沙夜とおりんだけが残っていた。

「沙夜さん、あんたなんで辰五郎さんと一緒にいるんだい？」

煙管《きせる》に火をつけながらおりんが唐突に聞いた。

「えっ？」

「あんたたち本当の家族じゃないっていうじゃないか。だったら、くっつくか離れるかどっちかにしなよ」

おりんが煙草《たばこ》の煙を薄く吐き出した。

「あなたには関係のないことなんじゃないですか?」

「あるわ」

「えっ?」

「だって私、あの人を好きだもの」

「辰五郎さんを?」

沙夜の目が驚きに見開かれた。

「見たところ、あんたとあの人はまだ男と女の関係になってない。そうだろ?」

「それは……」

沙夜の顔が赤くなった。おりんの言うとおり、辰五郎が夜這いしてくるようなそぶりはあったが、結ばれてはいなかった。そもそも前の夫との諍《いさか》いが心にこたえていて、まだとてもそんな気持ちにはなれない。

「いい男がさ。毎日体をもてあまして、かわいそうじゃないか」

「……」

「ここから先、私があの人の本当の嫁になる。あんたは明日の朝早く宿を発ちな。私からうまく言っといてあげるから」

「でも……」

沙夜の顔に哀しみの陰影が浮いた。

（また一人になってしまうのか）

辰五郎たちと巡《めぐ》り逢《あ》い、ようやく荒れた心がほっとしたところであった。しかし考えてみれば、おりんの言うこともっともである。沙夜がいることで辰五郎の幸せを邪魔しているのかもしれない。

沙夜はそう思ったが、やはり未練がわいた。

「もう少し……。もう少し、辰五郎さんたちと一緒に旅をさせてくれませんか」

「あんたもあの男が好きってことかい」

「それは……」

「そんないいかげんな気持ちじゃねえ。辰五郎さんは私に任せて、あんたは一人で生きるがいいさ」

沙夜はそれ以上、言い返せなかった。

「いつつ……。痛え……」

辰五郎が頭を押さえながら目を覚ますとすでに夜はふけており、枕元にはおりんがいた。

「ああ、あんたか。みんなは？」

「もう隣の間でお休みになられましたよ」

「そうか。三吉のやつめ……。あんたも早く寝なよ。俺はもう大丈夫だ」

辰五郎は頭のコブを撫でながら苦笑いした。

「頭を打ったんでしょう？　今夜は私がついています」

そう言うと、おりんは辰五郎の寝床の中にするすると入ってきた。

「ま、待て。別に一緒に寝なくても……。あっ、ちょっと待て」

「大丈夫。心配しないで」

辰五郎の懐の奥におりんの手が潜り込んできて、脇の下であやしい動きをした。

「おい、くすぐってえよ」

「私、嬉しいんです。かくまっていただいた上に宿代まで出していただいて……」

「お、おう」

答えながらも、宿代まで出すとは言ってなかったような気もした。頭を打って忘れてしまったのか。そしてもっと大事なことを思い出した。各所で散財して、今や財布はすっかすか、五文もないだろう。

「実はな、おりんさん。俺は金が……」

言いかけたとき、旅籠の女将が障子の外から声をかけてきた。

「お客さん。表に誰か訪ねて来てるよ」

「誰だよ、こんな時間に……」

言いながら、辰五郎ははっとした。

「おりんさん、もしかしてあんたを追ってる男じゃないのか？」

「えっ？」

おりんが不審げな顔になった。

「よし、来な。あんたの前で俺がしっかり言い聞かせてやる！」

「でも……」

「いいから俺に任せとけ。二人は夫婦になったと言ってやるんだ」

辰五郎はおりんの手を引いて廊下を歩いた。しつこい男には、はっきりその気はないと言ってやらねばならない。強く想っている男ならば、おりんが他の男のものになったということだけで腰砕けになるだろう。同じ男として、多少気の毒ではあるが。

辰五郎が玄関の戸を開けると、暗闇に男が立っていた。

「おい！　往生際の悪い野郎だな。いいかげんあきらめろい！」

「あきらめきれねえな」

男は言って、のそりと玄関へ入ってきた。

「けっ。女の腐ったようなこと言いやが……りまして？」

灯明《とうみょう》に照らされ、今や男の顔がすっかり見えていた。

辰五郎の体はがたがたと震えだした。

「あ、あなたは……」

「辰五郎……。ずいぶん探したぜ。手間かけさせやがって！」

片目を不気味に光らせているその男は紛れもなく、鉄砲洲の菊佐であった。

「辰五郎さん、知ってる人？」

後ろからおりんが声をかけた。

「いや実はな、俺も悪い男に追われてたんだった。お互いついてねえな……」

辰五郎の背後から玄関をのぞいたおりんの表情が固まった。

「あんたは……！」

おりんの声がかすれた。

「おっ？　てめえ、おりんじゃねえか。辰五郎とつるんで何やってやがる」

「別に……。ちょっと知り合っただけで」

おりんが顔をふせた。

「ちょっと待て。あんたら知り合いかい？」

あっけに取られて辰五郎は聞いた。

「知らねえのか、辰五郎。こいつは紅狐《べにぎつね》のおりんっていう筋金入りの女掏摸《すり》よ。前に親分の財布をすろうとして、こっぴどい目にあわせてやったんだがな。おいおりん、もう一回裸踊りをさせてやろうか？」

菊佐が笑いに唇をゆがめた。

「あんた掏摸だったのか？」

辰五郎は呆然とした。言われてみれば会ったときには袖をさぐっていたし、さっきは懐にも手を入れてきた。つまり辰五郎の金を狙っていたのだ。

しかし辰五郎はもともと金がない。見込み違いもいいところであった。やはりこの女もツキがない。

「菊佐さん、もう江戸では勤めをしてないんだ……。見逃しとくれよ」

菊佐の目が酷薄な色に変わった。

「さてどうするかなあ。お前は裸のまんま逃げたから、まだ落とし前がすんでねえ。その行儀の悪い指を二本もらおうか」

おりんは縮み上がった。かつて赤布の甚右衛門の下で勤めにしくじったとき、けじめとして自らの片目をくりぬいて食ってしまったほどの男である。他人の体を切り取るくらい朝飯前だ。

「しかしよく関所を通れたな。江戸の奉行所は北も南も人相書きまでつくってお前を探してるぜ」

「私は大坂で勤めをすることにしたんだ。もう江戸には戻らないよ」

辰五郎はピンと来た。もしかするとおかげ参りのふりをして関所をやぶったというのはこの女だったのか。悪い男に追われているなど、嘘もいいところである。

辰五郎は首をすくめてそっと後ずさりした。ここはおりんに犠牲になってもらうしかない。

しかし菊佐の片目は見逃さなかった。

「どこ行きやがる辰五郎！　話は終わってねえぞ」

「いやいや、世の中は狭いもので。俺のことはいいから、あとは若い者におまかせして……」

「ふざけるな！」

菊佐が辰五郎の腕をつかんだ。恐ろしい握力である。おりんは今やくたくたと床に座り込んでいる。

「いててて！」

辰五郎の手首の骨が軋《きし》んだ。

「辰五郎、てめえ赤布の親分から借りた金を踏み倒してただですむと思ってるのか？　金を取り立てた後、釜ゆでにしてやるから覚悟しろい」

「なんでみんな寄ってたかって俺を釜に入れたがるんだよ。俺はおでんの具か？」

「火あぶりのほうがいいか？　それとも一寸刻み五分試しで膾《なます》切りに……」

菊佐の目は少しも笑わなかった。この男は言葉通りに人を殺す。いささかも情を挟まない。女が愛想を尽かした男を捨てるときと同じくらいにそっけない。

「菊佐、待ってくれ。金は倍にして返す」

「なに？」

「百両返すと言ってるんだ。それなら赤布の親分も嫌とは言わねえだろ？」

「ほう。そんな金がどこにある」

「島田の賭場で儲けたんだがな、その女に盗まれたんだ」

辰五郎がおりんを見た。

「えっ⁉」

おりんの目が限界まで見開かれた。

「本当に悪いやつだ。さっきまで俺の懐にあったのに、さすがは女狐だ。見事にやられたぜ」

辰五郎が空の懐を叩くと、ぱんぱんと裸の音がした。

「私、やってないよ！」

「おい、おりん。お前の取ったのは、元は赤布の親分の金だ。さ、菊佐兄さん、遠慮なく仕置きをお願いしやす。なんなら俺も手伝いますぜ？」

「ふ、ふざけんじゃないよ！　そんなの知るもんか！」

「見ろ、俺の財布を」

辰五郎は懐から財布を出し、ひっくり返して中身を床にぶちまけた。そこには四文と三十銭しかない。

「こんなにも金がないのに、旅籠に泊まると思うか。どう考えても野宿するだろ。お前が金を盗んだ証さ」

もっとも本当は金がないのを忘れて宿に入っただけだったが、こうなったら全部おりんのせいにするしかない。さらば、おりん。死んだら土饅頭に線香の一本でも立ててやろう。

「さあ、おりん、返すんだ。返さなきゃ、この鉄砲洲の菊佐兄ぃが黙っちゃいないぜ?」

「濡れ衣だよ、このくそ野郎！　嘘つきのとんちきめ！」

「そこまで言うか……」

辰五郎は少しさびしくなった。久しぶりに女に好かれたと思ったら、この体たらくである。もう二度と恋などするものか。

「てめえらのどっちでもいい。耳を揃えて百両出しな」

菊佐が脇差に手をかけた。

そのとたん、

「火事だ！」

と、おりんが声を限りに叫んだ。

「なんだと？」

菊佐が目をむいたとたん、宿の客たちが飛び出してきた。人殺し、と叫んでも誰も出てこないが、火事とあっては一大事、慌てて出てくる。

菊佐が舌打ちした。

おりんは素早く宿の奥へと走り、一目散に逃げた。

これ幸いと辰五郎も逃げ出したが、むんずと後ろ襟をつかまれた。

「動くな辰五郎！　殺すぞ」

「動かなくても殺すだろ⁉」

「百両盗まれたのはてめえだ。てめえでなんとかしな」

「そりゃあんまりだぜ、鉄砲洲の……」

「金がなけりゃあ殺す。存分にいたぶってな。その厚い面の皮だけは江戸に持って帰って、親分に見せてやるさ」

「そんな。みかんの皮じゃねえんだから……」

「さあ来い」

菊佐に恐ろしい力で引きずられた。首が絞まって死にそうに苦しい。

「ま、待て。金のあては他にもある。岡崎の宿にな」

「岡崎だと？　嘘を言いやがったら承知しねえぞ！」

「ほんとだ！　十五日に岡崎で大博打がある。随念寺の裏の賭場だ。そこのイカサマのネタが割れてるんだ。必ず勝てる。博徒の俺が絶対と言うんだ。間違いはねえ！」

「そんなことを言って、また逃げるつもりだろう？」

菊佐の酷薄な片目が辰五郎を見つめた。

「馬鹿言うな。俺も土壇場の辰五郎だ。博打のことで嘘はつかねえ。こいつは一世一代の大勝負よ」

辰五郎は振り返って菊佐を見た。本当のことだから眼にも自然と力が入る。

「ほう。嘘じゃねえみてえだな」

「駄目だったら今度こそ殺しな。この辰五郎、逃げも隠れもしねえ」

「今までずっと逃げてきたくせに何を言ってやがる」

菊佐は辰五郎の頰をぶん殴った。

「いってえ……。今度は本当だよ。ここまで来たんだ、勝負をさせてくれ！　頼む」

辰五郎は心から懇願した。

「よし。じゃあ俺は今からおりんのやつに落とし前をつけさせてくる。てめえはさっさと岡崎に行け。言っとくが、逃げたらただじゃすまねえぞ。その賭場は俺も知ってるからな」

「ちっ、知ってやがったか……」

「何か言ったか？」

「いや何も……。それよりちょっと相談がある」

「なんだ？」

「おりんに種銭まで取られちまったんだ。一両……いや、二両貸してくれねえか？」

「なんだと⁉　てめえまだ金を借りようってのか？」

「必ず勝てるんだ！　一両が二両、二両が四両。増やして返すから頼む！　種銭が多いほど儲かるのも早い。あんたに礼金も払うから！」

辰五郎は必死に手を合わせた。


翌朝、沙夜は夢の中で泣いて目を覚ました。目の端が少し濡れている。そしてこれからもっと悲しいことがあるのだと思うと胸がふさいだ。

隣の布団に、おりんの姿はなかった。辰五郎のそばにいるのだろうか。

隣の間へ続く襖を開けると、辰五郎が金色に輝く小判二両を額につけて拝んでいた。

「辰五郎さん」

「ん？　もう起きたのかい」

「ええ。あの、私……」

ここでお別れします、という言葉が言えなかった。

「あの、おりんさんは？」

「もう先に発ったよ。悪い男が来たが、俺がきつく言い聞かせてやった」

「えっ、ほんとですか？」

「悪い金貸しだった……。一両を貸したら日ごとに十割の利子だってよ。でもこれで安心だろう。先に行ったぜ」

辰五郎は菊佐から借りた小判を財布にしまった。

「よかった！」

沙夜は感極まって辰五郎に抱きついた。

「お、おい、沙夜さん……？」

「あの、私、これから先も一緒に行っていいですか？」

「は？　あたぼうよ。俺が信じてるのはな、沙夜さんだけさ」

辰五郎がしみじみと言った。

沙夜の顔から憂いが消えた。

「朝ご飯の支度を頼んできますね」

明るく言って、沙夜は台所に走った。

二十三　二川宿〜御油宿

白須賀を後にした辰五郎たちは三河国の二川宿《ふたがわ》に入った。

途中、猿ヶ馬場《さるがばんば》で買った柏餅《かしわもち》を片手に持って食べながら三人はのんびり歩いていた。これは二川の名物で、豊臣秀吉が小田原攻めで勝った際に立ち寄り、「猿が婆の勝和《かちわ》餅」と名づけたものらしい。この「猿が婆」が猿ヶ馬場という地名に転じたとの言い伝えもある。

辰五郎はたっぷり餡の入った柏餅に舌鼓を打った。一日十里を行く旅路に、甘いものは欠かせない。食べても食べてもすぐに腹が減ってくる。

柏餅を頰張りながら吉田宿をすぎ、豊川《とよがわ》にかかる吉田大橋を渡ると御油までは二里二十二町ある。その長い道のりで、辰五郎の足はしばしば遅れがちになった。

「どうしたの辰さん。疲れた？」

三吉が不思議そうに聞いてくる。

辰五郎は内股になりながら答えた。

「違う。尻が痛えんだ」

「お尻？」

「まあ深くは聞くな。歩けることは歩けるからよ」

辰五郎は歯を食いしばった。長州風呂での火傷で痔《じ》が悪化したのである。もともと博打をやる者は尻が弱い。一日中ずっと座りっぱなしで盆ござを見ているのはざらで、下手したら三日三晩勝負を続けることもある。くわえて旅に出てからというもの、毎日歩き通しで尻がすれており、その上に火傷が重なったのだ。

（痛い。尻に焼きごてをあてられたみてえだ）

辰五郎は顔をしかめた。足を踏み出すたびに痛く、いまやよちよち歩きの体である。しかし沙夜もいる手前、みっともないところを見せるわけにはいかない。かつて経験した博打の大勝負の数々を思い出しながら気をそらし、日暮れ道を御油に向かって急いだ。

ようやく御油の一里塚が見えた頃には日は完全に沈んでおり、辰五郎たちはすぐに宿をとった。

「辰さん、風呂に行く？」

旅装をといた三吉が尋ねた。

「いや、湯が熱いだろうしな。井戸水でも浴びるよ」

辰五郎は布団の上で尻を突き上げて、うつぶせに寝転がった。

「大丈夫ですか、辰五郎さん？」

沙夜が心配そうに声をかける。

「なあに。じっとしてればそのうち静まるさ」

「じゃあ私も湯に行ってきます」

「ああ。留守は任せておきな」

辰五郎は痛みから気をそらすように煙管をくわえ、煙を吐き出した。

廊下からは絶え間なく女たちの声が聞こえてくる。

「本坂越えは大変でございましたね」

「でも荒井の関所の調べを思えばましですから」

「ほんと。見も知らぬ老婆に裸をまさぐられるなど身の毛がよだちますわ」

話している女たちも湯に行くようだった。

（なるほど、みんな姫街道を越えてきたのか）

辰五郎は微笑んだ。

〈本坂越え〉とは浜松から東海道を逸れ、浜名湖の北を経由してくることで、俗に姫街道と呼ばれ、荒井の関所の女に対する厳しい取り調べを避けるための道である。もっとも、東海道を通って荒井に行くには「今切の渡し」を舟で行かねばならず、これを嫌って姫街道を行く者もいた。

（今、湯の中はお姫さまでいっぱいというわけか）

辰五郎は想像した。先ほどの女たちは良家の子女や、そのお付きの者たちであろう。

「行くか！」

辰五郎は立ち上がった。白粉《おしろい》の匂いのする女の裸は見慣れている辰五郎だが、良家の子女と思えば血が騒ぐ。一糸まとわぬ艶姿《あですがた》をひとつ拝見しようと奮い立ち、部屋を出た。さいわい尻の火山は息を潜めている。

「わんっ」

縁側の廊下に出ると庭にいた翁丸が楽しげに吠えた。

「ワン公。留守を頼んだぜ」

辰五郎は翁丸に手を挙げると廊下を進んだ。すると翁丸もトコトコとついてくる。

「おい、飯はまだだぞ」

「くぅーん」

翁丸が切なげに鳴いた。どうやら一人で待っているのは嫌らしい。

「勝手にしな」

辰五郎は離れにある風呂へと向かった。脱衣所で着物を脱いで籐かごに入れ、辰五郎は湯殿へと入る。中には湯煙がもうもうとたちこめていた。

「ごめんよ」

声をかけて中に入ると、早くも女の影が見えた。

「ちぇっ、混んでやがるなぁ」

辰五郎は困ったように言ったが内心はもう、はち切れんばかりにうきうきしている。

(さあ、姿をあらわせ、弁天様!)

目を皿のように開いて湯気の中を見通そうとした。思えば旅に出てからまだ一度も女を抱いてない。期待していた小田原宿では逆に女装した男に襲われかけた。金運はおろか女運まで乏しくなっている。煩悩が溜まりに溜まった辰五郎は今、その鬱憤をぶちまけるように目をこらした。

「これ、そこの殿方」

「ん?」

声のしたほうに目をやると、女が近づいてきていた。

(おお、そっちから来るか!)

辰五郎の顔がほころんだ。

しかし湯気の中から浮かび出た顔は年配の女のものだった。しかも大きな手ぬぐいでしっかりと体を隠している。

辰五郎は憮然《ぶぜん》とした。

「なんでえ。ぬか袋でも忘れたのか?」

「そなた、よこしまな気持ちで風呂に来ているのではあるまいな」

女の目が鋭く光った。

(ははあ、姫さまの護衛役か)

辰五郎は合点がいった。元禄の頃などは男女とも隠すことなく風呂に入っていたが、それから百年以上たった今、女のほうも混浴を気恥ずかしがるようになって、めったなことでは湯屋で鉢合わせることもない。風呂に入っている女にちょっかいをかける男もいるし、良家の子女はお付きの女中に身を守らせるのである。

「よこしまも縦縞《たてじま》もねえ。旅の疲れを癒やそうってんだ。文句あるか?」

「ではなぜすぐに湯に入らぬ」

「それは……。俺は目が近くてな。湯のあるところがはっきり見えなかったのさ」

「おやそうでしたか。これは失礼を。では私が案内してさしあげましょう。さ、お手を」

女は辰五郎の手を取った。

「こりゃどうも。助かるよ」

辰五郎は湯のほうに導かれた。しかしどこぞのお嬢さまがいるらしきところには向かわず、誰もいない隅のほうへ連れて行く。やはり警戒しているらしい。

「さあ、湯は目の前ですよ」

「すまねえな」

辰五郎は仕方なく、湯に身を沈めた。しかし腰まで浸かった刹那、尻に激痛が走った。

「ひいっ！」

辰五郎は慌てて立ち上がった。湯が途方もなく尻にしみる。

「どうされたのです」

「いや、ちょっと湯が熱くてね」

辰五郎が中腰のまま動けなくなったとき、

「どうしたのです、桂《かつら》？」

と、若い女の声がした。

「足下のおぼつかない殿方がおられましたゆえ、案内してさしあげていたところでございます」

「それはお困りですね」

湯気の向こうから影が近づいてきた。

「どうもすみません。目が近くてぼんやりとしか見えませんで」

辰五郎が答えた頃には、色白ですらりとしたお嬢さまが目の前にいた。長い黒髪が胸の両側に広がっている。体の要所要所がくっきり見えた。良家の子女はあまり恥じらいがないようだ。

（おお！）

辰五郎は突如下半身に勃然としたものを感じ、腰を引いて座り込んだ。

しかし湯に触れたとたん、尻が悲鳴を上げた。

「あちっ！」

だが立つわけにはいかなかった。目が見えていることがばれてしまう。立っているから立てない。苦悶と歓喜が交互に襲ってきて辰五郎の顔色はぐるぐると変わった。

「ではごゆっくり」

お嬢さまは笑顔で会釈するとふたたび湯気の向こうに消えた。

「どうも……」

会釈を返して辰五郎はほっとした。いっこくも早く上がらねばならない。そのとき、お付きの女、桂と目が合った。

（しめた！）

辰五郎は興奮を静めるために桂をじっと見つめた。手ぬぐいの向こうにあろうと思われる姿を想像すると効果てきめんだった。下半身もぴたりと元の鞘に収まり、辰五郎は安心して腰を上げた。

「ありがとうよ。これだけ浸かれりゃ十分だ」

「どういたしまして」

桂が冷たく背を向けた。

辰五郎は脱衣所にかけこむと体を拭き、尻に触れないようにしながらゆっくりと着物を身につけた。

（よいものを見たぜ。なんせ日頃の行いがいいからな、俺は）

辰五郎がえびす顔になって離れを出ると、翁丸が尻尾を振って待っていた。

「おいワン公。雌犬はいつも裸だから、かえってつまらねえだろ？」

「わんっ？」

翁丸が訝《いぶか》しむように、ちらりと辰五郎の後ろを見た。

「率爾《そつじ》ながら……」

女の声がした。振り向くと、桂が追いかけて来ていた。

「あれ、あんたはさっきの……」

「あの、お嬢さまがこれを」

桂が一通の文を差し出した。

「ん？」

辰五郎が文を開くと、手早く書かれたような字で、

〈こよい、ふじのま、おまちもうしあげそうろう〉

と、記されていた。

辰五郎は目を見開いた。これは恋文ではないのか。

「おい、まさか……」

「お嬢さまがどうしても、と。このことはきっとご内密に……」

女は言い置くと、さっと引き返していった。

（やった、ツキが戻って来やがった！）

辰五郎はぴょんと飛び上がった。きっとお嬢さまは長い道中で無聊《ぶりょう》をかこち、ふと淫らな思いを抱いたのであろう。むしろ箱入り娘のほうが歌舞伎小屋などに入り浸り、役者とよからぬ行いをしていると聞く。あのお嬢さまもきっと世慣れているに違いない。大店に嫁入りする前に、ひとつ本当の男のよさを教えてやろうではないか――。

ひどく勝手な想像を膨らませている横で、翁丸が否定するように激しく首を振っていたが、辰五郎はついに気がつかなかった。

夜も更け、沙夜と三吉が寝るのを見届けると辰五郎はそっと部屋を出て、藤の間へ急いだ。

（いざ鎌倉！）

辰五郎は觔斗雲《きんとうん》に乗った孫悟空のごとく二階に上がった。尻にはたっぷり膏薬《こうやく》を塗ったので痔の痛みも和らいでいる。

藤の間は十二畳敷きのかなり広い部屋だった。

（へえ、お嬢さまともなると、こんなゆったりした部屋に一人で泊まるものなのか）

貧しい生まれの辰五郎はやや嫉妬を嚙みしめながら、障子に手をかけた。今こそ下克上のときである。如意棒も伸びてきた。

「失礼しやす」

辰五郎は小さく声をかけて暗い部屋に入った。好きもののお嬢さまはどこにいるのか——。

「お嬢さまの男を見る慧眼《けいがん》には恐れ入ります。俺は人呼んで流し目の辰。お呼びに従い、はせ参じやした」

辰五郎が好色そうな顔をして一歩踏み出したとき、

「それっ！」

と、声がかかった。

「あっ！」

叫ぶ間もなく、四方から手が伸びてきて、辰五郎は畳に押さえつけられた。

「お、おい、お嬢さまは一人じゃないのか？」

「おろかなことを」

声とともに灯明がつけられ、部屋の中が明るくなった。するとそこにいたのは四人のたくましい女たちだった。

「どいつもこいつもお嬢さまって年じゃねえが……。もしかしてずっと箱入り娘のままかい？」

「馬鹿者！　姫がここにいるわけはないであろう」

桂が襖を開けて出て来た。

「えっ？」

「そのほう、水戸《みと》の隠密か？」

桂は鋭い目で辰五郎をにらみつけた。

「は？　隠密だって？」

ちんぷんかんぷんだった。辰五郎はただの町人である。

「なにかの間違いじゃねえのか？」

「とぼけるな！」

「とぼけてねえ！　俺は江戸深川で産湯を使った、縁持つ親もねえ一匹狼の博徒よ」

「問答無用！　怪しい奴には違いない。その体にたっぷり聞いてくれる！」

「いてて！」

辰五郎は腕をひねり上げられ、すぐに着物をはがされた。残りの二人が着物をさぐる。

「桂さま、何も持っておりませぬ」

「着物も貧相ですわ」

「ひどく汗臭うございます」

「やかましい！　俺のお気に入りの着物だぞ。四の五の言うな」

「ならばそなた、本当に何も知らぬと申すか！」

「知らねえよ。お嬢さまとやらが文をよこしたから来たんだろ」

「あれは私の書いたものじゃ」

桂が言った。

「なんだと？　にせものだったのか」

辰五郎は急に萎えた。極楽へのお誘いと思いきや、閻魔さま多数のお出迎えである。

「お主は怪しかったからな。湯殿でじっと姫さまのことを探っていただろう」

「姫だって？　お嬢さまじゃないのかよ」

「……」

桂は怖い目で辰五郎を見つめた。着物をはぎ取られているのでなんとも心細い。

「とにかく探ってない。見てただけだ」

「ひどく物欲しそうだったではないか」

「それは……」

言葉に詰まった。よこしまな思いがあったのは確かである。

「だからなんだってんだ。こんな風に捕まえる道理があるか！　いててて！」

再び腕をひねられて辰五郎は畳に頬をすりつけた。

「桂さま。どうします？」

「いっそのこと葬ってしまえば……」

物騒な話が頭上から聞こえてきた。

「ちょ、ちょっと待て。俺は隠密じゃねえって言ってるだろう。ただの通りすがりよ」

「確かにお主を武士というにはあまりにも品がない。十中八九、ただの町人であろう。しかし我らのことを役人に届け出るかもしれぬ」

「大丈夫だ。絶対にあんたらのことは言わないから」

辰五郎は桂を見つめた。

「本当か」

「いいだろ！　見逃してくれよ」

辰五郎が言った途端、余裕綽々だった女たちの顔色がさっと変わった。

「『井伊』、だと……？」

桂の口元が震えた。

「は？」

「なぜ我らが井伊家の者だと知っておる？　ただの町人だと言ったくせに！」

「こやつ、やはり怪しい！」

女の一人が懐刀を抜き、辰五郎は震え上がった。

「ていうか、あんたら井伊家の人なのか？」

「今自分でそう言ったではないか。『井伊だろ』と」

「違う！『いいだろ』って言ったんだ」

「それ見よ、言っておるではないか！」

「違う！　ちくしょう、なんて言えばいいんだよ……。『もういいだろ』ってことを言いたかったんだ、俺は」

「……」

女たちがまた顔を突き合わせた。

「やはり死んでもらうしかない。家名まで知られては生きて帰すわけにはいかぬ」

桂が冷たく言った。

「おい、ちょっと待てって……」

「さよう。我らは密命を帯びているのだ。将軍のお世継ぎを……」

桂の横にいた樽のような女も目を血走らせて言った。

「待てってば！　それ以上お前らの秘密を聞かせるな。知りたくねえってば」

「こやつ、なんという口のうまい男よ……。我らの秘密を自然と聞き出すとは、やはり凄腕《すごうで》の隠密か！」

「馬鹿、てめえが勝手にしゃべったんじゃねえか。この唐変木《とうへんぼく》め」

好き勝手に言われて辰五郎は腹が立ってきた。

「結果はいずれ同じこと。お主は知りすぎてしまった。さあ、覚悟を決めなさい。たとえ町人であっても女の裸をこっそり見ようとする男など生きていても無駄なだけ……」

言うやいなや猿ぐつわを嚙まされた。

「んー！　んー！」

「さあ、布団で巻くのです」

「はいっ」

女たちのかけ声がし、辰五郎はぐるぐる巻きにされ、目の前はまっ暗闇となった。

「んー！」

「それっ」

女たちが辰五郎を巻いた布団を持ち上げる。

（これじゃ鉄火巻きじゃねえか）

女たちは階段を降り、旅籠を出ると歩き始めた。深夜なので人もいないのだろう。このまま井戸にでも落とされたらおしまいである。

（三吉！　沙夜さん！）

辰五郎は心の中で叫んだ。しかし二人は旅の疲れでぐっすり眠っているだろう。助けてくれるはずもない。切羽詰まった。岡崎の大博打も夢と消え虚しく死ぬのか――。

しかし頼りになる誰かを忘れているような気がした。誰かを……。

（誰だっけ？）

布団の中で首をかしげたとき、唐突に白いまぬけ顔を思い出した。

（そうだ、ワン公！）

思い出すやいなや、辰五郎は腹に力を入れた。翁丸は強い匂いに目がない。恥ずかしながらもここはやるしかなかった。生きるか死ぬかのときだ。

（ふんっ！）

辰五郎はいきんだ。しかし尻が痛んで、なかなか出るものも出なかった。

（くそっ！）

辰五郎は焦り、全ての力を腹に込めた。

（いやあっ！）

だが、少し屁が漏れただけで力尽きてしまった。これで翁丸は来てくれるだろうか。

（行け！　風に乗れ！）

辰五郎は祈った。

しかし女たちの歩みはすぐに止まった。まだ宿場の中だろう。わずかにせせらぎのような音が聞こえる。

（くそっ、こんなどぶ川で死ぬのか）

辰五郎はぎりぎりと歯ぎしりした。すると猿ぐつわがわずかにずれ、息が楽になった。

「ここにしましょう。南無阿弥陀仏」

「南無阿弥陀仏」

女たちが唱和した。占い婆の言葉が思い出される。やはり地獄行きなのか。

（やられてたまるか！）

どぶ川に捨てられようとする刹那、辰五郎は体をくの字に折った。急な動きに女たちの手から布団に巻かれた辰五郎が落ちた。

「往生際が悪い！」

桂がどぶ川に向かって辰五郎の巻かれた布団を足で押した。

「俺には仲間がいる」

猿ぐつわの隙間から、辰五郎はくぐもった声で言った。

「なに？」

「よくぞ見抜いたな。いかにも俺は水戸の隠密よ。ちなみに好物は納豆だ」

「む……。やはり隠密だったか！　仲間がいるとはどういうことじゃ」

「お前たちのもくろみは全てお見通しだ。もうすぐ上様のお耳に入るだろう」

「なに……？」

「姫街道で荒井の関所を避けたんだろうが、そんなことはこっちも予想していた。世間知らずの姫に何ができる」

女たちが布団をはぎ、辰五郎の顔が夜気にさらされた。懐刀がつきつけられる。辰五郎はその赤い鞘を見た。

「なるほど、やはり井伊の赤備えか」

辰五郎は余裕を見せて笑った。

「俺を殺したら仲間はすぐに上様の元へ走る。謀反の動かぬ証拠さ」

「謀反など！　我らはただ……」

「さあ殺せ。俺は屍《しかばね》となる役目でいい。陰から見ている仲間がきっと仇《かたき》を取ってくれる」

「どこじゃ！　どこに隠れておる！」

桂があたりを見回した。

「凄腕の忍びだ。お前らには見えねえ」

そう言ったとき、夜の底に遠吠えが響き渡った。

「わぉーん！」

辰五郎は大きく息を吸い込んだ。

「翁丸！」

辰五郎が叫ぶと女たちの顔におびえが走った。

「忍犬が来た。俺なんか助けなくていいのに……。仲間思いな奴だ」

「にんけん？　にんけんとは何だ？」

「忍者の使う犬さ。甲賀の忍犬は敵を食らって血をすする。もう八百人は食い殺しただろうなぁ……。残忍でどう猛な地獄の番犬だ。生きたまま温かいはらわたを食うのが好きでな」

「わんっ」

声がすぐ近くに聞こえた。

「ひいっ」

女の一人が悲鳴を上げた。

「翁丸！　やっちまえ！」

「わんっ」

匂いにつられた翁丸が目を光らせて走ってきた。その目に常夜灯が映って、鬼火のようにも見える。

「引けっ！　引け引け！」

女たちは駆け出した。

翁丸が息を荒くして近づいてくる。

「よし！　よくやった。助かったぜ……」

「わんっ」

翁丸は尻尾を振り、辰五郎の尻に鼻をあてた。

辰五郎は身を何度もよじってようやく布団を脱出した。

「おい、ワン公。帰ったら、たっぷりするめをやるよ。お前は命の恩人だぜ……」

翌日、辰五郎が宿を発つ際に女将に尋ねてみると、

「藤の間のお客さまは朝にはいなくなってました。宿代は頂いているからいいんですけどね……」

とのことであった。何やら将軍がらみの陰謀が進んでいるらしいが、辰五郎には関係ない。触らぬ神にたたり無しである。

「辰さん、昨日どこに行っていたの？」

歩きながら三吉が小声で聞いてきた。

「ん？　ああ、ちょいと腹の具合が悪くて厠にこもってたのさ」

「沙夜さんが寂しがってたよ。なんだか辰五郎さんのいびきを聞かないと眠れないって」

「そうか。そりゃ悪いことしたな。へえ、いびきがね……」

「うるさいだけなのにね。変なの」

「俺の朗らかないびきは体にいいってことよ。いや、井伊はよくねえか」

辰五郎は顔をしかめた。

二十四　赤坂宿～藤川宿

　御油宿を出たと思ったらすぐに赤坂宿へついた。二つの宿の間はわずか十六町である。宿の中央通りに入るやいなや、大きな鐘の音が聞こえた。

「いてっ」

「えっ？　どうしたの辰さん？」

「音が尻に響く」

「そんなにひどいの？」

「すまねえが駕籠を呼んでくれ。こうなったら岡崎まで駕籠で行くしかない」

　辰五郎は道脇の茶屋の縁台で片尻を浮かせ座り込んだ。

　三吉が駕籠屋へ駕籠を呼びに行き、辰五郎は沙夜と茶屋で待った。

「辰五郎さん、大丈夫ですか？」

　心配した沙夜が辰五郎の額に手を当てた。

「ひどい熱……！」

「なあに、これくらい平気さ」

「いけません。どこかで休まなくては」

「どうしても岡崎に行かなくちゃなんねえ。明日の夜、そこで大博打がある。たしか三吉も明日は姉さんの婚礼だろ？」

「ええ……」

「だったら早く行って準備しなきゃな。ここでぐずぐずしてる暇はねえ」

三吉が連れてきた駕籠かきと交渉したところ、岡崎まで四里ほどの代金は二分だった。

辰五郎は駕籠に乗った。

「お客さん、そんなしゃちほこみたいな恰好じゃ危ねえよ」

「いいんだよ、これで」

辰五郎は手をついて四つん這いになっていた。尻は高々と上げている。

「じゃあ、行きますぜ。いよっ」

「それ。えっほっ、えっほ」

威勢のよいかけ声が響き、駕籠は進んでいった。町駕籠の速さは歩くのと大して変わらない。三吉も沙夜も辰五郎の駕籠の横を歩いた。

「辰さん、楽そうだね」

「馬鹿、死ぬほど痛えんだ……うぐっ」

駕籠の揺れで辰五郎は舌を噛んでしまった。

「お客さん、手ぬぐい噛んでないと危ないよ」

「もっと早く言っ……ぐっ！」

辰五郎はおとなしく手ぬぐいを噛んだ。このまま行くといよいよ岡崎である。イカサマのネタが割れている博打で大勝ちし、意気揚々と江戸に帰ろう。あとはついでに伊勢に行って、お伊勢講に入っていた者たちのためにお札や土産を買って帰ればよい。

半刻ほど行くと藤川宿の東棒鼻《ひがしぼうばな》が見えてきた。棒鼻とは宿場の出入り口のことで、長い傍示杭が立っている。

「ちょいと休憩しよう」

道ばたに甘酒を出す茶屋を見つけて、辰五郎は言った。よちよち歩きで茶屋の赤い縁台にそっと座り、駕籠かきにも甘酒を振る舞ってやった。

「兄さん、尻の病かい？」

駕籠かきが半笑いで聞いた。この病はどんな風に心配しても最後には笑いがまじってしまう。

「酒も飲めねえし、厠に行くのも一苦労さ。膏薬も一時しのぎだしよ、まったくいろんな意味で尻に火がついてやがる」

辰五郎は吐き捨てるように言った。種銭も乏しい。菊佐から二両借りたものの、宿やら駕籠やらで使って残り一両足らず。こうなったら岡崎で博打が始まる前にガマの油を売るしかない。藤沢宿のときと同じように、おかげ参りの参拝客が気前よく喜捨してくれるといいのだが。

「そろそろ行きやしょうか」

駕籠かきが言った。彼らも商売なので休んでばかりいられない。辰五郎は気合いを入れ、そっと立ち上がった。休んだおかげで尻の痛みは少し遠くなっている。

しかし辰五郎が駕籠に乗ろうとすると、翁丸がちょこんと座っていた。妙に乗り慣れている様子である。

「どけ。そこは俺の席だ」

「わんっ」

翁丸はそっぽをむいた。

「ほら、これやるから」

辰五郎は取っておいた朝食の残りの沢庵を差し出した。翁丸は首を伸ばして食べようとするがぎりぎり届かない。

「こっちまで来い」

辰五郎におびき出されようやく翁丸は駕籠から降り、沢庵を頬張った。ぽりぽりと音がする。

その隙に辰五郎は駕籠に乗った。再び四つん這いで尻を上げる。

「辰さん、翁丸よりも犬っぽいね」

三吉が笑った。

「うっせえ。早く出してくれ」

「はいよ」

駕籠かきが答えて歩き出した。

手ぬぐいを噛んだ辰五郎は熱に浮かされ、意識がもうろうとしてきた。岡崎に着けば何とかなる。何度もそう考えているうちにいつしか気を失った。

二十五　岡崎宿

「どこだ、ここは！」

辰五郎が目を覚ますと、枕元に沙夜がいた。

「辰五郎さん、大丈夫ですか？」

「ああ、俺は平気だ。それよりここは……」

「もう岡崎宿に着きましたよ。ここは旅籠です。宿帳も書いておきました」

「そうか、間に合ったのか。よかった……」

辰五郎はほっと一息ついた。相変わらず熱はあるが、意識はしっかりしている。

「さっそく下見に行かなきゃな」

辰五郎は立ち上がろうとしたが、沙夜が慌てて止めた。

「いけません。お医者さまがしばらく安静にしてろって」

「でもな……」

「場所は知っているんでしょう？」

「ああ。随念寺の裏だ」

「わかりました。私が様子を見てきます」

「えっ……。いいのかよ、女一人で」

「まだお昼ですし、大丈夫ですよ。何か精のつくものも買ってきますね」

「沙夜さん」

「えっ？」

「辛いもの以外で頼むよ」

「はい」

沙夜はにっこり笑って部屋を出て行った。

（ありがてえな）

辰五郎は思った。旅路で倒れても看病してくれる者がいる。博打の世界では、弱った奴から殴りつけて根こそぎかっぱぐのだから、まるで正反対だ。足を洗う、という言葉がふと頭に浮かんだ。

「俺もこんなこと考えるようじゃヤキが回ったか」

辰五郎は苦笑した。三度の飯より好きな博打をやめようなどとは、どう考えてもおかしい。きっと熱で弱っているのだろう。

（まずは種銭を稼がなくちゃな）

辰五郎はのそのそと起き上がり、長い脇差を手にした。ガマの油の口上で使う刀である。一両稼げばなんとかなるだろう。倍々で増やしていくとして、七回勝てば百両を超える。うまくいけば帰りは豪勢に旅ができるはずだ。

そんなことを思っていると、辰五郎はまた意識を失った。


「しまった！」

再び汗まみれで目を覚ました辰五郎だったが、陽はまだ東のほうにある。疲れも取れていて妙に気持ちがよかった。

「よく寝ましたね」

枕元にはやはり沙夜がいた。

「ああ。ちょっとだったが、だいぶ楽になったよ」

「違いますよ、辰五郎さん。あれから丸一日寝ていたんですから……」

「ええっ！」

今度こそほんとに辰五郎は飛び起きた。一日寝ていたということは、もう今夜が博打の大勝負である。

（種銭が足りない）

辰五郎は商売道具の刀を手に取ろうとしたが、見回してもあたりにはなかった。

「あれっ？　刀がねえ」

「三吉さんが持っていきましたよ」

「三吉が？」

「諏訪《すわ》神社でちょっと油を売ってみるって」

「はあ？」

辰五郎が荷物を見回すと、ガマの油を入れる木箱もなかった。

「婚礼の祝儀を稼ぐためか？　あいつ、勝手なことしやがって」

辰五郎は部屋を飛び出した。

「ちょっと、辰五郎さん！　そんな体でどこへ行くんです」

辰五郎は息せき切って街道に出た。沙夜もあわてて後ろから追いかけてくる。

辰五郎は「岡崎の二十七曲がり」とも言われる曲がりくねった街道を早足で急いだ。

諏訪神社は籠田《かごた》惣門のすぐそばにある。参拝客で混み合う境内に近づいていくと、ひときわ人々の集まっている場所から三吉の甲高い声が聞こえた。

「さて、お立会い。このよりすぐりのガマから油を搾るには、鏡張りの箱の中にぴょんと放り込む。するとガマは己の醜い姿が四方の鏡に映るからたまらぬ。逃げたいが逃げられない。自らに恐れをなして油汗をタラリと流す」

額に大粒の汗を浮かべた三吉が、身ぶり手ぶりで必死に説明していた。その横には翁丸がちょこんと座っている。

「これを下の金網からこし取って、三七は二十九日の間煮たきしめたのが、このガマの油です」

三吉がもっともらしく言った。

(馬鹿！ 三七は二十一日だろ……)

つたない三吉の口上に辰五郎は目を覆いたくなったが、意外に客には受けている。

小さな子供が油売りのアクの強い芸を見せている、その取り合わせが面白いらしい。

「三吉さん、すごいですね」

「けっ。不器用さで笑わせるのは素人芸さ」

辰五郎は腕を組んだ。しかし、はしょったり間違えたりしているものの、大筋は合っている。いつの間に覚えたのだろう。旅の途中で何度かガマの油の口上を聞かせたが、門前の小僧が習わぬ経を読むように耳についたのか。親は無くとも頭の回りはかなりいいのかもしれない。

「さあどうだ！ おいらはこの後、おかげ参りに行くからますます霊験あらたかだよ。遠慮は無用、寄進のつもりで買ってくれ！」

ぺこりと頭を下げ、三吉が柄杓を差し出すと、みな我も我もとガマの油を買い求めた。小さな柄杓は見る間に銭で山盛りになる。

客がはけたところでようやく三吉が辰五郎たちを見つけた。

「辰さん！　沙夜さんも来てくれたの？」

「おい三吉。勝手に道具持ち出して何やってるんだ」

辰五郎は厳しく言った。

「ごめんよ。でも……」

「馬鹿野郎！　これは渡世人のしのぎだ。こんなこと二度とやるんじゃねえ。お前はきちんと修業してまっとうな商人になるんだろ？」

「うん……」

「今日は姉貴の祝言じゃねえか。宿に帰って早く準備しな」

「うん、わかった」

三吉は道具を持って旅籠のほうに帰っていった。後ろにタタタと翁丸が続く。

「まったく。どうしようもないガキだ」

「でもあの油を売るしぐさ、辰五郎さんにそっくりでしたよ。ずっと見ていたんですね、辰五郎さんのこと」

沙夜は微笑んだ。

「沙夜さん。そいつはいけねえんだ」

「はい？」

沙夜が辰五郎を見ると、今まで見せたことのないような厳しい横顔があった。

「このしのぎはな、半分見世物なんだ。それを見て笑ってもらっても、本当のところはああならなくてよかったと、まっとうな人々から後ろ指をさされるもんなんだよ。三吉はそういう人間になっちゃいけねえ」

「辰五郎さん……」

「大店でずっと我慢して算盤《そろばん》はじいてりゃ、三吉もそのうち立派な商人になれる。女房子供と一緒にあったかい布団で寝て、明日の食いぶちを心配しなくていい暮らしさ」

辰五郎は歩き出した。

「おっとっと、なんだかしめっぽくなっちまったな。ハハ、俺は今日、お大尽になるんだった。さあ、博打だ博打だ！」

辰五郎はつとめて陽気な声を上げた。

「昨日、随念寺の裏を見てきましたよ。それらしい建物がありました」

「おっ、そうだった。すまねえな」

「行きましょう。案内します」

沙夜が先に立って歩き始めた。

随念寺は諏訪神社の近くにあり、裏には大きな廃屋があった。隙間からのぞいてみると、中は掃除されており、板の間に一枚だけ置かれた畳に白布がかぶせられ、盆ござの準備ができていた。常日頃から博打が行われているらしい。

「間違いねえ。ここだな」

辰五郎は家のまわりを歩くと、竹の柵を越え、縁の下に潜り込んだ。

「辰五郎さん、どうするんです?」

「ちょっと待っててくれ」

辰五郎は言い置いて中に這い進んだ。

(ほう、やっぱりか)

思った通り、博打部屋の下には人の入れる隙間があり、板の間から漏れる細い光が地面まで届いていた。畳の下にぽっかりと床板がくりぬかれた穴がある。胴元からの合図によって、床下から畳を貫いて錐《きり》をさし、賽子《さいころ》の表裏をひっくり返すことができるのだ。賽子は表裏が必ず偶数と奇数になっており(たとえば一と六など)、修練を積むと、ちょうど半回転、天地を逆に転がすことができるようになる。壺振りは丁半ほぼ狙った出目を出せるため、この仕掛けによって、壺を置いた後からでも丁半の出目を変え、胴元の思うように勝負を導くことができる。

イカサマがあると聞いたときから辰五郎はこの仕掛けを予想していた。〈グラ賽〉という、鉛を入れて偏った目しか出ない賽子を使うイカサマもあるが、こちらは壺を置いた後にはもう出目を変更できないから、博打のうまい奴にかかれば、逆に壺振りの手を読まれてしまい大負けすることもある。よって、後づけで出目を変えられる床下の仕掛けのほうが、イカサマの威力は大きい。

仕掛けを確かめると辰五郎は縁の下から這い出した。あとは夜を待つばかりである。

「大丈夫ですか？」

辰五郎の頭についた蜘蛛《くも》の巣を手ぬぐいで払ってやりながら沙夜が聞いた。

「ここぞという勝負はな、縁の下までもぐって確かめるのが玄人なのさ」

辰五郎は笑った。これで準備は万端だ。

「勝てるといいですね」

「勝つともよ。ネタは割れてるんだ。沙夜さん、あんたにも豪華な伊勢参りをさせてやるからな」

「いいんです、私は。豪華なことなど似合いませんから」

沙夜は自嘲気味に笑った。

「ま、三吉の言っていた猿田彦神社の子宝池に行ってみようぜ。あんたの厄を落としてもらわねえとな。ついでに沙夜さんを追い出したっていう神社のことを言いつけて、こってり絞ってもらおう」

「いいえ、ほんとにもういいんです。川に身を投げようとしたとき、私は一度死んだのですから。あれからの私は、別の私……」

「あんたがそれでいいのならいいけどな……。ま、恨みってのは結局のところ、時を無駄にするだけさ。知らんぷりして自分が楽しくやってりゃ、悪いことした相手は勝手にこけていくもんよ」

「はい」

沙夜がにっこり笑った。

「よし。じゃあ宿に帰るか。また尻が痛んで来やがった……」

辰五郎は再びよちよち歩きに戻り、ゆっくりと街道を帰っていった。


旅籠の部屋に戻ると、三吉の姿はなかった。荷物もない。

「あれ、もう出かけたのかしら、三吉さん」

「出て行ったのかもしれねえな。さっき、きつく言っちまったし。まあ、あいつは別に伊勢に行きたかったわけじゃねえ。祝言に出られればそれでよかったんだから」

「三吉さんが挨拶もしないで行くなんて……」

「親子のふりをしても、しょせん本当の家族じゃねえからな」

辰五郎は布団に転がった。我ながら妙にがっかりしている。三吉と別れることになるのは最初からわかっていたことだ。しかし、心の空洞をからっ風が吹き抜けていくようだった。

「恩知らずめ」

辰五郎がつぶやいたとき、

「辰五郎さん、書き置きがあります」

「なに⁉」

辰五郎は飛び起きた。見つけた文を沙夜がすぐ手渡した。

辰五郎が文を開くと、小判が一枚、ぽたっとこぼれた。

「なんだこりゃ？」

首を傾げつつ読むと、そこにはこう書かれていた。

〈父ちゃん　ここまでありがとう　これをたねせんにして　勝ってね〉


「えっ？」

辰五郎の目が何度も文の上を動いた。

「辰五郎さん、そのお金は……」

「ガマの油で稼いだ金だろうな。婚礼のご祝儀のためにやったんじゃなかったのか」

「三吉さん、辰五郎さんのために？」

「でも、今日の稼ぎだけじゃ一両もなかったはずだが」

辰五郎は首をひねった。

「きっと三吉さんがここまで柄杓で稼いだ分も入ってるんじゃないですか」

「なに？　あいつ……！」

辰五郎は一両を畳に叩きつけた。

「馬鹿野郎！　この辰五郎が子供に施しを受けたとあっちゃ、男がすたる。よけいなことしやがって」

「でも三吉さんは『父ちゃん』って書いてます。かりそめにも親孝行したかったんじゃないですか」

沙夜がじっと辰五郎を見つめた。

「沙夜さん。これをあいつに返してくれ」

「えっ？」

「祝言はどこでやるんだ？」

「たしか、天野屋さんという大店って言ってました」

「じゃそこへ行ってくれ。祝儀も持たないで婚礼に行ったら馬鹿にされる。あいつは本当にものを知らねえやつだ」

辰五郎は怒ったように言った。

「……でも、いいんですか？」

「俺はこの道で二十年生きてきた。種銭が小さくったってすぐに増やしてみせらぁ」

辰五郎はドンと胸を叩いた。

沙夜はその姿を見て微笑んだ。

「では行って参ります」

「頼む。これから俺は勝負に行かなきゃならねえ」

沙夜が部屋を出ると、辰五郎は晒《さら》しを巻き直した。ついに大勝負である。勝ったら極楽、負けたら地獄、菊佐に殺されてあの世行きだ。いたってわかりやすい。

辰五郎は頬を叩いて気合いを入れると旅籠を出た。

日はもはや傾き、空の端が赤くなっている。

街道を行き、辰五郎は先ほど下見した随念寺裏の賭場に足を踏み入れた。ようやく人が集まり始めている。

小さな勝負は始まっているが、場はまだ冷めている。壺振りも経験の浅い、見習いのような男だ。辰五郎は壁に背中をつけてどっかりと座り、場の流れを見始めた。

一方、沙夜は三吉が稼いだ一両を持って天野屋に向かった。

中央通りに構えたその大店は呉服屋で、軒先には祝言にそなえて紅白の提灯がずらりと吊り下げられている。

沙夜は店の売り場に入って三吉を呼んでもらおうと思ったが、混み合っており、奉公人たちもその応対で精一杯になっていて声のかけようもなかった。

（そうだ、裏から……）

沙夜は店の裏に回った。きっと勝手口もあるだろうと店の脇を抜け、細い路地を進んでいくと生け垣の向こうに天野屋の母屋が見えた。下女たち二人が洗濯物を取り込んでいる。

沙夜が声をかけようとしたとき、

「ご新造さん、お気の毒ね」

という声が聞こえた。沙夜は驚き、咄嗟《とっさ》にしゃがんで生け垣の陰に隠れた。

「そうそう。親の行方が知れないから、そんないいかげんな娘をもらいたくないって、おかみさんが……」

「気の毒ねえ。今日、婚礼の作法を一つでも間違えたら追い出すって、鼻息の荒いこと」

「おかみさんならやりかねないわね。大坂の人はきついから」

沙夜はしゃがみこんだまま立てなくなった。

（そんなことになったら三吉さん、哀しむでしょうに）

姉一人、弟一人である。この祝言のため三吉は奉公先を飛び出し、抜け参りとしてはるばる岡崎までやってきていた。

「そろそろ始まるわね」

女たちは籠を持って屋敷の中に入っていった。

意を決した沙夜は、生け垣を越え、家の縁の下を見た。

（ここぞという勝負はな、縁の下までもぐって確かめるのが玄人なのさ）

辰五郎の声が頭によみがえり、沙夜は覚悟を決め、身をかがめた。


その頃、賭場の壁に背をつけてどっしり構えていた辰五郎は、自分の他にもう一人、勝負をせずにずっと見《ケン》にまわっている男に気づいていた。額には殴られたような大きな痣がある。

（あいつか？）

鞠子宿の厠のそばでひそかに話していた男たちの一人かもしれない。そうなると、この男も扇子を持った女の登場を待っているのか。

と……。

「ごめんなさいよ」

うすい緋色の袷を粋に着こなした、いかにも男好きのする女が賭場に入ってきた。

痩身で色白、髷は櫛巻きで洒落ている。金糸の入った帯には長扇子をさしていた。胴元と女が目を合わせないのがいかにも不自然である。

（来やがったな）

辰五郎は腹に力を込めた。張られる駒が分厚くなったとき、きっとイカサマがなされるに違いない。

「丁！」

辰五郎ははじめて二十文の駒を張った。

まずは自分の運の流れを試すと同時に、種銭を増やさねばならない。

色っぽい女は座るなり流れを気にせず半に張った。素人だろう。

額に痣のある男はじっと見守っている。

壺を開けると丁と出た。辰五郎の元に駒が倍になって返ってくる。

今日の勝負に長らくの気合いを込めていたので、さすがに辰五郎の運は伸びた。一番よいのは、先行逃げ切りの勝ちである。勝つときはたいてい最初から調子がよい。粘って勝ったとしても大概は最初の負けを取り返していい気分になっているだけで、実際の勝ちしろは少ないものである。

辰五郎は勝利を重ねた。久しぶりに賽子の目を自分で引き寄せているような気がする。思えば長い旅の間、ずっと我慢に我慢を重ねてきた。負けても腐らず丁寧にしのぐ。それでこそ運の復活も望めようというものだ。

「半！」

二分を半に賭けた。置いた駒の音が澄んでいるような気がして、辰五郎は勝負に出た。

「いや、もう一両行こう」

ここも勝てるという直感が働き、新たに大駒を張った。持ち物を全て質に入れた金である。このときなぜか辰五郎は、三吉がガマの油を売る高い声を思い出した。

「勝負。五二《グニ》の半」

辰五郎の前に三両の駒が積み上がった。

（ようやくまともな種銭になった）

ひと息ついて、辰五郎はふたたび見にまわった。運任せの危ない張りはひとまずうまくいった。ここから先は周りの運も見定め、勝てる気配のときだけ張っていくことにする。張り手の運と手筋、そして壺振りの癖。ここまでの戦いでさまざまな流れが見えていた。何も考えずにやると勝つのは二つに一つだが、知恵と経験と技によって三つに二つくらいにはなる。

一方、婚礼の客がほぼ集まった天野屋では四畳半の一間に三吉がかしこまっていた。

花嫁側の出席者は三吉ただ一人である。置かれた茶はすでに冷めていた。まわりでは婚礼の膳を運ぶ忙しい音が聞こえている。

（心細いな）

三吉はうつむいた。姉のお静《しず》には先ほど会ったが、化粧や着付けに忙しく、二言三言かわしただけであった。それでも姉は嬉しそうだったが。

「三吉さま、婚礼の準備が整いました」

襖の向こうから女中の声がかかった。

三吉は立ち上がった。

婚礼が行われる三十畳の大広間に入ると三吉はその豪華さに目を奪われた。漆塗りの膳にずらりと尾頭つきの鯛が並んでいる。席に着くと座布団も分厚く、座っていても尻が浮いているような気がした。

皆が揃って席に着くとやがて花婿花嫁が入ってきた。お静は花嫁衣装を着て花婿の後ろを歩いている。

（姉ちゃん、きれいだ。よかったなぁ）

三吉は胸がいっぱいになった。二人で一きれの沢庵を分けあっておかずにし、粟《あわ》の飯を食べていたことを思い出す。親の顔はよく思い出せないが、姉と二人でいたときのことは覚えている。そして奉公に行くときの、姉の涙。隣村に行くだけと言われたが、ついたのは故郷からはるか遠くの見知らぬ町だった。姉も次の日、同じように奉公に出されたという。便りだけは交わしていたが、奉公先が厳しくて会うこともかなわず、いつも心配ばかりしていた。

しかし今、姉はこんな立派な大店の嫁に行こうとしている。もう心配しなくていいのだ。あとは自分一人が生きていけばいい。

お静が花婿から渡された小杯を手にして傾けた。

そのとき、

「お静はん。何してはりますのや?」

と、おかみの鋭い声が飛んで、場がさっと凍った。

「あの……、三三九度を……」

小さな声で、わびるようにお静が言った。

「作法が違います。そこは口をつけるだけ。躾もようしませんのか。こないな嫁は天野屋にふさわしゅうない！」

おかみが鋭い目で睨みつけた。

その強い口調に助け船を出すものは誰もいない。お静は真っ青になって震え出した。

「あきまへん。こないな縁組もうやめてしまい。さすが祝言にも出て来ん親や。娘もよう育てられへんかったんやね」

三吉は拳を握り締めた。それは姉のせいではない。しかしここで三吉が異論をとなえればますます姉の立場は悪くなる。それくらいは三吉にもわかっていた。

（ここが我慢のしどころよ）

辰五郎の声が脳裏に響いた。そうだ。我慢して耐えるしかない。姉もじっとこらえているはずだ。

「お義母《かあ》さま、すみませんでした。粗相は謝ります。どうかお怒りをお収めください」

お静が窮屈な衣装のまま必死に深く頭を下げた。

「だまらっしゃい、この能なしの野良猫が。出てお行き！」

お静の目に涙があふれた。

縁の下で騒ぎを聞いていた沙夜の肩がぴくりと動いた。その言葉はかつて沙夜も姑から言われたものであった。

三吉の口から小さな声が漏れた。

「父ちゃん……」

「丁！」

辰五郎の前では丁の出目が続いていた。ツラとなれば勝負も白熱する。着物の胸元から色気を漂わせた件の女が扇子を片手に持った。女は半に張り続け、負けを重ねていた。

（いよいよか）

辰五郎は身を乗り出した。次の勝負はきっと大きい金が動く。

「はい壺！　どっちも、どっちも」

壺振りの声に駒が次々と張られた。客はみな熱くなっている。

女は残りの持ち駒を全部張った。

「半！」

高らかに言ったあと、扇子を動かした。

「半！」

「半！」

辰五郎と額に痣がある男が同時に声を出した。ともにありったけの駒を張っている。

他のほとんどの者は丁に張っており、駒は揃った。

「勝負！　四一《ヨイチ》の半！」

女が会心の笑みを浮かべた。

辰五郎の前に六両の駒が積まれる。

（してやったりだ）

辰五郎はほくそ笑んだ。女も嬉しそうに駒を膝元に積んでいる。きっと今頃、床の下に誰かが潜っているのだろう。

額に痣のある男は勝ったのに少しも笑わず黙って煙管をくわえている。

(玄人だな。やはりあいつか)

辰五郎は男を見た。これからは奴との勝負になるかもしれない。

その後も女は勝負どきになると扇子を動かした。そのときは辰五郎も必ず勝てる。女の手に乗ればいいだけだ。

(多分、貸元の女だろう)

辰五郎はそう見た。賭場に遊びに来させ、好きに勝たせる。それで女の気を引き続けようというのだ。そのからくりに仲間の誰かが気づいたに違いない。

勝負は進み、今や辰五郎の前には六十両の駒が積み上がっていた。女も四十両ほど勝っている。おかげ参りの人々の落とす金で景気のいい成金が多いらしく、賭け金はどんどん上がっていた。

「風を入れやす」

貸元が言って、いったん休憩となった。このとき手下の代貸しが客の金回りを確かめ、オケラになりそうな者には金を貸し、勝っている者には目をつけて警戒する。玄人の賭場荒らしも時々いるからだ。

盆ござのまわりにはいなり寿司がまわされた。多くの賭場には客が手軽に食えるような飯が用意してある。飯代など博打につぎ込む金に比べれば屁のようなもので、貸元も太っ腹だ。客たちもいなりの大皿に遠慮なく手を伸ばした。

辰五郎は運の流れを変えるのを嫌い、いなりには手をつけなかった。

勘定すると、辰五郎より、額に痣のある男のほうが勝っている。代貸しはそっちに目をつけているようだ。

辰五郎はあと一度勝てば百両を超える。そこで勝ち逃げればいい。次に女が動いたときが最後の大勝負だった。

厠に立って辰五郎が気合いを入れ直そうとしたとき、

「辰五郎さん」

と、か細い声が聞こえた。

「む?」

振り向くと沙夜が賭場に来ていた。

「どうした。何しに来た?」

鉄火場には似合わぬ清楚《せいそ》な姿である。何事が起こったのか。

「三吉さんが……」

「坊主がどうしたんだ」

「祝言が駄目になりそうなんです」

「ええっ？」

沙夜は泣き出しそうな顔をしていた。

「……ちょっと外に出るか」

辰五郎は駒をおいたまま賭場を出た。

沙夜は自分が縁の下で聞いた婚礼のことを話した。

「そうか……。親なしだからってひでえ話だな」

辰五郎は腕を組んだ。

「三吉さん、悲しむでしょうね。せっかく江戸から来たのに」

「……。だろうな」

辰五郎は地面を草履の足で掘り返した。

「けどな、沙夜さん。それもあいつの人生だ。てめえで切り開いていかなきゃなんねえ」

「でも、まだ子供なんですよ……。なんとかなりませんか」

沙夜がひときわ悲しそうな顔をした。そんな顔をされると辰五郎もつらい。

しかし辰五郎にはこのあと乾坤一擲《けんこんいってき》の勝負が待っていた。この勝機を逃せば、ツキはもう二度とまわってこないだろう。

「なんともならねえな。俺は博徒として生きてきた。勝負をやめることはできねえ」

辰五郎が言ったとき、

「わんっ」

と、くぐもった声がした。

声のしたほうを見ると、翁丸がとことこと歩いてきていた。

「どうしたワン公？　そんなもの持って」

翁丸は浅蜊の貝殻をくわえていた。きっと旅籠の部屋を漁《あさ》ったのだろう。

「馬鹿だなあ、腹が減ったのか？　ガマの油なんぞ食っても腹の足しになるもんか」

辰五郎は顔をしかめた。

「まったく世話が焼ける犬だ。いなりでも持ってきてやるよ」

辰五郎は再び賭場に向かった。


天野屋ではお静が瀬戸際まで追い込まれていた。おかみの権力は絶大で、良家には良家の嫁をと言い張り、ついには嫁を取るか母を取るかどちらかにしろと決断を迫る始末だった。

奉公していたお静を気に入ったのは若旦那だったが、母にそこまで言われると強く言い返せない。父親のほうもそれほどこの縁組に賛成しているわけではなかったらしく、たしなめることもしなかった。

「相談もなしにこんな縁組を進めるから恥かくことになるねんで。親不孝もええとこや」

「でもお静は奉公人の中で誰よりも早く起きて働くし、晩に寝るのも一番最後です。店の者もよくわかってる。生まれなんてどうでも……」

花婿がなんとか弁護した。しかしおかみの怒気は少しも衰えなかった。

「あかん！　旦那さんが許してもな、わてが許さへん」

「けど……」

「おかみさん、もういいです！」

叫ぶようにお静が言った。

「ただ、この店にはいさせてください。旦那様に仕えさせてください」

お静は文金高島田の髷が崩れるほど床に頭をすりつけた。これほどの恥はない。

三吉はやるせなかった。よるべのない自分たちはどれだけ世間に頭を下げ続ければいいのだろう。我を張れば無宿の生活が待っている。貧しい者が生きるということは耐えることだ。

おかみにすがりついた姉は足蹴にされ、三吉の目には涙があふれた。

「ここが我慢のしどころ……」

三吉はすすり泣いた。

そのとき、ぱんっと襖が開いた。

「いや、我慢ならねえな」

三吉が顔を上げると、見慣れたゴツい顔が、ひどく目を怒らせていた。

「世の中にはなぁ、我慢できねえこともある。我慢しちゃなんねえことがある」

「辰さん!」

辰五郎はずかずかと座敷に踏みこんできた。その後ろに沙夜もいた。

「やい! やいやいやい! さっきから聞いてりゃなんだ! 親がいねえだの躾がなってねえだのさんざん言いやがって。こんな若い女子供を大勢でいじめ抜くたぁ、どっちが無礼だ。良家が聞いてあきれらあ」

辰五郎がどんと足を踏みおろすと、漆塗りの膳が反動で飛び上がった。

「わんっ!」

同意するような吠え声が聞こえ、辰五郎の後ろから白い顔ものぞいた。

「翁丸まで……」

三吉は涙を拭いた。今目の前でとんでもないことが起ころうとしている。

「お、おい。貴様は何だ! 誰なんだ!」

若い手代が恐れながらも誰何《すいか》した。

「誰かって？　よくぞ聞いてくれた。俺は江戸深川の油商、井崎屋辰五郎よ。将軍家御用達、菜種油に胡麻油、椿に落花生、油のことならなんでもござれだ！　その俺がお静と三吉の後見人さ。遅れてすまねえな」

辰五郎は五十両の包み金をカーンと置いた。

「こいつはご祝儀だ」

天野屋の一同は目を瞠《みは》った。祝儀など、はずんでもせいぜい一両が関の山である。ところが後見人だというだけで、ぽんと出した五十両が辰五郎を一気に大きく見せた。

「これはこれは……。遠いところからよくおいでくださいました」

天野屋の主人が腰を上げ、出迎えにきた。おかみの騒ぎを苦々しくも思っていたのだろう。お静に富裕な後見人がいれば天野屋にも格好がつく。

「なあに、いいってことよ。それより俺が目に入れても痛くないお静の祝言だ。続きを派手にやってくれ」

辰五郎は列の一番前にどすんと座った。店の者が慌てて膳を持ってくる。

辰五郎の横に沙夜、そして翁丸もちょこんと座った。

「ちょっとお待ち！」おかみが金切り声を上げた。「その犬はなんやの⁉　座敷に上げるなんて不作法もええとこや！」

「なんだ、知らねえのか油犬を？　あんたもしかして田舎者じゃねえのか？」

辰五郎の嘲弄《ちょうろう》におかみの顔が引きつった。

「油犬？」

「そうさ。油のにおいをかぎ分ける油犬よ。こいつのおかげで今年はもう八千両も稼いだぜ。俺の家族も同然よ。そのお犬さまを座敷に上げるなと、そんな失礼なことを言うとは、礼儀知らずだな。親の顔が見たいぜ」

「く、く……」

辰五郎の押し出しに、おかみの勢いが一気に崩れた。

「まあいってことよ。ひとつこの犬に頭を下げれば許してやるさ。さもないと江戸に天野屋の悪評が広がることになるぜ。天野屋のおかみは世間知らずの不作法者だってな。東海道に知れ渡って商売あがったりだ。さあ、どうするんでい！」

「す、すみません……」

おかみが観念したように頭を下げると、翁丸がゲップをした。

「ぶっ」

三吉が堪えきれず噴き出した。

「ほら三吉、なにやってる！　大した馳走《ちそう》が並んでるじゃねえか」

「うん……。うん！」

「食おうぜ。腹が減った」

「うん！」

おかみが恥辱のうちに引っ込んだあと、主人の合図でふたたび杯が花婿花嫁の手に渡った。

お静は辰五郎が三吉の連れだとわかったらしく、辰五郎に頭を下げると、最後の杯を飲み干した。

花婿が愛しそうにお静を見た。

「おう、三吉」

「なに？」

「姉さんのダンナ、いい男でよかったじゃねえか」

辰五郎が大きく笑った。

「わんっ」

翁丸も目尻を下げて笑った。

三吉は涙ぐんだ。そのあと食べた料理は全てうっすらと塩味がした。

無事に祝言が済み、辰五郎は「お静をよろしく頼む」といって見事な姿勢で頭を下げ、意気揚々と引き上げた。

三吉も姉と抱き合い、達者に暮らすよう言って天野屋を出た。

月は既に真上にのぼり、道脇から虫の声が聞こえている。

「辰さん、ほんと無茶苦茶だよ」

三吉が言った。

「ま、俺は油商じゃなくて、ただの脂性なんだがな。ひっひっひ」

うまい酒をたらふく飲んで酔っ払った辰五郎が豪快に笑った。

「それで博打はどうなったの？」

「お前に種銭をもらったからな。当然勝ったさ。ま、お前の姉さんの祝儀に化けちまったが」

「えっ……」

「いいってことよ。ああでもしなきゃ、おさまりがつかねえじゃねえか」

「でも辰さん……」

「野暮は言うな。宵越しの金は持たねえ。知ってるだろ」

「ありがとう」

「くすぐってえんだよ」

辰五郎と三吉のやりとりを沙夜は微笑んで見つめた。翁丸は食べすぎたようで、舌を大きく出してのろのろと歩いている。

宿に帰り、気疲れしたらしい三吉がすぐに寝てしまうと、沙夜は聞いた。

「辰五郎さん、どうして最後まで勝負しなかったんですか？」

「あれはな、やれば勝ってたんだよ。俺が博打をやるのは銭のためじゃねえ。勝つためさ」

「でも博徒は勝負をやめないって言ってませんでしたか？」

「ワン公の持ってきたあの浅蜊はよ。三吉と一緒に拾ったんだ。あれは妙に楽しかった。俺に子供がいればこんな感じかなぁ……って思ってな。あいつは浅蜊の居場所を教えてやろうと言っても、自分で探すと言って聞かなかった。根性のある奴だよ。ま、ワン公はたぶんこう言いたかったんだろうぜ。博打はやめて油を売れって。そう思ったとき、俺は博徒じゃなくなってたんだろうな」

「辰五郎さん……」

「三吉はな。いつも後ろ指をさされるような俺にまっすぐついてきやがった。江戸からずっと」

そこまで聞けば沙夜はもう十分だった。

「多分、三吉さんも同じですね」

「えっ？」

「幼い頃から丁稚奉公に出されて、ずっとこき使われて。辰五郎さんはそんな三吉さんにいつも真正面からぶつかって、三吉さんをまともな人間として扱っていたでしょう」

「は？　だってまともな奴じゃねえか」

「そんな大人はなかなかいないんです。だからあの文に『父ちゃんありがとう』って」

「ふうん。そうか」

沙夜は微笑んで目を閉じた。

ほんのささいなことだと沙夜は思う。普通の生まれの人間ならしてもらって当たり前のことを、二人とも子供のときからしてもらっていない。

そこまで考えて沙夜は眠りに落ちた。いつしか沙夜にも酒の酔いがまわっていた。

翌朝、沙夜が目を覚ますと、辰五郎が真っ青になって半身を起こしていた。翁丸が激しく吠えている。

「どうしたんですか、辰五郎さん」

「菊佐だ……」

「えっ？」

視線をそちらに向けると、脇差を引き抜いた菊佐がとかげのような目でこちらを見下ろしていた。

「辰五郎。てめえ、昨日途中で帰ったそうだな」

「ああ……。その、ちょいと野暮用でな」

「うるせえ！」

菊佐が怒鳴って、行灯《あんどん》を斬り飛ばした。油皿が飛んで、畳の上でくるくるとまわる。

その音で目を覚ました三吉も菊佐を見て動けなくなり、怯えた目で菊佐を見ている。

「百両、耳を揃えて出してもらおう。なければ今からお前の耳を切り落としてやる。

脅しじゃねえぞ」

菊佐が脇差を振り下ろした。

「ぎゃっ！」

辰五郎が悲鳴を上げて布団に倒れ込んだ。

「辰五郎さん！」

沙夜は辰五郎の上におおいかぶさってかばい、菊佐を見上げた。

「菊佐さん、お願いです。辰五郎さんを助けてあげてください」

「そいつはできねえ相談だ。渡世の義理はしっかり果たしてもらわねえと」

「お金ですよね……」

「なに？」

「辰五郎さんが借りたお金を返せばいいんですよね」

「ああ。そいつは確かに、百両払うと言った。だが昨日は約束を違《たが》えて賭場から消えやがった。落とし前はつける」

「でも、辰五郎さんを殺したら、お金は返ってこないじゃありませんか」

「わかってねえなあ、あんた」

菊佐は片方だけの目玉をぐりっと動かして沙夜を睨んだ。

「赤布の親分はな、金が惜しいんじゃねえ。辰五郎が『命をかけても必ず大博打で勝つ』と言い切った、その心意気に感じ入って金を貸したのさ。それまでこいつは深川でも一、二を争う博徒だった。代打ちを頼んで親分が大儲けしたこともある。ところが辰五郎は負けて逃げやがった。そんな奴は男じゃねえ」

「そんなことがあったんですか……」

「だがな、こいつは岡崎でもう一度博打をすると言った。そこで勝ったらまだ見所がある——そう思ったから一度は待ってやった。それがなんだこいつは。途中で勝負を降りて、また消えたというじゃねえか。ふざけやがって」

「違うんです！　辰五郎さんは三吉さんのために……」

「ふん。渡世人は情なんていらねえ、仁義だけありゃいい。優しくなった奴から死んでいくのさ」

菊佐がとどめを刺そうと、辰五郎にずいと近づいた。

「待ってください！　だったら……、だったら辰五郎さんにもう一度、博打をさせてあげてください」

「なに？」

「命を一つぶん、お願いします。菊佐さんは私を殺して落とし前をつけてください。そしてもう一度だけ辰五郎さんに博打を……」

「ほう、おもしろいことを言うじゃねえか。いい覚悟だ」

菊佐が脇差を沙夜の白い首筋にぴたりと押しつけると、沙夜の体は震えた。

菊佐と沙夜が抜き差しならぬことになっているこのとき、辰五郎は尻の火炎にただあえいでいた。菊佐の刀をよけた際、枕の角が尻に当たり、身もだえしていたのである。酒を飲んだせいで痔が大きく腫れ上がっていたのも悪かった。

「辰五郎。女にかばってもらうとはお前も堕ちたな。今、目の前でこの女を殺してやる。それでもう一度博打をうつか？」

菊佐が嘲笑した。

「うるせえ。尻が熱い……」

「辰さん、しっかりして！　沙夜さんが殺されちゃうよ！　助けてあげてっ」

ようやく金縛りのとけた三吉が叫んだ。

「動けねえんだ……。今は菊佐より菊座が大変で……」

「ちょ、なに言ってるんだよ！」

「じゃあ、おめえは死にな。上玉でちょいともったいねえが」

菊佐が沙夜を殺そうと刀に力を込めたそのとき、

「わんっ！」

と縁側から吠える声がした。

「翁丸！」

三吉が叫んだ。

「翁丸、沙夜さんを助けて！」

「わわんっ！」

大きく吠えた翁丸はひらりと宙を舞い、部屋に飛び込むと、一目散に走ってがぶりと嚙みついた。

辰五郎の尻に。

「ぴぎゃあっ！」

腫れ上がった尻のいぼ痔を思い切り嚙まれた辰五郎は、人か獣かわからぬ奇妙な声を上げて、寝たまま真上に跳び上がった。辰五郎の頭の中で極彩色の火花がはじけ、思い出が走馬燈のように駆け巡ったあと、あらゆる世界で輪廻《りんね》転生を繰り返し、痛みは限界を超え、むしろ奇妙な至福が辰五郎の胸に生まれた。

（死んだ。これは確実に死んだな）

辰五郎が観念したとき、今度は頭の真上でがつんと音がした。

（やべえ、地獄の鬼が金棒で殴りやがった！　鬼って本当にいたのか。とりあえず謝らなきゃ）

辰五郎は焦ったが、現実は違った。跳び上がった辰五郎の頭が菊佐の顎に命中していたのである。

菊佐ががくんと崩れ落ちた。

「どうなってる⁉」

気がつくと菊佐が畳の上に倒れ、うごめいていた。

辰五郎は反射的に盆の上にあった湯飲みをひっつかむと菊佐の頭を殴りつけた。

「あっ」

声を上げて菊佐が完全に気を失う。

「ふう、なんとか土壇場は乗り切ったようだな……。あ、いてて」

辰五郎が尻を押さえて呻いた。

「大丈夫ですか？」

沙夜が心配げに見つめる。

「大丈夫じゃねえ。ワン公め、思い切り噛みやがって。地獄が見えたぜ」

「辰さん、この人どうするの？」

三吉が不安そうに聞いた。

「生かしておいちゃいつまでもたたられる。しかし殺すのは嫌だしなぁ……」

辰五郎は顔をしかめた。

「逃げる？」

「そうだな。こうなったら最初に考えた通り、伊勢で博打して勝つしかねえ。なんせ金を持った参拝客がわんさといるだろうからな」

「でも辰五郎さん、歩けますか？」

「無理だ。駕籠を呼んでくれ。こいつは縛っておこう」

辰五郎は菊佐の帯をとくと、それを使ってぐるぐると縛り上げ、猿ぐつわを噛ませて押し入れに放り込み、ありったけの布団をのせた。

「これでしばらくは追ってこられないだろう」

辰五郎たちは急いで旅籠を出て、岡崎宿を後にした。

二十六　池鯉鮒宿～宮宿

辰五郎は再び駕籠に乗った。

馬市があり、馬のいななきがところどころから聞こえる池鯉鮒宿《ちりゅう》から、桶狭間《おけはざま》の名残のある鳴海宿を経て一里半ほど進み、宮宿に至る頃にはようやく尻の痛みもひいてきた。薬屋で膏薬を買い求めてたっぷり塗り、さらしも二重に巻いたから駕籠の衝撃も尻に来ない。

「昼飯でも食おう」

辰五郎は言って、熱田神宮のそばで駕籠を降りた。ぐるぐるに巻いたさらしが膨らんでいるのが着物の上からもはっきりわかり、蜂のようである。

「わんっ」

翁丸がそれを見て楽しげに吠えた。

「もう尻は噛むなよ。絶対だぞ」

辰五郎は渋い顔で言った。

「翁丸のおかげで助かったのに文句言うなよ、辰さん」

「噛むなら菊佐を噛みゃいいのに、なんで俺なんだよ。こいつ、実は俺を憎んでるのかもしれねえな」

「辰五郎さん、翁丸はこんなにかわいい顔をしてるんですよ。よこしまな思いはないと思います」

沙夜の白い手が翁丸を撫でた。ふふん、という風に翁丸が辰五郎を見る。

「ちぇっ。ちゃっかりしやがって」

辰五郎は頬を膨らました。

宮宿は東海道最大の宿であり、「宮」とは熱田神宮の略称である。

辰五郎はきしめんを出す店に入った。きしめんは平打ちのうどんのような形状で、江戸では「ひもかわ」とも呼ばれる。うどんに比べ、腰はほとんどないが、つるりとした食感が心地よい。

辰五郎はきしめんをずるずると、すきっ腹にかき込んだ。

「きしめんは麺もうめえがな、やはり出汁が命よ。このすみきった鰹の香り……。濃厚でたまらねえ。くせになっちまう」

「ほんと、おいしいですね」

沙夜も目を細めて食べていた。

「ところで沙夜ちゃんよ」

辰五郎はややくだけた調子で沙夜を呼んだ。

「えっ？」

「あんた、また死のうとしたな」

「……」

「俺の身代わりに死ぬなんてそんなの馬鹿らしいじゃねえか。俺はいつ死んでもいいように、好き勝手に生きてきたんだ。菊佐にやられてもしょうがねえのさ。だからもう、あんなことすんなよ」

「でも、私……」

沙夜が辰五郎を見た。

「素直にありがとうって言いなよ、辰さん。かばってくれたんだから」

三吉が横から言った。

「子供は黙ってろ。俺と沙夜ちゃん、どっちに値打ちがあるかって話なんだ」

「そりゃ沙夜さんだね」

「だろ？　……でもそれはそうだけどな、少しは悩んでから答えろよ」

「かんたんじゃゃん。翁丸でもわかることだよ」

「わんっ」

翁丸が楽しそうに吠えた。

「こいつめ」

「私は、辰五郎さんが私のかわりに生きてくれるような気がしたんです」

沙夜が言った。

「辰五郎さんにはまだまだ楽しいことがいっぱいあるでしょう?」

「ふん。俺は誰かのかわりに生きたくねえさ。俺は自分のために生きるだけよ。沙夜ちゃんもそうしろ。その気になれば、きっと楽しいことがいっぱいあるぜ。なあ三吉?」

「うん……。うっ!」

急に振られて、三吉がきしめんを喉に詰まらせた。辰五郎が慌てて背中をどやす。

沙夜が二人のやりとりを見て微笑んだ。

「そうですね。言われてみれば私、この旅がずいぶん楽しかった……。いっそ伊勢に着かず、ずっと三人で旅を続けられればいいのに、なんて思ったりして」

「まあ柄杓を持ってりゃ食うには困らねえだろうがな……」

「三吉さんもそう思うでしょ?」

「えー、こんなろくでなしの父ちゃんと一緒に?」

三吉がいーっと口を横に開いた。

「誰がろくでなしだ？」

「まあ、いないよりはいいけどね」

三吉は目をそらすとふたたびきしめんをすすりあげた。

「ふん。俺は渡世人だ。男一匹仁義だけありゃいいんだぜ」

菊佐のように答えながらも、辰五郎自身、この旅が楽しかったことに気づいていた。ずっと一人きりで生きていたが、毎日一緒に飯を食い、喧嘩したり笑いあったりするのがこんなにおもしろいことだったとは。親のいない辰五郎にとって、そんな団欒《だんらん》は初めてのことであった。

（ちぇっ、俺ともあろうものが、情が移っちまうとはな……でも悪くねえもんだ）

辰五郎は茶を飲んで満足の息を吐いた。

「辰さん、お願いがあるんだ」

こちらも食べ終えた三吉が言った。

「なんだ？」

「姉ちゃんに聞いたんだけど、本当の父ちゃんがこの宿にいるみたいなんだ」

「えっ？」

「でもさ、すごく嫌な奴らしいんだけど……。だから姉ちゃんも今まで黙ってたんだって。会わないほうがいいって言われたんだ。けど、どんな人かちょっと気になってさ。辰さん、いっしょに行ってくれない？」

三吉が不安そうに言った。

「ま、そりゃ構わねえが……」

「行ったほうがいいわ。今を逃すと一生会えないかもしれないですし」

沙夜も三吉を後押しした。

「おいら、文句言ってやるよ。今まで便りもよこさないなんてって」

「そうか。わかった。俺も加勢してやるよ。なんなら尻を蹴飛ばしてやるか」

「わんっ」

翁丸も吠えた。


四半刻後、三吉は姉から教えられた父の在所にたどりついた。

そこは堀川のそばの長屋で、戸の前には、割れたとっくりが転がっていた。

「ここだろ？」

「うん……」

「早く戸をたたけよ」

「でも」

三吉がもじもじしているので、辰五郎は思い切りよく、がらりと戸を開けた。

「おい！　いるかい？　三吉がわざわざ江戸から会いに来てやったぜ！　出てこいっ」

「ちょっと辰さん！　喧嘩売るような言い方はやめてよ」

「隠れてやがるのか、この野郎！」

相手が本当の父親ということで妙に対抗意識を持ってしまった辰五郎は、仇討ちのごとく気を吐いてずかずかと上がり込んだが、中には誰もいなかった。

「なんだ、いねえや」

「もう。勝手に事を進めないでよ」

「だってよう……」

「辰五郎さん」

沙夜が辰五郎の手をとった。

「ん？」

「三吉さんもいろいろと思うところがあるんじゃないですか。ここは三吉さんのやりたいように……」

「ちぇっ、まだるっこしいなあ。でも沙夜ちゃんがそう言うなら……」

辰五郎は戸を閉めて外に出ると伸びをした。

「じゃ三吉。帰るのを待ってろよ。俺はどこか賭場でも探してくらあ」

「えっ？　一緒に待っててくれないの？」

「馬鹿言え。こんなところに、ぼうっと突っ立ってられるか」

「そんな……」

三吉が泣きそうになった。

そのとき、

「誰か来ましたよ」

と沙夜が声をかけた。

辰五郎がそっちを見ると、顔色の悪い男が歩いてくるところだった。つぎのあたった袷を着て、背も曲がっている。男はそのまま先ほどの家に入っていった。

「おい、あいつじゃねえか？　お前の父ちゃん」

「えっ……」

三吉が閉められた戸を見つめた。

（冴えねえ男だなぁ）

しかし、それでも三吉の父親である。どうするかは三吉が決めることだ。

「おいら、行ってみるよ」

三吉は気丈に言って足を踏み出した。

しかし行こうとした刹那、ぱっと戸が開いて先ほどの男が再び出てきた。なぜか頬かむりをしている。

三吉は出した足を引っこめた。

「どうした?」

「うん……」

「声かけねえのか?」

三吉は無言で男の後を追った。

「おい。なんで後なんかつけるんだ?」

「辰五郎さん。ここはそっとしておいてあげてください」

沙夜が言った。

「うーん……」

辰五郎は唇をとがらせ、仕方なく三吉の後ろを歩いた。

男は七里の渡しへと向かい、やがて湊の近くへ着いた。

浜辺では水飴を持ったかわいい子供が一人で遊んでいる。

男はそちらにゆっくりと近づいていった。

「あいつ子持ちなのか?」

「えっ」

振り返った三吉が不安そうな顔をした。

「新しい奥さんをもらったってこと?」

「そんなこと俺が知るわけねえ。ここまで来たんだ。聞いてみな」

「うん……」

三吉がおずおずと男に近づいていった。

「あの……」

三吉が小さな声で言ったとき、男は子供を抱き上げて走った。

一目散に駆けてゆく。

抱かれた子供は泣き出した。

「辰五郎さん、あれはいったい……」

「おい、ありゃあ、かどわかしだ！」

「ええっ」

辰五郎は慌てて男の後を追って走った。

しかしその横をさらに速く白い影が駆けていった。

「ワン公！　そいつを捕まえろ！」

「わんんっ！」

矢のように走った翁丸が男に追いついて、ふくらはぎに嚙みつくと、男は派手に転んだ。その拍子に手から放れた男の子が地面に投げ出される。

「大丈夫か⁉」

駆けつけた辰五郎が抱き上げると、子供はぶるぶると震えていた。ただどうやら怪我はないらしい。

「てめえ……。ふてえ奴だ！」

辰五郎は足を引きずって逃げようとしている男を蹴飛ばした。

「おい、誰か！　かどわかしだ。捕まえてくれ！」

立ち止まり、見ていた人足たちが事情を飲み込んで駆け寄り、素早く男を取り押さえた。

そのとき、

「太一！」

と子供の母親らしき女が走り寄ってきて、辰五郎から子供を抱き取った。

母に抱かれ、子供は安心したように泣き出した。

「安心しな。もう……」

「この人さらい！」

女が辰五郎に怒鳴った。

「待てよ！　人さらいは俺じゃねえ。そっちの男だ」

「えっ？」

女は取り押さえられている貧相な男を見た。

「あら、顔つきが悪いから、てっきりあんたかと……」

母親が慌てて頭を下げた。

「ちぇっ、助けてやったのになんだその言いぐさは」

辰五郎が肩をすくめて脇を見ると、翁丸はペロロ、ペロロッと激しく子供の持っていた水飴を舐めていた。

「お前って奴は……」

辰五郎はあきれて翁丸を見た。

「辰五郎さん」

沙夜の声が後ろからした。

「どうした？」

「三吉さんが……」

振り返ってみると、三吉が真っ青な顔をして、捕らえられた男を見つめていた。

「そうか。あいつは三吉の……」

辰五郎は人足たちに組み伏せられている男に駆け寄った。

「おい！　てめえ、息子の前でなんてことしやがる。人さらいになんかなりやがって！」

「は？　息子だぁ？」

男はぽかんとして三吉のほうを見た。

「そうだ。三吉はな、わざわざ江戸から姉ちゃんの祝言のためにここまで来たんだ。それをなんだ、てめえは！　父親のくせに祝儀の一つもやらねえで。俺の祝儀を返せ……じゃなくて、まずはお静ちゃんと三吉に謝りやがれ、ろくでなしめ」

辰五郎が拳を振り上げた。

「やめて、辰さん！　許してあげて」

三吉が叫んだ。

「だっておめえよ……。子供の前でかどわかしなんか……」

「きっと出来心だよ。貧乏で苦しかったんだよ」

三吉が必死に男をかばった。

「三吉……」

辰五郎は三吉の泣きそうな瞳を見た。どんな父親でも、父親はやはり父親なのか。

辰五郎の心の一部がしゅんと小さくなった。

「わかったよ。お前に免じて殴るのだけは許して……」

辰五郎が言いかけたとき、

「お静と三吉だ？　わっはっはっは、こりゃ傑作だ！」

男が大笑いした。

「てめえ、何がおかしい？」

「けっ。おかしいともよ。そいつらは俺の子なんかじゃねえ。そもそも、お静と三吉も姉弟じゃねえしな。俺がさらってきて奉公に売り飛ばしてやったのさ」

「なに⁉」

辰五郎は仰天した。

三吉も色を失っている。

「お前らは小さすぎて売れなかったから、大きくなるまで家にちょいと置いといただけよ。俺が父親？　あっはっは、馬鹿野郎どもめ！」

「この野郎……」

辰五郎が拳を振り上げたとき、びしっという音とともに男の頬が引っぱたかれた。

「人でなし！」

怒鳴ったのは沙夜だった。

「沙夜ちゃん……」

「子供の前でなんてこと言うの！　三吉さんがどれだけ傷つくかわからないの⁉」

沙夜が目にいっぱい涙を浮かべていた。

「けっ！　知ったことか」

男は血の混じった唾を吐いた。

三吉は立ち尽くし、しずかに泣いていた。父親と慕った相手はただの人さらいだったのだ。

「三吉さん。大丈夫よ。この人は悪人だから。きっとあなたのお父さんはいい人だわ」

「そうだそうだ。そっちを探そうぜ。気にすんな、三吉！」

辰五郎は男の髪の毛をひっつかんで、顔を持ち上げた。

「おい。三吉はどこからさらって来たんだ。誰の子だ？　言いやがれ！」

「さあて。忘れたなぁ。父親を探して一生苦しむんだな」

男はへらへらと笑った。

「おい。そいつをちょっと仰向けに押さえててくれ」

人足たちに言って手足を押さえさせ、辰五郎は男の袷の腰紐をといた。着物の裾がだらりとはだける。

「な、何しやがる。どういうつもりだ……」

「てめえには一寸《ちよつと》も容赦しねえぜ……。ワン公、出番だ」

辰五郎が静かに言った。

「わんっ」

群衆を割り翁丸が男に向かって歩いてきた。その目はじっと男のふんどしに注がれている。

「いいぞ。やってやれ」

翁丸は小さく頷くと、不気味な表情を浮かべて男に近づいた。

「わん……」

「な、なんだ、この犬は⁉」

男が不安げに翁丸を見た。

「地獄の狂犬、翁丸よ。こいつはな、三度の飯より人のふぐりが大好物という変わり種の犬でな。これまでもう百玉は食っただろうぜ。お前は今から自分の玉がパンと弾ける音を聞くことになる……」

「や、やめろ！」

「さあ、食え！」

「わんっ」

翁丸は素早く走り寄ると男の股間に噛みついた。

「わんわんわんわんわん！」

「ぎゃぎゃぎゃぎゃぎゃ！」

翁丸が噛みついたまま体をひねって転げ回り、男は魂消《たまげ》るような悲鳴を上げた。

「うがっ！　や、やめ……やめろ！　やめてっ！」

「どうだ、言うか？」

「言う！　言うから頼む！　この犬を……！」

「よし、ワン公。放してやれ」

辰五郎が袖の奥に残っていたするめをぽーんと道に放った。

翁丸が気づいて、さっとするめに飛びつく。

男は息も絶え絶えに股間を押さえた。

「さあ言え。三吉の父親はどこの誰だ」

「そいつは……、薬商の川中屋吉三《かわなかやよしぞう》の息子だよ。金持ちでいつも威張ってやがったからな。かどわかしてやったのさ」

男が唇をゆがめた。

「川中屋？　この宿にあるのか」

「もうねえよ。店をたたんでどっかに行っちまったぜ。へっ、いい気味さ」

「この野郎！」

辰五郎が股間を蹴飛ばすと男は悶絶した。

その頃になってようやく役人が駆けつけてきた。

夕刻、沙夜たちがとった旅籠に戻った辰五郎が、事のあらましを語った。

「役人の話じゃな、ずいぶんと慎重にかどわかしをやってたそうだ。さすがに自分の家から尾《つ》けている者がいるとは思わなかったらしいが」

あれから半日、役人の取り調べに付き合った辰五郎は、あの男が何度もかどわかしを繰り返していたこと、それをこのあたりでは神隠しだと騒いでいたことを教えられた。そして川中屋のことも聞いてきていた。

「川中屋はなくなったが、親戚はいるんだってよ」

「じゃあ三吉さんのお身内がいるんですね」

沙夜の顔がぱっと明るくなった。

「そうなんだ。お静ちゃんは迷子になっていたところをそのまま連れて帰ったそうだから、親が誰かわからねえそうだが。まったくあの野郎は……」

「でも、一緒に育ったなら姉弟のようなものですよ。三吉さん、これからも変わらず、お静さんとつき合うのがいいと思います」

沙夜が三吉の両肩をつかんで言った。

「そうだ、お静ちゃんには立派な旦那もいることだしな。心配はいらねえ」

「そうするよ。ありがとう、辰さん、沙夜さん」

三吉は無理に笑顔を作って言った。しかし、まだ大きな衝撃が抜けきっていないのだろう。

「ちょっと厠に行ってくる」

言い置くと、三吉が出て行った。

「泣きに行ったのね」

沙夜がしんみりと言った。

「目が真っ赤だもんな。でもまあ、あんな変な野郎が父親じゃなくてよかったさ」

「辰五郎さん」

「ん？」

「三吉さんは親戚の家で暮らすことになるんでしょうか」

沙夜が不安そうに言った。

「相手が三吉を引き取るかどうか……」

「そこでまたつらい思いをしないといいんですが」

「なあに。相手が四の五の言いやがったら、三吉はまた俺らと旅すりゃいいんだ」

「はい。ずっと家族連れで来ましたものね」

沙夜がにっこりと笑った。

「そのまま家族になっちまうと、嘘がほんとになりそうだが」

辰五郎は苦く笑った。

だが博打にも勝てなくなったことだし、こうなればまっとうに働くのもいいのか――。辰五郎はまんじりともせず、その夜を過ごした。

翌日、旅籠を出ると、三吉たちは川中屋の親戚だという家に向かった。

四半刻ほど西に歩いて着いてみると、立派な造りの屋敷で、庭では職人たちが植木の手入れをしている。

「こりゃ大層なもんじゃねえか」

「ええ……。ちょっと身構えてしまいますね」

辰五郎と沙夜はきょろきょろしつつ訪《おとな》いを入れた。

三吉は恐怖を和らげるかのように、翁丸のふさふさした毛並みの背中を撫でた。

座敷に通されると、役人から事情を聞いていたらしく、品のいい婦人が三吉を温かく迎えた。

「あなたが新太郎《しんたろう》……。よく生きていたこと！」

婦人はどぎまぎしている三吉をぎゅっと抱きしめた。三吉の本名は新太郎というらしい。婦人は辰五郎たちを奥の居間に通した。

「あの、お父さまの行き先はやはりわからないのですか？」

茶を出され、落ち着いたところで沙夜が尋ねた。

「はい。どこか西国のほうへ行くと言っていましたが、それ以来なしのつぶてで……。新太郎が神隠しに遭ってからは、気が触れたようになってしまいました」

「そいつは気の毒になあ」

「あの、母ちゃんも父ちゃんと一緒に、西国に行ったたってこと？」

三吉がおそるおそる聞いた。

婦人の顔が曇った。

「志保さんはね、あなたを産むときに亡くなったのですよ。逆子の難産でねえ」

「そう……」

三吉がうつむいた。

沙夜がその肩にそっと手を置いた。

「辰五郎さん」

婦人が辰五郎に向いてきちんと座り直した。

「新太郎は吉三さんの大切な子です。叔母の私がお預かりして育てます」

「そうか……。まあ、それがいいだろうな」

辰五郎は腕を組み、あらためて座敷を見回した。立派な木彫りの欄間があり、屏風《びょうぶ》や掛け軸なども上等のものである。裕福な家なのだろう。ここにいれば三吉も苦労なく育つはずだ。

「そうと決まればここでお別れだな、三吉。こんな優しいおばさんがいてよかったじゃねえか」

辰五郎は明るい声を出した。

「うん……」

三吉が元気のない様子で辰五郎を見つめた。やはり母のことを聞いたせいか。

「ここにいたら、お前のほんとの父ちゃんも帰って来るかもしれねえしな。達者で暮らすんだぜ」

「うん」

辰五郎と三吉は見合った。

「じゃあ、俺たちは伊勢にでも行くか、沙夜ちゃん」

辰五郎は未練を断ち切るように勢いをつけて立ち上がった。

「名残惜しいですが」

沙夜の目は少しうるんでいた。

「江戸の伊勢講の連中が、首を長くして待ってやがるからな。じゃあごめんよ」

辰五郎は部屋を出た。沙夜も後に続く。

(これが三吉のためさ)

辰五郎は小さく鼻歌をうたってみた。しかしどうしても長く続かない。

三吉は辰五郎たちを玄関まで送って出て、庭で待っていた翁丸の頭を撫でた。

「翁丸、今までありがとう。楽しかったよ」

「わぅん」

翁丸が寂しそうに鳴いた。

屋敷を出て道を折れると、もう三吉の姿は見えなくなった。

「く～ん」と、翁丸が屋敷を振り返って鳴いた。

それでいいのか、と聞いているようだった。

「いいんですか、辰五郎さん」

代弁するように沙夜が言った。

「いいって……。何がだよ?」

「三吉さんとこのまま別れてしまって……」

「このままもあのままも、あのおばさんは三吉の身内じゃねえか。立派な屋敷に暮らしてるしな。あいつにとってはこれが一番だろう」

「そうでしょうか……」

沙夜がじっと辰五郎を見つめた。

「三吉が決めたことだ。あいつもいっぱしの男なんだからよ。しょうがねえさ」

辰五郎は後ろを振り返らずに歩いた。

二十七　桑名宿

辰五郎と沙夜、そして翁丸は七里の渡しから舟に乗り、桑名宿へと向かった。ここは東海道で唯一、水路で行くしかないところで、どうしても陸路で行くなら道を大きくそれ熱田神宮の北の佐屋《さや》街道を迂回しなければならない。

「辰五郎さん、向こうに着いたら、何か食べますか?」

「いらねえや」

辰五郎はしけて白波が立っている海を見ながら小さく言った。

「でも今日は何も食べてないじゃないですか。朝も旅籠の食事にほとんど手をつけないで」

「いいんだ。ワン公にでもやってくれ」

辰五郎は横をむいてごろりと転がった。

(虚しいものだな)

辰五郎はため息をついた。胸の中に氷を突っ込まれたような気分だった。

「三吉さんも寂しがってるでしょうね」

「沙夜ちゃん、頼む。そのことはもう言わねえでくれ」

「すみません……」

辰五郎は目を閉じた。もう一緒に貝を獲る相手もいないのだ。

潮風の音だけが聞こえる。

「あいつによ。また釣りを教えてやろうと思ってたんだ」

「えっ？」

沙夜が辰五郎を見た。

「それによ、おもしろい貸本や芝居、歌舞伎なんかもな、見せてやろうと思ってたんだぜ。女の口説き方や酒の飲み方もな。大事なんだ」

「辰五郎さん……」

「博打だってよう。賽子のとっておきの読み方を……」

「博打は教えなくてもいいんじゃないですか」

沙夜が少し笑った。

「そうかな？　ま、そうか」

「三吉さん、生真面目ですし」

「あいつは憎まれ口ばかりで根性がねえからな。ここ一番で勝てねえだろうな……」

でもガマの油売りはなかなかうまかった――。

また思い出がわきあがってきて、辰五郎は激しく首を振り、その小さな姿を頭から追い払った。

揖斐《いび》川の河口で舟を下りるともうそこは桑名宿だった。三方を海に囲まれ、扇形に作られたため、〈扇城〉とも呼ばれる桑名城が見える。

伊勢神宮の一の鳥居をくぐると、宿場のそこここの茶店で焼き蛤《はまぐり》が売られていた。香ばしい香りが漂ってくる。

「ついに来ましたね、お伊勢さまに」

「ああ。あとは四日市の先から参宮街道を歩いて行くだけだ」

辰五郎はぼんやりと街道を見た。

翁丸は食べ捨てられた蛤の殻をいちはやく見つけ、ぺろぺろと舐めている。

「行きましょう、辰五郎さん」

「ああ」

沙夜が元気のない辰五郎の手を取って歩いた。

その手はほんのり温かい。

（三吉のやつ、帰って来ねえかなあ。来ねえだろうなあ）

らちもない想像をして辰五郎はよぼよぼと歩いた。

その姿は人に手を引かれる老人のようであった。

その頃、三吉は叔母の豊かな暮らしに驚いていた。美しい絵や高価そうな茶器もたくさん飾られている。

しかし、実際に屋敷で暮らしているのは婦人だけで、あとは通いの下男と下女だけだった。

「何でも好きなことをしていいんだよ」

叔母はそう言った。しかし何をすればいいのか、三吉にはよくわからなかった。

「このあたりに犬はいないの？」

三吉は聞いてみた。翁丸のようなかわいい犬がいれば、一緒に遊べるかもしれない。

しかし叔母は眉をひそめた。

「あんな野放しの畜生に触ってはいけませんよ。汚れてしまいます。あなたは本来なら川中屋のお坊ちゃんなんですからね」

「……」

三吉は唇を尖らせた。お坊ちゃんなんかより断然、犬がいい。

その日の昼餉でも三吉は面食らった。味噌汁に入っていた浅蜊を食べようとすると、

「浅蜊の身を食べてはいけません」

と、叔母は厳しく言った。

「えっ、なんで？」

「浅蜊も蜆《しじみ》も味噌汁に入っているものは、出汁をとるためです。そんなものを食べるのは貧乏人ですよ。言っては悪いかもしれませんが、あんな渡世人風情とずっと一緒にいたから下賤《げせん》になってしまったのですね」

「下賤は言いすぎだよ……」

「かわいそうに。いろんなことを吹き込まれたんでしょうね。ここまで大変だったでしょう。これからはここが我が家と思って、なんでも好きなことをしていいんですよ」

叔母はどこか自慢げに言った。

昼餉の後、あてがわれた部屋に一人とり残されると退屈であった。叔母はすぐに生け花の稽古に出かけてしまい、話す相手もいない。辰五郎の賑やかなホラ話ももう聞くことはないだろう。

（好きなことって何だろう）

縁側に座って考えてみると、翁丸が食べ物と間違えて落ち葉を食べてしまったときのびっくりしたような顔が浮かんだ。

「あはっ」

三吉はようやく笑った。そして辰五郎が尻を噛まれて跳び上がったときの姿を思い出し、さらに噴き出した。

（辰さん、ガマみたいに跳んだな）

三吉はくすくす笑った。

そして沙夜の白い手を思い出した。

つらいことがあると沙夜はいつもその指の細い手で三吉の頭を撫でてくれた。旅籠に泊まるとすぐ辰五郎は夜遊びに行ったが、静かすぎて眠れない夜などに、丁稚奉公のつらい勤めの話をすると、沙夜は親身になって聞いてくれた。温かい手で胸をとんとんと叩いてくれると、三吉はすぐ眠ることができた。

（もう二度とみんなに会えないかもしれない）

三吉は思った。おかげ参りの旅で、たくさん笑ってたくさん泣いた。生まれてこの方、自分がほんとにのびのびと暮らしたのは、この十日余りの道のりだけだったかもしれない。

日の暮れる頃、三吉の心は決まった。

〈伊勢参りに行きます〉

そう書き残すと三吉は大きな家を抜け、街道に出た。

道の向こうには、大きな白い雲の浮かぶ大きな空が広がっている。気持ちがいい。どこまでも歩いて行けそうな気がした。

せっかく引き取ると言ってくれたのに出て行ったら叔母は怒るだろうか。しかし抜け参りだけは誰からも咎められないことになっている。

叔母は「我が家と思って」と言ったが、三吉はしっくりこなかった。

(じゃあ我が家ってどこだろう?)

三吉は歩きながら首を傾げた。別に叔母のところのような大きな家でなくていい気がする。なんでも好きなことを言い合える人が集まっているところが家じゃないのか――。

それはどこなのか。

三吉は街道を走り出した。

二十八　四日市宿〜津宿

辰五郎と沙夜は昼頃、四日市宿に入った。この宿は四のつく日に市が立って賑わうため四日市と名づけられたという。

「辰五郎さん。ほら、名物のなが餅ですよ」

　街道脇の大きな石に座った辰五郎に沙夜がすすめた。行列ができている老舗《しにせ》の笹井屋に沙夜が並び、買ってきたものである。それは餡を包んで、細長く薄く延ばした餅菓子で、長い砥石の形に似ていることから砥餅、あるいは牛の舌に似ていることから牛の舌餅とも言われている。

　辰五郎がもそもそと食べると柔らかい餡が口に広がった。

「甘いな」

「ええ、疲れが取れますね」

「三吉」

「わん？」

「間違えた。ワン公だった」

辰五郎がなが餅を手に取ると、それをもらえるのだとわかったらしい翁丸が、なが餅と同じくらい長い舌を垂らした。

「それ」

「わん！」

翁丸は放られたなが餅を宙で器用に受け取るとぺろりと食べた。

「お前にやったらちっとも長持ちしねえ」

「わんっ」

翁丸はもう一枚くれというように尻尾を激しく振った。辰五郎が自分の食べかけの餅をやろうとすると、放るより早く翁丸は辰五郎の手を餅ごと噛んだ。

「いてっ。がっつくなよ！」

「わふっ」

翁丸は取り返されたくないとでもいうように慌てて食べて目を白黒させた。

「辰五郎さん。ここから宮宿まで十里の渡しがあるみたいですね」

沙夜が茶を飲みながら、辰五郎を見ずに言った。

「そうみたいだな」

そこに三吉がいる――。しかし二人ともその名前を言い出すことはなかった。

「行こうか」

辰五郎は立ち上がった。


四日市を出て、東海道を行くと次は石薬師《いしやくし》宿だが、お伊勢参りする者はその手前の〈日永《ひなが》の追分《おいわけ》〉で分岐している参宮街道へと進む。ここまで来ると、道はおかげ参りの者でますます混み合っているので迷うこともない。辰五郎たちも参宮街道を進んだ。

伊勢街道はおよそ十八里（約七十二キロメートル）の道のりで、ここまで来ればお伊勢さままであと二日ほどの旅である。

辰五郎たちは、神戸《かんべ》宿を抜け、白子宿で泊まることにした。街道のそばには不断桜で有名な白子の子安観音があり、安産祈願の参拝者がひっきりなしに訪れている。この郷のならわしには「帯をせずとも難産なし」と言われ、腹帯がなくとも安産できるくらいの御利益があるらしい。

辰五郎たちも誘われるように足を延ばした。

「犬は安産のお守りですからね」

咲きほこる不断桜の下で沙夜は翁丸の頭を撫でた。この桜は不思議な木で、一年中花が咲き、冬にすらその美しさを愛《め》でることができる。

「そういえば沙夜ちゃんは子宝神社に嫁いだんだったな」

「残念ながら授かりませんでしたけどね」

沙夜は悲しそうに笑った。

「しかしなんで犬が安産に関わりあるんだい？」

辰五郎は沙夜がつらいことを思い出さないように、慌てて言った。

「犬は子だくさんでお産も軽いといいますし、悪霊を追い払い、狐狸《こり》などからも子供を守るという言い伝えもあるんですよ」

「へえ、そうかい。こいつは一番に逃げ出しそうだがな」

辰五郎は桜の花びらが食べられるかどうか匂いを嗅いでいる翁丸を見つめた。


白子で一晩泊まって早朝に発った辰五郎たちは「伊勢は津でもつ、津は伊勢でもつ」と唄われた津宿を抜け、雲出《くもず》を抜け、六軒茶屋へと至った。ここで右に分岐する道を行くと伊賀に至る。立ち並ぶ茶屋では女たちが旅人を見送ったり、西から合流してくる参拝客を迎えたりでごった返しており、街道は芋洗いのようであった。

「こりゃいけねえ。沙夜ちゃん、急ごう」

人ごみから逃げるように足を速めたとき、辰五郎は思わず目を疑った。

「三吉！」

人ごみの向こうに、こっちに走ってくる三吉の顔が見えたような気がした。しかし首を伸ばしてよく見てみると、子供の姿すらなかった。

「どうしたんですか、辰五郎さん」

　後をついてきた沙夜が聞いた。

「向こうのほうに三吉がいたと思ったんだが……。ありゃ幻だな。こんなところにいるわけねえ」

「……三吉さんは宮宿の叔母さんの家にいますからね」

「馬鹿だな俺も。とうとうヤキがまわったらしい」

　辰五郎は長いため息をついた。

「辰五郎さん。もうすぐ松坂ですよ。そこまで行けば、もうお伊勢さまは目と鼻の先です」

「ああ」

　辰五郎は沙夜に手を引かれ、人ごみをぬけた。

　街道脇の杉林の中から強い風が抜けていく。

　辰五郎はふと、まわりを見渡した。

「あれ？　ワン公がいねえ」

「本当ですね。どこに行ったんでしょうか」

「おい、ワン公！」

大声で呼んでみたが返事がない。

「翁丸！　どこですか？」

沙夜もあたりを見まわして呼ぶ。

「ワン公、めしだぞ！」

辰五郎は朝飯の残りを握ってもらった竹皮の包みを荷物から出して誘ってみたが、翁丸は現れなかった。

「ちぇっ。ワン公までどっかに行っちまいやがったのか……」

「大丈夫ですよ。きっと茶屋のどこかで誰かにお布施をもらっているんだと思います。ゆっくり行けば追いかけてきますよ」

どこかひとまわり小さくなったような辰五郎を労《いたわ》るように沙夜が言った。

二十九　松坂宿〜山田宿

さらに南に向かい、松坂大橋を渡るといよいよ松坂宿であった。酒楼妓院がずらりと軒を並べ、有名な残月楼も見える。夜になるときっと紅燈がずらりと飾られるのだろうが、まだ日は高い。

松坂を通り抜けて小俣《おばた》に入り、宮川の渡しへと至る頃、日が暮れてきた。ここは普段、昼夜分かたず参詣人を神宮に渡す舟の出るところだが、おかげ年である今年は舟橋がかかっている。参拝客が多すぎて、舟が追いつかないのだ。渡る前に宮川につかり、身を清める旅人の姿も見える。

黄昏の中、辰五郎と沙夜が舟橋を渡っていくと、きらびやかな外宮の明かりが遠くに見えた。夕闇にかすんで光の雲が浮いているようである。

「極楽はきっとこのような姿なのでしょうね」

感嘆した沙夜がそんな言葉を漏らした。

「俺は地獄に行くらしいから、よく見とかねえとな」

「そんなことはありません。辰五郎さんは三吉さんのためにあれだけ奔走したじゃありませんか」

「まあそこだけを閻魔さまが見ててくれりゃいいんだが……」

辰五郎は首をすくめた。

外宮の門前町である山田に着き、少し歩くと、各地から集まる者が待ち合わせるという筋向橋《すじかい》にさしかかった。このあたりまでくるとさすがに風俗もあらたまり、神都のおごそかな趣が出てくる。

「お参りは明日にして宿を探すか」

「辰五郎さん、私……」

沙夜が何か言おうとして口ごもった。

「どうした？」

「明日は猿田彦神社に行こうと思うんです」

「そうか、子宝池に行くんだったな」

「せっかく三吉さんが教えてくれたところですから」

「よし行こう。あんたも若いし、これからまたいろいろといいこともあるだろうしよ」

辰五郎はふさがった胸にようやく一筋の光が差したように感じた。子が産めぬからと離縁された沙夜だが、それは旦那のせいかもしれないし、神さまの総本山たる伊勢神宮に参り、名だたる子宝神社に行ったとなれば、さすがにこれからは子も授かるような気がする。

（沙夜ちゃんが幸せになってくれればそれでいいか）

そう考えると辰五郎は気が楽になった。博徒としてのツキも失い、菊佐に追われる身である自分はこのままズブズブと沈むかもしれない。しかし沙夜や三吉が辰五郎のかわりに幸せになってくれるとすればそれでいいのではないか。そんな気がした。なんせ一時は家族だったのだ。

「沙夜ちゃん。笑って暮らせよ」

辰五郎はつぶやいた。

「えっ」

「いや、なんでもねえ。……おっ、あれは？」

辰五郎は街道のわきに「子宝みやげ」と書かれた看板を見つけた。

「おう、誰かいるか？」

辰五郎は店に入って声をかけた。後ろに沙夜も続く。

「はい、ちょっと待ってくださいよ」

奥から女の声が聞こえた。何やら小さな子供の泣き声も聞こえてくる。

待っている間、辰五郎は店を見まわした。棚にはさまざまなこけしが飾られている。

「お待たせしました」

ぽっちゃりした年増女がようやく店に出てきた。背中に赤子を背負い、前に抱いた子には乳を飲ませている。

「こりゃ、こけしに子宝の御利益があるってことかい？」

「ええ。箪笥の上にでも飾っておけば子宝を授かること間違いありません」

「本当かい？」

辰五郎は疑わしそうに言った。

「おかげで私なんかもう十一人、子がいますから」

「十一人だって⁉」

「ほら」

年増女が奥の間との仕切りになっている布をめくると、部屋には子供があふれていた。

「うわ！　産みすぎだぜ」

「子供は宝です。何人いてもいいものですよ」

年増女がどこか神々しく微笑んだとき、

「母ちゃん、めしくれ！」

と、奥から子供の一人が走り出てきた。それをきっかけに次々と子供が出てきて、人なつっこい子はさっそく辰五郎と沙夜の着物をつかんだ。

「おじちゃん、遊んで！」

「おばちゃん、なんかちょうだい！」

などと騒がしい。

「うわっ、イナゴの群れだこりゃ……」

「奥さんは子宝詣でかい？」

年増女が沙夜に聞いた。

辰五郎は慌てて否定しようとしたが、

「猿田彦神社に行こうと思っているんです」

と沙夜は微笑んで答えた。

「ああ、子宝池かい。あそこは御利益があるよ。あわせて内宮の子安神社にもお参りすれば安産間違いなしさ。うちの店で子宝のこけしを買えば、もう今晩にもできちまうだろうね」

年増女が右手の人差し指と中指の間から親指を突き出して笑った。

沙夜が顔を赤らめてうつむく。

「宿は決まってるのかい？」

「それが今から探すとこなんだよ」

「ならこの裏の道を上ったところにある筒井屋がいいね。ちょっと奥まったところにあるから、参拝客でいっぱいで入れないなんてことはないよ」

「そりゃありがてえ。よし、そうと決まったら一つ買っていくよ。いくらだい」

「どれでも八十文だよ」

「わかった。もらっていくぜ」

辰五郎は女に金を渡した。

「ありがとうございます。気に入ったのを選んでください……。あっ、こら、お待ち！　ご飯はまだだよ！」

土鍋のふたを持った子供の一人を追いかけて、女は奥に走って行った。

「すげえな……」

辰五郎は駆けていく女の巨大な尻を見送った。

「楽しそうですね」

「明らかに御利益がありそうだな。どれにするか……」

辰五郎はこけしを見まわした。しかしどれも同じような顔をしており、抜きんでたものがない。他とはひと味違うこけしはないものかと辰五郎は棚を丹念に探した。

「辰五郎さん、この手前のでいいんじゃないですか」

「いや待て。一番いいやつを買わないと俺は気が済まねえ」

辰五郎が腕まくりしたとき、うろうろしていた年増女の子供が足にぶつかった。

「おい。奥へ入っときな」

「やだ」

「お前、三吉みたいなやつだな……。素直じゃねえ」

そう言ったとき、辰五郎は子供の手にこけしがあるのに気づいた。明らかに他のこけしとは風味が異なっている。

「おっ、それ見せてみろ」

辰五郎はこけしを取り上げた。びっくりした子供が思わず泣き出す。

「あら。よしよし……」

沙夜が慌てて子供をあやした。その仕草はどこか嬉しそうでもあった。

「見ろ、沙夜ちゃん。こいつは神々しいぜ。漆みたいに黒光りしてやがる。これだ。これがいい！」

「ちょっと曲がってませんか？」

「いや、これだ。俺のカンに間違いはねえ」

「だったらそれにしましょう。ありがとうございます」

「よし、坊主。こけしのかわりにこれをやるから泣くな」

辰五郎は翁丸のために買っておいたするめを裂いて子供に渡した。子供はそれを一口かじると、すぐ歯の抜けた笑顔になった。

「よし、宿に行くか」

こけしを持って意気揚々と辰五郎は年増女に教えてもらった筒井屋に向かった。女の言ったように宿は混んでいたものの空きがあり、沙夜はかまちに座り、さっそくたらいで足をすすいだ。辰五郎は翁丸がわかるようにと軒先にするめを吊す。部屋で旅装をとくと飯を食べ、風呂に入り、二人で静かに枕を並べた。他の部屋からはついに伊勢に来たという興奮に駆り立てられている参拝客たちの騒がしい声がいつまでも続いている。


「あのみやげ屋の子供、元気だったな」

月明かりの中で辰五郎が言った。

「ええ。食いしん坊で泣き虫で、かと思えばすぐ笑って」

辰五郎は自分の着物をつかんだ子供の柔らかい手を思い出した。

「……三吉のやつ、今頃温かい布団で寝てるだろうな」

「ええ。おいしい夕餉を食べて、ぐっすりと」

「でもな、あいつは魚の食べ方が今ひとつだ。骨だけきれいに残すことができねえ。行儀が悪くて嫌われてねえかな？」

「まだ子供だから大丈夫ですよ」

「だよな。うんうん」

辰五郎は目を閉じた。しかし伊勢の活気にあてられたのか、眠りはいっこうに訪れてこない。

「けどよう。あいつは風呂の作法もなっちゃいない。あんなにびちゃびちゃ湯を飛ばしたら、長州風呂も錆《さ》びちまう」

「あの叔母さんの立派なお屋敷なら檜《ひのき》のお風呂じゃないですか」

「なんだ、贅沢な。百年早えぜ、まったく」

辰五郎は口を尖らせた。夜風が強まって、ごうごうと旅籠の屋根に吹きつけている。

「そういえばよ、あいつは子供のくせにいびきをかいてやがった。その音がうるせえってんで、家を追い出されてねえかな？」

「そんなに狭い家ではなかったですし……」

「まあ、あの叔母さんと一緒に寝るわけでもねえか。大丈夫だな」

辰五郎は寝返りを打った。

沙夜もなかなか眠れないらしく、ごそごそと布団をかけ直している。

（三吉はあの広い部屋で一人きりで寝ているのか）

その姿を想像すると、辰五郎の胸は締めつけられた。

「なあ、あいつはたまに悪い夢を見ると言っていたぜ。一人で寝るとうなされるんじゃ……」

「いいかげんにしてください！」

沙夜がたまりかねたように言った。

「す、すまねえ……。なんかこう、その、気になってよ。怒るなって」

「違います。私だって寂しいんです。つらいんです」

沙夜が洟をすする音が聞こえた。

（そうか。沙夜ちゃんも……）

辰五郎は沙夜の形に盛り上がった布団を見た。肩が、かすかに震えている。

「三吉の野郎、離れても俺たちに迷惑をかけるとはまったく親不孝なやつだ。……いや、もう親じゃねえか」

そう言ってしまって、また辰五郎は傷ついた。

（三吉とはもう親でも子でもない）

辰五郎はふと疲れを覚えた。天涯孤独で親の愛も受けず、一人きりで戦ってきたが、いったい何が残ったのか。

気がつくと、辰五郎は梁にひっかけた帯に首をかけていた。はじめはちょっとした冗談のつもりであったが、死ぬと考えると、何やらぞくぞくとしてきて自分がかわいそうに思え、妙な気持ちよさがわいてきた。

「辰五郎さん、何をやっているんです！」

沙夜が目を瞠《みは》った。

「死ぬに決まってるだろう……。何もないんだからしょうがねえ」

かわいそうな自分という想像が心いっぱいにふくらみ、哀れな自分に感傷しきった辰五郎は切なく言った。

「辰五郎さん、言ったじゃないですか。自分を見限っちゃいけないって。いなくていい人なんていないって！」

「うっせえ！　他人事《ひとごと》は楽だけど、自分のことは大変なんだ！　百まで生きるも水子で死ぬも、持って生まれたその身の定業《じょうごう》……！」

寂しい一人芝居から抜けだせなくなった辰五郎は涙を流した。自分を哀れむのは実に気持ちがいい。三吉をなくしたつらさをごまかすことができるような気がする。人はこんな風にちょっとした出来心であの世に行くのかもしれない――。

「死なせません！」

切羽詰まった沙夜は辰五郎の体をつかんで止めようとした。しかし慌てていたため布団で足が滑って、その体の重さがぎゅっと辰五郎の首にかかった。

「ぐえっ！」

「辰五郎さん、死んじゃだめです！」

「おい、放してくれ！」

辰五郎は慌てて立とうとしたが、その足も同じく布団で滑って、二人分の重さが首にかかった。

「ぐふ！」

「放しません！」

「ぬおお！」

辰五郎が力いっぱい暴れたとき、ようやく帯がちぎれて辰五郎は布団に落ちた。

「ふう……。三途の川が見えたぜ」

辰五郎はじんとする頭を抱えて息を吸い込んだ。

「馬鹿！　辰五郎さんの馬鹿！」

顔を上げると沙夜が目にいっぱいの涙をためていた。

「そんなに三吉さんを手放したくなかったら、なんでそう言わなかったんです！」

「言ってどうにもなるもんじゃねえだろ。でも俺に子供ができるなんてな。ちょっと夢見ちまったんだ」

辰五郎は言った。そうだ、あれはきっと夢だったのだ——。

「私が産んであげます」

沙夜が決然と言った。

「えっ？」

「私が辰五郎さんの子供を産んであげます！」

沙夜が辰五郎の胸にすがりついてきた。


まさにこの時——。

三吉は常夜灯で照らされた宮川の舟橋を渡っていた。その前には白い影が弾んでいる。

「わんっ」

「待ってよ、翁丸！　足下が揺れるんだから」

三吉は義経の八艘飛びのように舟から舟へ飛び移った。

六軒茶屋で一瞬、辰五郎の姿を見つけたが、慌てて駆け寄ろうとして道脇の溝《どぶ》に落ち、会えずに終わった。

泥だらけになって溝から上がろうとしたとき、ひょっこり顔を出したのが翁丸だった。

それ以来、三吉と翁丸は伊勢神宮に向かって進んできた。伊勢は広いが翁丸の鼻がきっと辰五郎を見つけてくれるはずである。

山田に渡り筋向橋へと足を運んだとき、

「これ子供」

と声をかけてきた者がいた。

「あ、お侍さんは……」

「また会ったな。こんな夜ふけに何をしておる？」

侍は由比宿の紺屋《こうや》で顔を合わせた、眉の上に傷のある浪人であった。

辰五郎が「将軍にたてついた男だ」と由比正雪を褒めたとき、「将軍の行列がそばにいる」と教えてくれた男だ。

「一緒にいたあの博徒はどうした？」

浪人が尋ねた。

その声に剣呑な響きが混じるのを聞いて、「ぐるる……」と翁丸が唸った。

三十　伊勢外宮

「沙夜ちゃん、自分ってものをもっと大事にしねえとよ。俺の子供をつくろうなんてたいがいだぜ」

　翌朝、筒井屋で飯を食いながら辰五郎は言った。その顔からはきれいさっぱり死相が消えている。

「自分を大事にするのは辰五郎さんですよ。死のうとしたんですから」

「沙夜ちゃんに説教はされたくねえな」

「それはそうですが……」

「しかしよくわかった。死のうとするのは目の前のつらさをよく見ないで逃げを打つことだ。つまりイカサマだな」

「……」

　沙夜がうつむいた。

「あ、いやでもな、気持ちはわかったよ。三吉がいなくなったのがあそこまで響くとは思わなかった。博打で負けたときよりつらかったぜ」

「辰五郎さんは自分が強いと思ってたんですよ。でも誰かを大事に思うと、急に弱くなるんじゃないですか。一人じゃどうにもできなくなりますから……」

「ふむ」

辰五郎は考えた。持ち金を大事にしすぎたら博打に勝てなくなるようなことか？

「でも失いたくないものですね、大事な人は」

沙夜がしみじみと言った。

二人の頭の中には三吉の姿が浮かんでいたが、その名前を口にするのははばかられた。

「けどな。あんたがいてよかったぜ。つらいことがあっても一緒に泣ける相手がいてよ」

辰五郎は照れをごまかすように、飯をかき込んだ。

沙夜がこくんとうなずき、微笑んだ。

「さて。こいつは効くかなぁ。俺が選んだとっておきは」

辰五郎は、こけしを手に取った。子宝をもたらすというそれは、つやがあって朝日をきらきらと跳ね返している。

「頼むよ、子宝」

辰五郎はこけしに頬ずりした。

みやげ屋の年増女が筒井屋に顔を出したのはそのときである。

「すみません、お客さん」

赤ん坊をおぶった女は言いにくそうに口を開いた。

「あれっ？　どうしたい」

「昨日のこけしなんですが……」

「ああ、これのことか。いかにも御利益がありそうだな」

「それは売り物じゃないんです……」

「えっ？　こけしはどれでも八十文って言ったじゃねえか」

「違うんです。それは私の……」

年増女は真っ赤になった。

「えっ、まさかこりゃ」

辰五郎は、頬ずりしているこけしをおそるおそる見た。黒光りしているのは使い込まれた証なのか――。

「げえっ」

辰五郎はこけしを女に放った。

「辰五郎さん、どういうことなんです？」

沙夜が無邪気にきいた。

「それは肥後……じゃなくて、御利益の違うこけしなんだとさ。かわりに新しいのをもらおう」

「すみません、すぐ取り替えます」

赤くなった女が頭を下げた。

「あのなぁ。そういうのは子供の手の届かないところにしまっておけよ……」

辰五郎が苦い顔をした。

辰五郎と沙夜が宿を発ってから一刻後、筒井屋に犬の声がひびいた。

「わんっ」

翁丸が軒先を目がけて跳び、見事にするめをかっさらった。

三吉が筒井屋の者に尋ねると、確かに夫婦連れの辰五郎という男が泊まったという。

「翁丸、辰さんはもう近くにいるみたいだね」

「わん！」

翁丸が目尻を下げた。

三吉が街道に引き返すと、おかげ参りの人波でごった返していた。

昨夜、久しぶりに会った浪人に教えてもらったところによると、今日は将軍さまが行列を引き連れ、内宮に参拝するというから、護衛の武士たちも加わり、よけいに人が多いらしい。目立つことはするなと釘も刺された。

三吉は武士の行列を避けながら、内宮へと向かった。


一方、沙夜と辰五郎は、内宮近くの猿田彦神社へ立ち寄った。

子を授かるという〈子宝池〉は本殿のほうではなく道に面したところにひっそりとあった。中には緋鯉がゆったりと泳いでいる。

池の脇では数人の女が熱心に祈りを捧げていた。

「ここのようですね」

「ああ。いかにも御利益がありそうだな」

「私、お祈りしていきます」

沙夜はそう言うと、池に向かって手を合わせ、熱心に祈った。伊勢の正宮で「おかげさまで元気にやっています」と神にお礼を言うのが正式なおかげ参りのため、願い事は別宮ですることになっている。

沙夜は神に向かって心の中でつぶやいた。

（どうか私に辰五郎さんの子供を授けてください）

目を固く閉じていると、そよ風が頬を撫でていく。

さらに沙夜は祈った。

（もし私に子供を産むことができないなら、せめて三吉さんを辰五郎さんのそばに帰らせてあげてください。そうしていただけるなら私はどうなってもかまいません）

沙夜は痛切に願った。

「もういいのかい？」

辰五郎は池のほとりから戻ってきた沙夜に聞いた。熱心に祈りすぎたのか、顔が紅潮している。

「もう一生ぶん、お願いしました」

「そうか。そりゃ豪勢だ。願いがかなうといいな」

「はい」

沙夜が辰五郎をまっすぐ見つめた。

辰五郎は強い視線に照れて、横を向いた。

「じゃ、内宮に行こうか」

「はい。ここまで来られたお礼をしないと……」

「お守りにお札……。何枚買えばいいんだっけな」

辰五郎は江戸の貧乏長屋の住人たちのことを思い出した。きっと辰五郎の帰りを待ちかねていることだろう。

三十一　伊勢内宮

辰五郎たちはいよいよ内宮に入った。五十鈴《いすず》川のほとりにある餅屋からは茶を焙《ほう》じる香ばしいにおいが漂ってくる。

辰五郎は休憩がてら、茶店に入り、名物の赤福餅をたのんだ。しばらくして出てきた赤福餅のこし餡には見事な細工で三つの筋があった。これは五十鈴川の川の流れを表している。食べてみると、甘みの強さが長旅に疲れた体をほっと癒やした。食べる間にほうじ茶を飲むと、餡の後味が洗われて、何個でも食べられそうな気がする。

「ワン公め、ついて来てたらこれが食えたのにな」

「もう案外近くに来ているかもしれませんよ」

沙夜が微笑む。

「しかしほんとうに混んでやがる。人垣で中まで進めねえ」

辰五郎が愚痴ったとき、店の女が言った。

「今日はね、将軍さまの行列が通るんですよ」

「はい。だから警護のお侍さんもいっぱいいて、よけいに混んでるんです」

「そういやあ、大井川でも行列が渡るのを待たされたっけな」

「将軍さまがお帰りになってから参ったほうがいいですよ。うっかり行列の邪魔になったら手打ちになりかねませんから……」

女が首をすくめた。

「そりゃおっかねえな。どうせ手打ちならうどんがいいぜ。ここらは伊勢うどんってのがあるんだろ？」

「ありますよ。柔らかくてすぐ食べられます」

「よし。昼時はそれにするか。上様、早く帰んねえかな……」

「しっ。来られましたよ」

辰五郎が内宮のほうを見ると、今まさに大行列がやってくるところだった。

「おお、ぞろぞろしてやがる」

「顔を見せてはいけないのですよね」

沙夜が心配そうにきく。

「ああ。隠れてるのが一番だ」

茶屋の女は素早く店の戸を閉めると、湯を沸かす火もさっと消した。他の店も同様で、あたりはしんと静まり返る。将軍の御成《おなり》は、参勤交代の大名行列のときよりさらに厳しく、そもそも人がいるのが見えてはいけないし、将軍を見るのも禁じられている。沿道の人々は戸を閉めて姿を見せないようにした。参拝客たちも我先に手近な建物に身を隠している。

「長いんだよな、この行列。通り過ぎるまでいつまでかかるかわかんねえぜ」

戸の向こうからは行列の足音が近づいてきている。

赤福餅を全て食べてしまった辰五郎は袖から最後のするめを出した。

「ワン公。お前のぶんはもうねえからな」

辰五郎が、するめをかじったとき、

「わんっ！」

という声がした。

「ん⁉」

辰五郎が戸の隙間からのぞいてみると、道の向こう側の灯籠の陰から白い犬が飛び出してきた。舌を垂らして走るだらしない姿はまさしく翁丸である。

「ワン公！」

辰五郎は立ち上がったが、

「だめです！　将軍さまの御前ですよ」

と店の女に止められた。

「そうか、そうだった」

辰五郎は慌ててするめを飲み込んだ。なにせ翁丸はするめを目がけて一直線にやってくる。

「早く逃げろワン公！　あいつ間抜けだから、斬られなきゃいいがな。うぐっ……」

辰五郎がするめに喉をつまらせたそのとき、

「辰五郎さん！」

沙夜が悲鳴を上げた。

「どうした」

「あれ、三吉さんじゃ……」

沙夜が指さしたほうを見ると、小さな子供が翁丸を追って駆けていた。

「ほんとだ、三吉じゃねえか！　あいつこんなとこで何してやがる⁉」

「辰五郎さんのところに戻ってきたんじゃありませんか？」

沙夜が辰五郎を見た。

「三吉、おめえ……」

辰五郎の心が震えた。

三吉は翁丸ともども道を横切ってこっち側に来ようとしている。しかしそのすぐそばには将軍の行列が迫っていた。

「バカ、来るな！」

辰五郎は叫んだ。しかし翁丸と三吉は行列に気づかず、こっちにやってくる。

行列の先頭にいた押さえの者（捕吏《ほり》）が三吉に気づいた。

「やべえ！」

「三吉さん、将軍さまの行列のしきたりを知らないんじゃないですか？」

沙夜の顔が真っ青になっていた。

「三吉、引き返せ！」

辰五郎が怒鳴った。

「辰さん⁉　翁丸、今、辰さんの声がしたよ！」

三吉の顔が明るくなった。

「三吉、おめえほんとに……」

辰五郎の目がうるんだ。

三吉が俺のところに帰ってきてくれた――。

「辰さん、どこ！」

三吉が道の真ん中で止まったとき、走り出した侍が三吉を突き飛ばした。

翁丸がするどく吠え、三吉は取り押さえられた。

出す。

その瞬間、辰五郎の頭が真っ白になった。店の戸を打ち破り、雄叫《おたけ》びを上げて走り
三吉の甲高い悲鳴があたりに響いた。

「助けて！」

「三吉！」


出す。

「待ちやがれ！」

三吉を捕らえた押さえの者を突き飛ばして、三吉を助け出すと後ろにかばった。

「何奴！」

「こいつは俺の息子だ。手ぇ出しやがったらただじゃすまねえぞ」

辰五郎を見上げた三吉の顔に喜びがあふれた。

「女！　お前は何だ？」

「えっ？」

驚いた辰五郎が振り返ると、沙夜が三吉を後ろから守るように抱いている。沙夜も
辰五郎と同時に飛び出していたのだ。

「私はこの子の母親です」

沙夜の足は震えていたが、歯を食いしばって侍を睨んでいた。

辰五郎は嬉しくなった。みんな一緒だ。

「無礼者！　上様の御前であるぞ。手打ちにしてくれる！」

武士が刀の柄に手をかけた。このままでは斬られる。

「待てぃ！」

辰五郎が大音声で言った。絶体絶命の危機に、土壇場の辰五郎といわれる所以《ゆえん》の悪知恵が急速に働き出した。

「刀を引け。わしは乱心しておる」

「な……。乱心じゃと⁉」

警護の侍は目を白黒させた。

「さよう。乱心した者を斬るなど許されると思うか」

追い込まれているはずの辰五郎がなぜか居丈高《いたけだか》に話し出した。

「町人のくせにその無礼な口の利きようはなんじゃ！　許さぬぞ」

「黙れぃ！」

辰五郎は大喝した。

「わしは江戸の開祖、徳川家康なるぞ。この者の体を借り、今常世に降り立ったのだ。神祖家康の御前である。頭が高い！　控えおろう！」

自信満々で言われて警護の侍たちは困惑した。本当に神祖家康が降臨されたとあらば、ひれ伏さねばならない。まずあり得ないことなのだが、長年の泰平によって培われた保身の本能が侍たちを固まらせた。しかし目の前にいるのはどう見てもむさ苦しい博徒である。そんな男に土下座などしては一生笑い者だ。

武士たちの迷いを見て取った辰五郎はさらに続けた。

「そもそもこの伊勢のご神域で刃傷《にんじょう》沙汰とは何事か。まさに神仏に対して弓ひく行為である！」

「うっ……」

刀に手をかけた押さえの者が慌てて手を引いた。

「しかし家康さま、いったい何をしにここに降臨されましたか」

武士の一人が勇をふるって聞いた。

「実はな。近頃の政道があまりにひどいゆえ、日光東照宮より化けて出てきたのじゃ。この男の体を借りてな」

「なんと。上様のご政道が悪いと……」

「さよう。家治《いえはる》と来たら、貧しい者につらくあたる政《まつりごと》ばかりしおって……」

「何⁉」

武士たちの顔が急に殺気立った。

「お主、今、家治さまと言ったか？」

「ええと……言ったような気がするのう。言ってないかもしれないが」

辰五郎は気おされて思わず一歩下がった。

「愚か者！　そこにおられるは家斉《いえなり》さまよ。狐め、尻尾を出しおったな！」

「えっ、家斉!?　しまった、家で始まる名前ばっかりでややっこしいからな……」

「貴様、よくも我々をかつぎおったな。家康さまを騙《かた》るなど言語道断！」

押さえの侍が刀を抜いたとき、「敵襲！」と後ろから声が上がった。

侍たちが何事かと振り向くと、将軍の駕籠に襲いかかる襲撃者たちの姿があった。覆面をした十人ほどの侍たちが行列に斬りかかっている。

「出会え、出会え！」

行列の侍たちがいっせいに家斉の駕籠の警護に向かった。同時に襲撃者の手から煙玉が飛び、あたりは煙に包まれる。

「しめた！　逃げるぞ」

辰五郎は三吉と沙夜に言って走り出した。しかしその足に生温かい感触がぶつかり、辰五郎は派手にすっ転んだ。

「いてっ！　なんだ、いったい！」

「くぅん」

声のほうを見ると翁丸が足の間で情けない顔をしていた。

「この間抜けめ！」

辰五郎は怒鳴ったが、翁丸は懐に顔を突っ込んできた。するめを探しているらしい。

「辰五郎さん！」

辰五郎の窮地を見た沙夜が引き返そうとした。

「三吉を守れ！　俺は大丈夫だ」

「はい！　必ず逃げてください」

それだけ言うと沙夜は三吉の手を引いて走った。

辰五郎も起き上がったが、運悪く将軍の駕籠が辰五郎のほうへ逃げてきたところだった。当然、襲撃者たちも辰五郎のほうに殺到してくる。

必ず地獄に行く、と言った占い婆の笑い顔が浮かんだ。

「けっ。地獄は俺の庭だぜ」

辰五郎は不敵に笑うと駕籠に向かって走った。逃げてもきっと同じ方向に来るに決まっている。今はまったくツキがない。だったら正面切って殴りつけてやるまでだ。逃げようとする限り勝ちはない。勝負師の勘がそう告げていた。

辰五郎が駕籠に走り寄ると、「わあっ」と悲鳴を上げて駕籠かきが転んだ。その足には矢が突き立っている。襲撃者の中には弓矢を使う者もあるらしい。

辰五郎の目の前で立派な駕籠から十一代将軍家斉が転げるように出てきた。護衛の者たちもまさか将軍の行列が襲われるとは思っていなかったのだろう。警備が後手後手にまわっている。

「家治……、じゃなくて家斉さま！　大丈夫ですか？」

「誰か知らぬが助けよ！」

家斉は辰五郎の背後に隠れようとした。

しかし、辰五郎は家斉の顔を見て驚いた。年は離れているが、その容貌は瓜二つ。

家斉はいつも鏡で見る自分の顔とそっくりだったのである。

「あんた、なんで俺なんだ？」

辰五郎は一瞬固まったが、殺到してくる襲撃者と目が合って、我に返った。

「お命頂戴！」

「待て！　俺は関係ねえ！」

辰五郎は慌てて家斉と別の方向に逃げた。しかし、「あれが家斉だ！　討て！」と声がして、襲撃者たちはみなこっちへと向かってきた。

「違う！　人違いだ！」

必死で弁明したが、矢が雨のように飛んできて一本が着物の袖に刺さった。

「ワン公！　助けてくれ！」

辰五郎は必死に叫んだ。今まで間抜けながらも何かと助けてくれた翁丸である。今度もきっと――。

しかし見まわすと、翁丸は家斉の後ろを走っていた。

「違う！　そっちは俺じゃねえ！」

「わんっ？」

翁丸がけげんそうな顔をして振り返った。

「くそっ！」

辰五郎は大きく曲がって家斉のほうに走った。襲撃者たちを上さまにお返ししなければならない。

道が上り坂になっているところで辰五郎は将軍に追いつき、二人で逃げた。坂を越えればまた他の護衛がいるに違いない。

しかし、あと少しで坂を越えるというところで襲撃者の別働隊が待ち伏せしていた。敵は周到であった。護衛たちは家斉を完全に見失っているようである。

「家斉、覚悟せよ。幕府はこれにて壊滅する」

襲撃者の一人が鋭い刃風で斬りつけてきた。辰五郎はとっさに首をすくめたが、髷を切り飛ばされた。

「ひえっ」

「お命頂戴！」

別の襲撃者が家斉に走り寄り、ついに斬られたと思ったそのとき、翁丸がその男の股間に噛みついた。そのままぶらさがってぐるぐると回る。

「ぐわっ！」

悲鳴を上げて刺客は倒れ、もんどり打った。

「おめえ、さては臭え奴なんだな」

辰五郎は思わず笑った。襲撃者とて人の子である。そう思うと恐れも消え、口が回り出した。

「わっはっは、馬鹿な奴らめ！　俺たちは影武者よ。今頃上さまは宮川を渡ってとうに逃げておるわ」

辰五郎は高笑いした。

「なに、影武者だと？」

「いかにも」

辰五郎は家斉の鼻をつまんで引っ張り上げた。

「それ見ろ。上さまにこんなことする奴がいるか？」

「はへふか（やめぬか）！」

家斉が辰五郎を睨みつけた。

「うっ……。まさか本当に影武者なのか？」

「上さまの影武者は十一人いる。間抜けめ。じきに護衛が集まってくるぞ」

「こやっ!」

襲撃者の一人が腹立ち紛れに辰五郎に斬りつけた。

(言いすぎたか!)

辰五郎が後悔した刹那、きぃんと鋭い金属音がした。

目を開けてみると、由比宿で会った、眉の上に傷のある浪人が襲撃者の太刀を受け止めていた。

「お庭番、加藤玄蔵《かとうげんぞう》参上。上さま、遅くなりました」

玄蔵が腕をムチのように打ち振ると、何本ものクナイが連なって飛び、襲撃者たちを次々と倒した。ただ一人だけ、クナイを刀で弾いた侍は舌打ちすると姿を消した。

「玄蔵。大儀であった」

家斉は汗をぬぐって立ち上がった。

「御意」

玄蔵は家斉にひざまずいた。

「ありがとう。助かったぜ、あんた」

辰五郎が笑ったとたん、家斉にぶん殴られた。

「いてっ!」

「無礼者! 余の顔をなんと心得る!」

家斉が真っ赤になった鼻を押さえていた。

「あれは勧進帳ですよ……。歌舞伎をごらんにならないんですか？」

辰五郎は涙目で言った。

その姿を見て、「わんっ」と楽しそうに翁丸が鳴いた。

「む？　お前は翁丸ではないか」

玄蔵が驚いて言った。

「えっ、こいつのこと知ってんのかい？」

「うむ。この呆けた顔、まさに麗光院《れいこういん》さまのお犬じゃ」

「麗光院の？　まことか、玄蔵？」

家斉が尋ねた。麗光院とは家斉も一目置く、大奥の美しい才女である。

「はっ。麗光院さまはおみ足が悪いゆえ、この翁丸に代参させたのでございましょう」

「ほう。その犬が余を助けてくれるとは奇遇よの」

「上さま。道中その犬を世話してきたのは私めにございます」

辰五郎が抜け目なく言った。

「ふむ。そうか」

家斉が辰五郎を見た。

「ならば褒美を取らせよう。お主ともども、余の命を救うてくれたからの」

家斉が少し笑った。

「さ、上さま。参りましょう。皆が捜しておりましょう」

玄蔵が家斉を守りつつ、歩き出した。

「襲ってきた者の正体をしかと探索せよ」

「はっ。この手配りの良さ、きっとこの行列の中に謀反人がおりましょう。覆面をしておりましたのも怪しゅうございますゆえ」

そう言って玄蔵が頭を下げたとき、辰五郎が言った。

「謀反人なら誰だかわかるぜ」

「なに？　どういうことだ」

玄蔵が辰五郎を見た。

「このワン公が嚙んだ奴を覚えてるってことさ」

半刻後、参拝の行列に随行していた老中・水野忠成《みずのただあきら》により詮議が行われた。行列は内宮の外の道に止まり、沙汰を待っている。

「辰五郎とやら。申したようにその犬で謀反人をつきとめよ」

「はっ。ただいま」

会釈すると辰五郎は翁丸に言った。

「ワン公。さっき嚙んだ奴のところに行け」

「わん！」

翁丸は行列に向かって走り出した。そのまま、まっすぐ一人の武士の前に駆けより、一声吠えた。

「そいつです、老中さま」

「藤田！　まさか、お前が？」

水野忠成は驚愕した。その男は城内でも有数の実力者、井伊直亮《いいなおあき》の家臣だったのだ。

「言いがかりでござる！」

藤田は目をむいて怒った。「おい下郎。何か証でもあるのか。犬ごときのことでわしを謀反人扱いとは言語道断なるぞ！」

「やかましい！　ネタはあがってるんだ」

辰五郎は脇差で藤田の袴を一刀両断した。はらりと落ちた袴の下から現れた太股には歯形がくっきりとついていた。

「やっぱりな」

「知らぬ！　これは別の犬に……」

「へっ。これを見ろ」

辰五郎が翁丸の口をつかんで開けると犬歯の一つが欠けていた。

のことであった。

「取り押さえよ！」

水野の指図で縛り上げられた藤田の太股から翁丸の歯が出てきたのはそれからすぐ

「な、なに⁉」

「この一本がまだお前の足の中に残っているはずだ」

正装した玄蔵があらためて列から出てきて言った。

「お主、なかなかよい働きをするな」

「なあに、いいってことよ」

辰五郎は得意げな顔をした。

「それにしても上さまに似ている」

玄蔵は笑い、小声で言った。「お主、本当に影武者になってみぬか？」

辰五郎は髷を切り飛ばされた頭に手を当て、顔をしかめた。

「これじゃ禿げ武者だよ。怖くてやってられねえ」

藤田が連れて行かれた後、老中水野が紙包みを持って辰五郎のそばに来た。

「辰五郎とやら。上さまからの褒美を取らせる」

「はっ。ははあっ」

翁丸と並んで控えた辰五郎が水野から受け取った重い紙包みを開けると、中から小判の切り餅が四つ現れた。

「ひゃ、百両⁉」

「不服か？」

「いえ！　いえいえ！」

水野は微笑むと、行列に命じた。

「立ちませい！」

「おう！」

将軍の行列は、外宮のほうへと去って行った。それを見て参拝客も帰ってきて、街道に活気が戻っていく。


「ひひっ」

辰五郎が満面の笑みで百両を押し頂いたとき、後ろから腕が伸びてきてむんずと小判をつかんだ。

「何しやがる！」

辰五郎が振り向くと、渡世人風の男が立っていた。

「ご苦労だったな、辰五郎」

「て、てめえ、菊佐⁉」

「手間かけさせやがって」

にやっと笑った鉄砲洲の菊佐は百両をすっぽりと懐にしまった。

「ま、しかし、面白いもんを見せてもらった。おめえの大博打、確かに見届けたぜ。親分にはよく言っといてやる」

菊佐はきびすを返した。

「ちょ、ちょっと待ってくれ。十両くらいは置いていってくれよ……」

「命が残っただけありがてえと思いな」

片目を光らせて菊佐が言った。

辰五郎は膝をついた。しかし、それほど悔しくはなかった。むしろ笑いがこみ上げてくる。今、辰五郎が欲しているのは別のものだった。

やがて、待っていた小さな姿が参道を駆けてきた。

「三吉！」

辰五郎は叫んだ。金よりも命よりも大切なものが、今の辰五郎にはあった。

辰五郎は三吉が飛び込んでこられるよう大きく手を広げた。

しかし、三吉は辰五郎を素通りして翁丸に飛びついた。

「翁丸！」

「わんっ！」

「無事でよかった……」

三吉が翁丸をぎゅっと抱きしめる。

「お、おい……」

辰五郎はポカンとして三吉を見つめた。広げた手をやり場なく、ぐるぐる回す。

(まあ子供は犬好きだから、しょうがねえか……)

辰五郎は三吉がこちらを向くのをおとなしく待った。

しかし三吉は、今度は後ろから来た沙夜に抱きついた。

「沙夜さん！　かばってくれてありがとう」

「いいのよ。三吉さんのためなら何でもできるわ」

沙夜も涙で顔を濡らした。

辰五郎はさらに我慢強く待った。

(三吉が俺のことを忘れるはずがない。一番大事だから最後に回したんだ)

そして、ようやく三吉の目が辰五郎に向いた。

「辰さん」

「おう！」

辰五郎が再び力いっぱい手を広げると、三吉が手の平をさし出した。

「お金返して」

「えっ⁉」

「ほら。岡崎の博打のとき種銭を貸したでしょ」

「あ、あれな……。そうか」

辰五郎は懐から財布を出して開いた。

中にはまだ少し金が残っている。

「どうしたの、辰さん。早く返してよ」

三吉がこまっしゃくれて言った。

「金はねえな」

辰五郎は笑った。

「ええっ！」

「金を返して欲しければ、俺についてこい」

辰五郎は三吉を見た。

三吉がにっと笑った。

「しょうがないなぁ。つきあってあげるよ」

三吉は辰五郎に飛びついて、小さな手で力いっぱいしがみついた。

三人と一匹はおかげ参りで混み合う内宮へと入っていった。宇治橋を渡ると太い参道が奥まで続いている。森林の木々の背丈も高く荘厳な雰囲気を醸し出していた。

境内には遷宮が終わったばかりの荒祭宮《あらまつりのみや》や風日祈宮《かざひのみのみや》が見え、おかげ参りの参拝客たちが熱心に祈っている。

さらに奥に進むと、石段の上に止宮の鳥居（板垣南御門）が見えた。

「なるほどここには確かに神さまがいそうだ」

不信心者の辰五郎さえ、その威容には神々しさを感じた。おかげ参りの人々からは雨あられと賽銭が投げられている。辰五郎も手水《ちょうず》で清めた手で財布から銭を出して投げ、ついでに翁丸の巾着からも賽銭を出して投げてやった。

まわりの客の真似をして二拝二拍手一拝し、神妙に目を閉じる。

（ここまでありがとうよ。ここまで喜捨をくれた奴や長屋の奴らにもよろしく頼むぜ。それと神さまよ、そろそろ博打のツキを戻してくんな。あと沙夜ちゃんを追い出した奴らにバチをあてといてくれ。糞が漏れるほどの特大のやつをな）

祈り終わると辰五郎は柄杓で肩を叩いた。

「ワン公、ついに参拝したな」

「わんっ」

翁丸が尻尾を振る。

「辰さん、翁丸は大奥に仕える由緒正しい犬なんだよ。ワン公なんて呼んだらまずいよ」

こちらも参拝を終えた三吉が言った。

「へっ。ワン公はワン公よ。こいつとは五分の杯をかわしたんだ」

「そういえばいつか酔っ払って暴れたのはそのせいだったんだね、翁丸。かわいそうに……」

三吉は翁丸の頭を撫でた。

翁丸が三吉に身を寄せる。

その横で沙夜も手を合わせていた。

「おかげさまで無事息災に暮らしています。ありがとうございます」

沙夜が目を閉じて言った。

「でも、道中ちっとも儲からなかったなぁ。菊佐に金は取られるしよ」

「辰さん、ちょっとは神さまに感謝しなよ。地獄に行かなくてすんだんだから」

「へっ。俺はこれからも自分の力で切り抜けるさ。ま、お前らが協力したいっていうなら手伝わせてやるが」

沙夜がくすっと笑った。

「三吉さん。辰五郎さんたら、あなたと離れてからずっと寂しがってたんですよ。夜も眠れないで」

「ちょ、ちょっと待てって、沙夜ちゃん。それは言いっこなしだ」

「ふふ、だめな父ちゃんだなぁ」

三吉が恥ずかしそうに笑った。

「これからどうします?」

宇治橋を渡って内宮を出ると、沙夜が聞いた。参拝客たちは後から後からひきも切らずにやってくる。

「江戸に帰るかだがな……。大坂にいるガマの師匠のところにも寄りてえんだが」

辰五郎が迷いつつ言った。伊勢に参詣した客は、その帰りに京や大坂に寄り、遊んで帰る者も多い。

「わんっ」

翁丸が吠えた。

「ああ、そうか。お前は大奥のお局のところに帰らなくちゃいけねえんだな。ええと、お局さまはなんて名前だったたっけ?」

辰五郎は翁丸のしめ縄に下がった札を見た。

〈この犬は伊勢に参拝する代参人なり……〉

と説明が書いてあるのは前のとおりだ。しかし辰五郎は裏にも何か書いてあるのに気づいた。

「なんだこりゃ？」

辰五郎が読んでみると、こう書いてあった。

〈伊勢に参りし後は、金毘羅に参りて上様の息災を祈願する者なり　麗光院〉と。

「おい、こいつ金毘羅まで行くらしいぞ」

「金毘羅って、あの四国の？」

三吉が驚いて聞いた。

「そうだ。そんなに遠くへ行くとは……。犬のくせに働き者だな」

「わんっ」

翁丸が得意げに尻尾を振った。

「よし。お札やお守りなんかは江戸に飛脚で送りゃいいし、こうなったら俺も金毘羅参りに行くか」

「えーっ！」

三吉が目を丸くした。

「それもいいですね」

沙夜が微笑んだ。

「私、辰五郎さんについていきます。どこへでも」

沙夜がしっかりと辰五郎を見つめて言った。その上気した頰からは死の影がすっかり消えている。

「おいらも行こうかな。沙夜さんが心配だし」

「よし。じゃあ三人家族でもうひと旅、行くか」

辰五郎が陽気に言った。

「父ちゃん、翁丸を入れて四人家族だよ」

「五人になるかもしれませんよ」

沙夜が微笑んで、お腹に手を当てた。

「どういうことだい、そりゃ？」

「予感がするんです。男か女か。賭けてみます？」

沙夜が辰五郎を見ていたずらっぽく笑った。

もしかして昨夜あのときの子供か？

辰五郎の胸に大きな喜びが広がった。

「ふふ、そりゃ簡単な博打だぜ」

辰五郎は笑った。

「どっちの目が出ても俺の勝ちさ」

本書のプロフィール

本書は、二〇一六年に小学館から刊行された単行本を文庫化したものです。

小学館文庫

駄犬道中《だけんどうちゅう》おかげ参《まい》り

著者　土橋章宏《どばしあきひろ》

二〇二〇年四月十二日　初版第一刷発行

発行人　鈴木崇司
発行所　株式会社　小学館
〒一〇一-八〇〇一
東京都千代田区一ツ橋二-三-一
電話　編集〇三-三二三〇-五九六一
　　　販売〇三-五二八一-三五五五
印刷所――――凸版印刷株式会社

この文庫の詳しい内容はインターネットで24時間ご覧になれます。
小学館公式ホームページ　https://www.shogakukan.co.jp

ISBN978-4-09-406763-7